不乖

完结篇

树延 著

Adolescent Storm

四川文艺出版社

十八岁那年吹过来的热风至今未曾停歇，浩浩荡荡地卷过头顶的每一片梧桐绿叶。

Contents

第七章	第八章	第九章	第十章
宣告炙热无比的爱意	hs&yucheng	满分逃子和全世界最好的女朋友	遗憾终将被弥补，爱情都会圆满
001	113	165	191

NO. 目录

番外 | 番外 | 番外

Happy Ending

番外1: 故人重逢

番外2: 我们新婚快乐

番外3: 祁原篇

番外4: 齐莫篇

番外5: 沈毅风视角

番外6: 时间杀不死我们的爱情

番外7: 雨城少年永远炙热如风

番外8: 贺日日的贺，潋潋的潋

221

第七章

宣告炙热无比的爱意

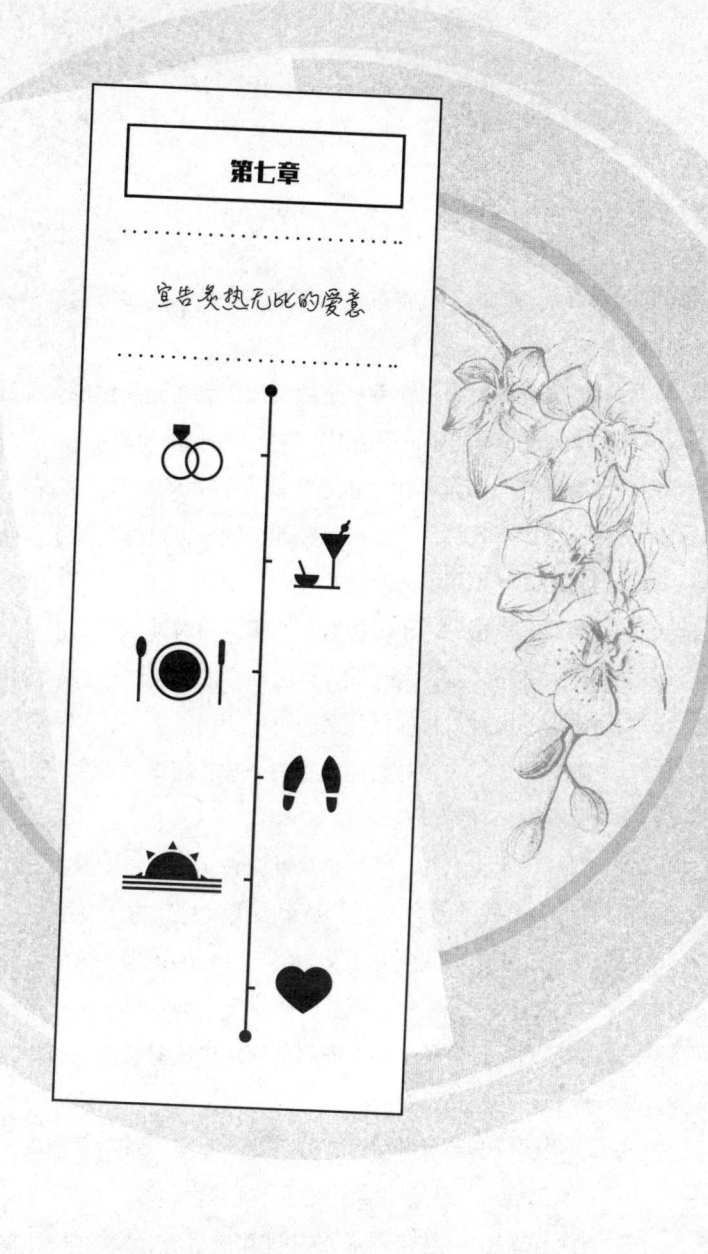

京大门口，于澄将车停到树荫下，抬手拢了下鬓发，整理好衣服才下去。

阳光晃眼，她正在手机上跟乘风唐聊新画的定价，乘风唐托她帮自己在京大找找好苗子，签到工作室来，于澄给他回了个"OK"的表情包。

她跟乘风唐是师生，也是合伙人的关系，乘风唐新办了个工作室，于澄不乐意给人打工，就出资和他合伙干，这样她除了画画和出钱不用干别的，尤其不用看人脸色。

交代完事情后，于澄拎着行李箱，照着地图往前走。

京大的宿舍是三人一间，因为入学时间晚，于澄临时被安排在一间人还没满的宿舍，目前只住了一个人。

她推门走进去，书桌前坐着一个敷着面膜的女孩，睁着眼睛一动不动地盯着她："你就是于澄？"

"嗯。"于澄点头，把行李箱推进去。

"天啊，我的新舍友竟然是个大美女！"方丁艾惊呼，激动得一把揭下脸上的面膜，"我叫方丁艾，编导专业的，现在这间宿舍就咱俩住。"

"你好。"于澄礼貌地回应，眼带笑意地打量了她一番。

面前的女孩个子不高，齐肩的短发染成雾霾蓝，长得很稚气，穿着牛仔外套，时尚又青春。

于澄把行李箱滑进宿舍，方丁艾的眼神一直粘在她身上。

"怎么了？"于澄回头，眼尾上挑着看向她。

"你有兴趣当模特吗？"方丁艾眼睛发亮，"我在校外有个兼职，那

002

边摄影挺缺模特的。"

于澄轻笑了一下:"没有。不过我对模特很感兴趣,有好的人选可以介绍给我。"

"哦,好……好的。"方丁艾傻愣着看向于澄,她天生对美女没有抵抗力,热心地说道,"你比我晚来一个月,有什么不懂的、需要问别人的,都可以来找我。"

"嗯。"于澄点头,放好行李箱后拉开座椅坐到她对面,单手捧着脸朝她笑,"我还真有事想问你。"

方丁艾眨眨眼:"你问。"

"我想打听个人,嗯……"

名字都到嘴边了,于澄又把它咽回去,觉得目标太明显,就换了个说法:"航天工程学院的院草,他怎么样啊?"

"航天工程学院的院草?"方丁艾睁大她的小圆眼,没想到于澄看着清清冷冷的,仿佛不食人间烟火,一开口就打听男生。

她的美女舍友真有个性。

"我这儿正好有照片,给你看。"方丁艾凑过去,大方地分享她知道的信息,"你打听他干吗?他新交了女朋友,隔壁华清的。他挺渣的,我个人觉得配不上你,但如果你真的喜欢他,我也支持你勇敢追爱。"

于澄眉头微蹙,随意地瞟了一眼方丁艾手机上照片里的人。

"……"

她扬眉,嘴角勾起一丝弧度,不太相信地反问:"这是航天工程学院的院草?"

方丁艾点头:"是啊,目前还是他,都上大三了,后面那两届一个比他帅的都没有。"

"京大的人眼光够邪门的。"于澄没头没尾地说了这么一句。

她以为贺昇在京大说是院草都委屈他了,没想到他连院草都没排上。

"你是不是没看上这人?"方丁艾觉得自己挺懂她的心思,于澄这

003

样的人眼光肯定高。

"是有点没看上。"于澄笑着承认。

方丁艾一脸"我就知道你是这意思"的表情,继续给她介绍:"咱们这一届目前还没揪出一个特帅的,军训都晒得黑黢黢的,还没缓过来呢。不过去年有一个。"

她皱着眉头回忆,停顿了一下才继续说:"那人是2018级的学长,我军训时在食堂碰见过一回,那张脸、那个身高,长得跟明星似的。不过人家不在航天工程学院,是学金融管理的,我也有照片,你要看吗?不过你得等我翻一下。"

"谢谢,我不看了。"一听那人不是航天工程学院的,于澄兴致缺缺。

方丁艾点头:"没事,你才来第一天,不着急,以后慢慢看。"

"嗯。"于澄觉得好笑,看着她问,"你不去洗脸吗?"

"嗯?"方丁艾伸手摸了摸脸,才想起来面膜还没洗,立马跑到洗手间洗脸。

于澄看她那样想笑,觉得这人蛮逗的,起码第一印象还不赖。方丁艾洗好后开始护肤,于澄则开始收拾床铺。

于澄在外面有工作室,也有独立的住处,偶尔有需要的时候才会在宿舍住。难得她今天没事,打算用下午的时间熟悉学校的环境,从明天开始她就得正常报到、上课,她不想一大早爬起来连教室都摸不清。

"这边哪里有卖遮光帘的?"于澄问。她看着方丁艾床上的帘子有些心动。

"我床上那个吗?学校里也有卖的,但质量不好,太薄了,透光。我是在二胡口买的,有点远,你想要我可以带你打车过去。"

于澄眯起眼笑笑:"好,正好我开车过来的,不介意的话,你可以带我认路。"

"行啊。"方丁艾正好没事,她创作视频的灵感有些枯竭,主动提出要带着于澄出去逛逛。

现在是下午四点,阳光没正午那么刺眼,两人收拾好后一块儿出门。一路上两人偶尔聊几句,大多时候是方丁艾说,于澄听。她发现于澄只是看着清冷,其实没什么架子。

京大的校园里一步一景,绿叶银杏、槐树、乔木在各处繁茂生长,于澄边走边看。方才在宿舍就方丁艾和于澄两个人,她还没太感觉出来,这会儿走在校园的路上,才真的感觉到于澄的魅力之大,从出了宿舍门开始,不知道有多少人回头看她。

初秋,草木散发着香气。于澄一身黑色收腰吊带裙,穿着马丁靴,披肩长发微卷,仔细看会发现发丝下藏着一颗细小的耳骨钉,当她面朝阳光时,耳钉会泛起淡淡的光晕,很带劲儿。

方丁艾没忍住,边走边打量于澄,她的美女舍友虽然瘦,但是该有肉的地方一点都不少。除此之外,引人注意的还有她后背裸露着的一大片白皙的肌肤——黑色吊带裙的肩带下,有块被遮住一半的文身。文身面积不大,应该是于澄自己设计的图案,覆盖在一道伤疤上,形状完美融合,像荆棘又像锁链,十分惹眼。

"这里以前受过伤,留疤了。"注意到她的目光,于澄笑笑,抬了下有文身的那侧肩头,告诉她。

方丁艾点头,"嗯"了一声。

因为学编导,方丁艾经常会接触到镜头,以专业的眼光来看,于澄能抓住别人眼球的一个原因,就是她身上的美不是浮于表面的美。她身上有强烈的故事感,往镜头前一站就是一帧电影画面。

"于澄,你以前有没有谈过恋爱啊?"方丁艾忍不住问。她对人的敏锐度很高,算是她的"专业病"。

于澄身上的这种气质,一定是经历过特别多的事情才能有的,不管是感情还是别的什么方面。她作为一个镜头重度爱好者,真的很难不去深挖。

"我不知道。"于澄对自己的过往并不避讳,不论好的坏的,有人问，她基本都会说出来。

她不知道自己跟贺昇的那一段过往到底算什么。

"然后呢？"

"不知道。"

方丁艾不理解她的话："什么意思？是不是谈恋爱你都不知道？"

"嗯。"于澄没心没肺地笑出声，"等我问完他再告诉你。"

"哪个狗东西敢这样对你？别让我知道！"方丁艾愤愤不平，以为又是渣男欺骗纯情少女的故事，"你赶紧问，要是分手了我给你找下一个。于澄，你这么好看，别在一棵树上吊死。"

方丁艾越说越感觉自己要被气炸了："除了我刚才说的学金融管理的那个，其他专业也有好多帅哥呢，实在不行隔壁华清的我也有认识的。你这个渣男前任要是不行，你就赶紧跟他一刀两断！我带你去找新欢。"

"好。"于澄哭笑不得，无奈地点头答应。

一堆话说完，方丁艾才觉得自己气顺了点，又转过脸八卦地问："那个渣男怎么追到你的啊？"

于澄眨眨眼："算是我追的他。"

"嗯？我以为是他追的你呢。"方丁艾挺惊讶，"告诉我，高中时追你的人是不是特别多？"

于澄笑了一声："没有，真正追我的人很少，我挺难搞的，一般的男生不太敢靠近。"

方丁艾"啧"了一声，以为于澄是谦虚，但没过多久她就见识到了于澄说的"一般的男生不太敢靠近"是什么意思，这姑娘一般人的确很难追到。

京北大学建校上百年，校园里有湖有景，两人闲逛了半天才走到门口。

方丁艾呆滞地坐在副驾驶座上，觉得自己置身于梦中："布加迪啊，还是敞篷的，不出意外，这应该是我这辈子坐过的最豪华的车了。"

于澄抬手系上安全带,告诉她:"我哥送我的。"

方丁艾才不管这些,激动地说:"反正都是你家的。快,富婆,快让我见识一下豪车的速度!"

"好。"于澄被她逗笑了,踩住油门开车带她往前走。这边不能飙车,正常行驶没问题。

初秋的热风拂过,京北这个地方不缺有钱人,但能在大学城开这种档次的豪车的人真没几个,坐在这辆车上,一路上不知道收到了多少羡慕的目光。

方丁艾惬意地张开双臂:"敞篷车真舒服,做有钱人的感觉真美妙。"

"嗯……二胡口在哪儿?我不认识路。"于澄问。

"哦对,我都忘了这回事了。"方丁艾不好意思地笑笑,"咱们得绕回去,方向反了。"

"……"于澄只好转动方向盘绕回去。方丁艾拿出手机支架,开始拍摄小视频,准备剪辑需要的素材。

正拍得好好的,和一辆保时捷擦肩而过的时候,于澄突然踩下刹车,甩得她手机都没拿稳,差点摔下去。

"怎么了?"方丁艾纳闷地问。

于澄抬起眼皮往后视镜里看,皱起眉毛,眼神一瞬间变冷:"我有点私事要处理,你先下车。"

方丁艾被她身上突然显露的戾气弄得心惊肉跳,照她说的下了车,乖乖地站在路边。

于澄掏出手机,眯着眼给乘风唐发消息:等会儿记得去派出所捞我。

乘风唐:?

屏幕熄灭,于澄没回复他,利落地发动汽车,紧接着转着方向盘把车掉了个头,引擎发出如怪物低吼般的音浪。

她的黑发被风吹得扬起,神情冷艳,没有一丝犹豫,一脚踩下油门,轰地朝那辆保时捷撞过去。

方丁艾看傻了。

不远处那辆保时捷的车主发现于澄的车后，急急掉转车头错开一些，两辆车紧挨着擦身而过。

赵晗吓得脸色发白。两辆车交错行驶的瞬间，两人的视线隔空短暂地对视，看见于澄的那一秒，她的眼里满是错愕。

风吹过银杏叶，发出窸窸窣窣的声音。赵晗坐在车里惊魂未定，两人距离不过一米，于澄漫不经心地看着她。于澄想起两人第一次见面时，赵晗一头短发，从机车上下来，她那会儿真的以为自己能和这个人成为朋友，谁知道现在会闹成这样，见面就眼红。

于澄抬脚，神情恹恹地踢了踢车门，赵晗这才白着脸抬头看她。

"我之前的那些照片，是你让人发的吧？"于澄嗓音毫无起伏地问。

赵晗咬着唇，不说话。

"我这人从不吃闷亏，你让我栽了这么大一个跟头，撞你一下你不亏。"于澄觉得好笑，抬眼看着她，拿起手机找出两人的聊天记录。

有时候她觉得赵晗这人挺逗，她转学复读的第一个星期手机就被偷了，那会儿日子过得一团糟，她干脆把手机号什么的都注销了，祁原他们几个人的微信都是今年高考完她才重新加上的。但赵晗挺能耐，不知道怎么找到她新的联系方式，消息按月发，回回都不讲话，就给她发一张贺昇的照片。

最新的一张是今天中午发的，照片上是一扇浴室门，门把手上挂着贺昇的T恤，看上去两人的关系亲密无间。

于澄放下手机，抬眼看向她："交警没来之前，咱俩聊聊吧。"

"聊什么？"赵晗抬起头，声音沙哑。

"这一年多我不在，你天天在他身边晃悠，他接受你了？"

"没有。"赵晗眼眶发红。

这个答案在于澄的意料之中，她冷淡地打量着赵晗，突然笑了："有时候我真不知道你到底是怎么想的，把自己弄成这样，就这么想让别人在看着你的时候想着我的名字？"

赵晗中午刚在贺昇那儿受挫，负面情绪纷纷压向她，她捂住脸崩溃地大哭："对不起。"

见赵晗这副样子，于澄收回视线。她也知道自己这话狠毒，她不是什么圣母，对赵晗就是有怨恨，一看见她那张折腾得跟自己有五六分像的脸就觉得恶心。她把贺昇当成什么人，把他想成什么样，才能想到这些恶心人的手段？于澄光是想想就气得发抖。

她红着眼，抬腿狠狠踹了一下赵晗的车门："别让我再看见你。"

周围的人渐渐变多，短暂交锋过后，两人一个静静地靠着车门，一个坐在车里哭，相顾无言。

方丁艾这会儿才回过神来，她现在相信了，于澄上高中的时候应该真的没什么人敢追。她看着四周围着的人，甚至预想到她的美女舍友是怎么还没入学就火遍京大的。

周围的人还在拍照或录像，方丁艾努力让自己显得淡定点，朝事故地点走过去，伸手轻轻拍了一下于澄："你还好吗？"

于澄抬起头，眼圈还是红的，扯了下嘴角："没事，你先回宿舍吧，我还得在这边处理一些事。"

"嗯。"方丁艾低头，看到于澄的手因为情绪愤怒还在微微颤抖，她伸出手轻轻地环抱住她，"我陪你等交警来。"

"好。"

每所高校都有论坛，京大也不例外，一些在现场的人几乎是第一时间就把视频上传到了论坛，没几分钟就被顶成了热帖。

黑裙子的女生好帅！车也好帅！

呜呜呜，这个小姐姐好好看！哪个学校的？能求个联系方式吗？

别做梦了，"舔狗"滚开！

这人好像是我们美院那个裸分上京大，一直没入学的新生……我是美院学生会的，可自证。

……

"绝了绝了！"王一佟捧着手机睁大眼睛，"学妹牛啊！"

"嗯？"江锋凑过去看，"发生什么事了？"

"就是于澄，刚才咱们在校门口看见的那个女生，在校门口跟别人起了点摩擦，被人拍下视频上传到论坛上。"

贺昇正弯着腰系鞋带，听见这话直起身，走到江锋面前，看向视频里开车往前撞的那个身影。

是于澄，不是同名同姓的人。

江锋皱眉，看着视频里的保时捷觉得眼熟："贺昇，那是不是赵晗的车啊？"

"嗯。"

"哎！你去哪儿啊？"江锋看着贺昇刚看了一眼视频就直接拉开门出去了，一脸纳闷。

王一佟挤眉弄眼地朝他笑："他还说跟赵晗什么关系都没有呢，瞧他紧张的。"

"不错，赵晗算是守得云开见月明，难为她三天两头地过来送东西。"

"确实。"

交警支队内，警察正在做笔录。两人和车都没受伤，因于澄已经认识到自己的错误，所以批评教育了她一番后，等着双方的亲友来签个字，把两人领走就行了。

笔录做完之后，于澄走到一旁靠墙站着，跟赵晗一东一西，离得远远的。

开学这么久，早就入秋了，京北是北方城市，入夜后温差明显。

不知道过了多久，乘风唐才从门外走来，他西装革履，年龄已过三十岁，但平时注重健身，看起来比有些年轻人体魄更强健。

他走到警察面前签字，办完一系列手续后，笑着开口："请问我可以带于澄走了吗?"

"哦,可以可以,你好好说说她,以后不要那么冲动了啊。"警察道。

"好。"乘风唐点头。

两人一道走出去,坐上车,于澄眉头轻皱,闻着乘风唐身上的香水味:"打扰你的好事了?"

"还好,把你领出来再回去也不迟。"

于澄偏过头看向车窗外面,了然地勾起嘴角。

"送你去哪儿?"乘风唐问。

"明早有课,去学校……"于澄的话说到一半突然停住,微怔地望向窗外。乘风唐顺着她的视线看过去。

前方马路上,从出租车上走下来一个青年,夜色昏暗,看不太清他的脸,个儿挺高,身姿挺拔,下车后就直接迈步朝派出所走。

乘风唐光看于澄的眼神就懂了,他收回自己的视线,问道:"你就是因为他,不来我的华美,非得考京大?"

"嗯。"于澄坦然地承认。

乘风唐笑着问她:"那你怎么还不下车,还在我这儿坐着干什么?"

"等等。"于澄心跳加快。

"等什么?"

于澄:"看他是自己出来,还是领着别人出来。"

"有什么不一样的?"乘风唐搞不懂这些年轻人的心思。

"有,他人都来了,"于澄轻缓地眨了下眼,"我得知道他是因为谁来的吧?自作多情的事我干不出来。"

"他要是因为你来的呢?"乘风唐好奇地问。

"还没想好。"

"嗯?"

于澄垂眸,掩藏眼里的情绪:"他一声不吭地直接走了,凭什么?"

"所以呢?"乘风唐看向她。

"在他身上栽了两年多,我认了,随便以什么身份都行。"

于澄偏过头,靠在车窗上笑得像只妖精:"我准备先把人搞到手再说。"

派出所内,除了值班的民警,就只剩赵晗一个人坐在那儿。贺昇打量了一番四周,走到她跟前冷淡地开口:"于澄人呢?"

赵晗抬头,声音沙哑:"走了。"

听见这话,贺昇眉头微蹙,没有停留,转身就走。

"被乘风唐带走的!"赵晗在他身后喊道。贺昇这才停下脚步,回头看了她一眼。

赵晗咬着牙:"乘风唐这人你比我了解,出了名地会玩儿,画两幅画就能跟人混熟。"

贺昇抬起眼皮看了她一眼:"你想说什么?"

她呼出一口气,尽量让自己的语气显得平静:"你在这儿等着她,她未必还在原地等着你。"

"嗯,我不介意。"贺昇收回目光。

"就算你真的喜欢她,你们也不可能有结果的,没有你爸挡着,你爷爷也不可能同意你俩的事!"

赵晗害怕了,她当时是占了天时地利的机会才让他们分开,换个时间点,她那个手段放到现在一点用都没有。她以为她有很多时间去跟贺昇慢慢磨,但于澄来了,她知道自己根本赢不了。

"他同意。"贺昇说道。

赵晗愣住:"怎么可能?"

"怎么不可能。"

贺昇扯了一下嘴角,笑出声来:"你真是拎不清于澄在我这儿是什么位置。我愿意跟老爷子谈这件事,不是跟他商量,是希望他能高高兴兴地接受。"

赵晗皱着眉,没听懂。

"别人谈恋爱有的，她也得有，包括……家人的祝福。"他停顿片刻，语气难得带着几分认真，"我不想让她在我这儿再受一丁点委屈。"

　　贺昇说完，没再管赵晗，直接走出派出所。他拿出手机看了一眼时间，晚上十点，学校大门都关了。

　　夜风刮着，贺昇垂眼靠在路灯的杆子上，心烦意乱。他想着赵晗的话，乘风唐把于澄领走，是直接送她回学校了吗？她这会儿是在宿舍，还是跟乘风唐在一起？她想谈恋爱就谈恋爱，是他先走的，没道理让人家等着自己。但是她谈归谈，怎么能找这种人？贺昇越想越烦，望着地上自己的影子，眉头紧皱。

　　这边偏僻，马路空旷，偶尔开过一两辆车。

　　"这么巧？"视线里突然出现一双鞋，往上看是一双匀称的小腿，声音清冷。

　　贺昇抬头。于澄站在离他一米远的地方，长发被风吹得扬起，两人四目相对。

　　"澄姐？"贺昇站直身体，喉间发涩，试探地喊了一声。

　　于澄看着他，点头："嗯。"

　　贺昇心跳加快，伸出手拽住她的胳膊，把人往自己面前拉，用力地把她搂在怀里。

　　"你是来找我的吗？"于澄抬头问。她鼻子有点发酸，但她得忍着。

　　"嗯。"贺昇垂眼看着她，喉结艰难地滚动了一下，"我以为你跟别人走了。"

　　"他是我老师。"于澄解释。

　　"嗯。"贺昇点头，应了一声。

　　于澄靠在他的怀里，闻着他身上薄荷的味道，闭上眼，心里五味杂陈。她以为两人分别一年多，再次见面多少都会有些隔阂，可是并没有，两个人好像一直都是如此。

　　贺昇把头埋在她的肩头，闻着于澄发间的清香。

两人拥抱着对方，时间一点点过去，于澄以为跟贺昇见面的那一刻自己会忍不住质问他很多事情，真见到了才发现，好像也没有什么非得问出口的，这样被他抱着就够了，她只想把那段不清不楚的关系弄清楚。

不知道抱了多久，于澄小声开口："我腿麻了。"

贺昇愣了一下，这才松开她。

"回学校吧。"于澄开口，"京北好冷，比南城冷多了。"

"嗯，确实比南城冷。"贺昇点头，掏出手机给她看，"但京大晚上十点钟关门，现在已经晚了。"

"学校还有门禁时间？"于澄轻缓地眨了下眼，"我今天第一天来，不太清楚。我可以回工作室，你有地方去吗？"

贺昇点头，轻轻拿起她的一缕头发绕在手上，轻声问："我自己住，你要不要去我那儿？"

"嗯？"于澄抬眼。

"没别的意思。"贺昇轻轻扯了一下嘴角，笑了，"还跟以前一样，我把我的地方分一半给你，好不好？"

于澄移开视线："我没那么好哄。"

"嗯，我知道。"贺昇又抱住她，知道她在说什么，"好歹给我个机会，好不好？"

于澄垂眼看着脚尖，她得承认，就算话说得再狠，她也拒绝不了贺昇。

过了半晌，她认命地轻轻点了一下头："嗯。"

出租车上，于澄靠在他的肩头，内心特别平静。她的手被贺昇放在手里，轻轻地捏来捏去。

"你真的好幼稚。"于澄弯唇。

"嗯。"贺昇承认，哼笑了一声，"只在你面前幼稚。"

出租车里光线昏暗，于澄眨眨眼，嘴角轻微地勾着。

到了目的地两人下车，于澄跟着贺昇走进电梯。

"终于不用爬楼了。"她感慨。

贺昇看了她一眼，眼里闪过笑意："确实，以前让澄姐受苦了。"

这边是临近大学城的复式公寓，一梯一户，住在这儿的人都是图个清静。

出了电梯，贺昇拿出钥匙开门。

"我平时不想在学校住就会过来，基本的生活用品都有，你看看缺什么。我点个外卖。"

"好。"于澄点头，换好拖鞋后靠在沙发靠背上，看着贺昇走进厨房，不一会儿端出两杯果汁，其中一杯是她以前在出租房里最爱喝的椰子汁。

椰子占地方，那会儿一大半冰箱都被她用来放椰子。

于澄伸手接过椰子汁，喝了两口："我没带换洗的衣服。"

贺昇看了她一眼："穿我的。"

"也行。"于澄对这件事无所谓，以前是他小气吧啦地不愿意借给她穿，她又问，"那我待会儿在哪间屋子睡觉？"

贺昇端着橙汁的手一顿。

于澄扬眉，觉得好笑："难不成我今晚还得打地铺？"

"……"

她笑出声来："昇哥，你这操作真挺绝的，房间这么多，多摆两张床能怎么着？我只在你家睡过地铺。"

贺昇也笑了，想起以前那些事："是挺绝的，以前小不懂事，我的床挺大的，你跟我一块儿睡也行。"

"……"

话说出口，室内静默一瞬。于澄垂眸，晃着手里的椰子汁："一起睡？"

不等贺昇开口，于澄继续说："两个成年男女，一起睡？"她转过身面对着他，笑了，眼神直勾勾的，"一年多不见，你变得这么开放了？"

贺昇抬手，喝了口橙汁："不是。"

他开口："但跟你可以。"

……

于澄："什么意思？"

贺昇："就是这个意思。"

她下巴微抬，紧盯着他："咱俩是什么关系？"

他低声回答："你觉得是什么关系，就是什么关系。"

于澄："老同学？"

贺昇看着她，直白地说："你大半夜跟老同学回他家？"

和自己预想的局面不太一样，于澄的心跳有点快，她岔开了话题："你怎么不把床让给我，自己打地铺？"

"睡地铺不舒服。"他的话很有道理。

"但你以前让我睡过。"

贺昇："嗯，我错了。"

"……"

于澄"啧"了一声，没再跟他贫嘴，抬脚往厨房走，拉开冰箱看了一眼。

"饿了？"贺昇懒洋洋地靠在门框上，看着她的动作。

"没有，煮点姜丝可乐驱驱寒。"于澄边说边从冰箱里取出食材。

贺昇点头："正好我感冒了。"

"嗯，听出来了。"

于澄拧开小火，把可乐慢慢煮开，放进去两块生姜。

"为什么不是姜丝？"贺昇好奇地问。

于澄回过头看他："你会切？"

贺昇勾着唇："不会。"

"那不就得了。"于澄转过头，轻轻搅动着可乐和姜块。姜没切成丝，应该要多煮一会儿才能煮出姜味。

可乐咕嘟咕嘟冒泡，姜块也在里面上下翻转，于澄正专心煮着，腰间突然搭上来一只手。

"怎么……"

于澄刚想回头,右肩上的吊带又被人轻易地钩下去,而后肩膀贴上来一个柔软湿热的东西——是贺昇在吻她。

……

于澄肩膀一颤,差点把勺子砸了,她伸手撑着灶台。他的吻湿热,不轻不重,就吻在那块留疤又覆盖上一层文身的地方。

"你是不是喜欢我?"她轻声问,心跳得很快。

"嗯。"他抱着她,心里的石头终于落了地,"我一直在找你。"

四下寂静,只有可乐沸腾的声音。感受着后肩上像有蚂蚁在爬一样又麻又痒的舔咬,于澄突然鼻子发酸,像是攒了好多委屈,这一年多的独自向前终于走到了终点。

于澄忍不住哽咽:"当时别人都觉得我也就这样了,但我不想就这样。"

她不甘心,她怎么能甘心?

眼泪像不要钱似的往地上砸,她不想哭得这么明显,但她忍不住:"京大真的、真的很难考,我一模的时候还、还够不到分数线。"

自懂事起,于澄在别人面前哭的次数不超过五次,在贺昇这儿就占了一大半。

贺昇突然间心里堵得慌,他把她的脸扳过来,抬手轻轻擦去她脸上的眼泪,哑着声道歉:"对不起。"

于澄看着他,眼泪不停,一滴滴地往他手背上砸。贺昇不知道怎么办才好,只能抱着她重复地说"对不起"。

不知道哄了多久,于澄才慢慢止住眼泪。贺昇低头看着她,她哭了有半小时,这会儿她发丝微乱,眼睛红红地靠在自己怀里,看着可怜得很。

他低头,忍不住靠过去,两人的距离近在咫尺。意识到他要做什么,于澄别过脸,没看他,说话还带着鼻音:"你感冒了。"

他点头:"嗯。"

贺昇睫毛轻颤,指腹轻轻蹭着她的下唇,嗓音低哑:"那你要不要跟我一起感冒,嗯?"

话音刚落,于澄的腰就被他抱紧,空气中飘浮着可乐甜腻的味道。两人呼吸交缠,看着对方,两颗心都在剧烈地跳动。于澄被迫后仰脖颈,贺昇偏过头吻住她,两人的唇紧贴着,他身上有她熟悉的薄荷气息,掺了点烟草味,让人心口发烫。

贺昇用空出的手捏住她的下颌,把人往自己面前拉。他没闭眼,也不让她闭,就在对方的视线中逐渐加深这个吻,吻到呼吸微乱。于澄的左手不自觉地攥住贺昇的衣摆。

那年夏天没能做的事,现在成倍地补上。

被贺昇压在厨房岛台边亲了半天的结果就是,于澄第二天一睁眼就知道自己感冒了。她缓过神来,理清头绪,气得一脚踹过去。

贺昇从被窝里坐起来,无精打采地耷拉着眼皮,半天没反应过来:"怎么了?"

"我感冒了。"于澄看着他。

"真感冒了?"贺昇笑了一声,迷糊着把人又拉到自己怀里,"那等会儿我去给你买感冒药。"

于澄忍不住瞪他。

她昨晚一开始没同意,凭什么他想亲自己就亲,她想亲他就得被他钓着?一年多没见,她还记得两人分开前他是什么样子。

但贺昇手劲真的很大,而且不要脸,问她那一句就是走个形式,也不管于澄答不答应,把她的脸扳过来就凑上去啃,一直把她吻得头晕缺氧才放开她。

这种可能性是她之前没想过的,猝不及防。

于澄缓缓呼出一口气:"你就不能不亲?"

"不行啊,我忍不住。"贺昇闷声笑起来。

于澄白了他一眼:"你真的很不要脸。"

"还行吧。"贺昇抱着她,"还没问你呢,怎么起这么早?"

"我想先回宿舍一趟。"

"好,等会儿我跟你一起回去。"

早上时间有限,贺昇没抱多会儿就松开了她,掀开被子下床。

昨晚几乎就是在混混沌沌的亲吻中度过的,两人上午都有课,没时间继续一起待着。

京大男生宿舍跟女生宿舍隔得非常远,于澄回到宿舍的时候,方丁艾还没醒。她轻手轻脚地走进去,把身上贺昇的衣服脱下来,换上一件灰黑色带字母的卫衣,从箱子里拿出一双渔网袜套上,最后穿上中跟皮靴。

"欸,你回来啦?"方丁艾拉开床帘,看着书桌前坐着的于澄问。

"嗯。"她点头。今早的大课她跟方丁艾是同一间教室,等会儿跟着她过去就行。

"姐姐,你好帅,好性感!"方丁艾趴在床头看着于澄那双腿,忍不住感慨,"你这样穿,我一大早就要流鼻血了。"

于澄笑着催她:"赶紧起床吧你,别第一节课就迟到了。"

"哦哦,好。"方丁艾这才急急忙忙地下床开始收拾。

从宿舍到教学楼要走二十分钟,不算太远,但每天来回走四趟,也挺累人的。

方丁艾边啃包子边叹气:"我准备买个滑板,路程太远了,走得好累。你也跟我一块儿买吧。"

"行啊。"于澄无所谓,她以前就干过这事,还因为滑滑板上学被通报过,抱着滑板在分部大门口罚站了一节早读课。

大学真的很自由,这感觉真好。

方丁艾啃完包子把塑料袋扔进垃圾桶,转过头问她:"这两天社团

019

招新,你准备去哪个?"

于澄摇头:"不知道。"

她第一天入学,连有哪些社团都不知道。

方丁艾高兴地挽着她:"那下课再去看吧,我也没想好,咱们俩一起去。"

"嗯。"

因为这节课的老师出了名地严厉,迟到三次期末必挂科,所以两人出现在教室门口的时候,座位已经被大家坐得差不多了,就剩最前面那一排还空着。

嘈杂的教室里突然安静了片刻。

"我们坐哪儿?"于澄抬头,从前往后扫了一眼。

方丁艾有点怵:"都、都行。"

"那就坐在第一排吧。"于澄边说边走过去,随便挑了一个靠过道的座位坐下来。

"嗯。"方丁艾挨着她坐,有点不适应被这么多人注视着。趁老师还没来,她靠过去小声和于澄说:"你都不知道,我昨晚微信都要炸了。"

"嗯?"

"都是找我打听你的。"

"打听什么?"

"打听所有。"方丁艾叹气,"你没发现教室里百分之八十的人眼神都粘在你身上吗?姐姐,你现在在京大真的很出名。"

"是吗?"于澄不怎么在意地笑笑。

"是的。"方丁艾一个劲儿地点头。

大学老师讲课跟高中老师完全不是一个风格,有趣很多,但于澄昨晚睡得太晚,小课间她就直接趴在桌上补觉。等到快要上课被叫醒的时候,她看见方丁艾睁着小圆眼,一眨不眨地看着她。

"怎么了?"她皱着眉,困得头疼。

020

"你刚才睡着了,我帮你收了几封情书。"方丁艾从书桌里掏出几封信,拍到她的面前,"这封是隔壁教室一个男生写的,这封是1906班班草写的,还有这封,是学生会一个大三的学长写的,这封……这封我忘了,反正都是写给你的。"

于澄扫了一眼,心情毫无起伏:"都帮我扔了吧。"

方丁艾朝她竖起一个大拇指。

只有第一节课两人是一起上的,第二节专业课是在不同的教室。上午的课结束后,两人一块儿走在银杏路上,这边直通广场,社团都在广场上招新。

阳光洒落下来,方丁艾偏过头,看着于澄那张素面朝天还冷艳感十足的脸,她的美女舍友长得真的很绝。昨天还有人黑她的美女舍友卸了妆就没法见人来着,她准备回宿舍就跟个帖,啪啪打肿他们的脸。

"那是什么社团?人这么多。"于澄站在广场入口问。

每个社团都有一个独立的蓝色遮阳棚,里里外外共有二三十个棚子,各个社团的桌子前都竖着广告牌,但那一片人太多了,围得水泄不通。

"那边啊。"方丁艾踮脚张望,"跳健美操的。"

于澄乐了:"这么多男的喜欢跳健美操啊?"

"那倒不是,他们肯定是冲着陈心可去的,人家是校花,军训时还在操场上给我们跳过舞。"

"哦。"于澄了然,点点头。

方丁艾又"啧"了一声:"不过这个学姐眼光高着呢,喜欢昨天我跟你讲的那个学金融管理的学长,听说都追人家一年了,人家也没搭理她。"

于澄这下倒挺惊讶的,笑了:"校花都追不上他?"

"嗯。"方丁艾点头,"那个学长好像有女朋友,但大家都是听说的,也没人见过。"

"哦。"

"不过我觉得你比陈心可好看。你等着,今年校花评选大赛,你的票数肯定比她高。"

于澄扬起眉梢:"我不参加。"

"为什么?"方丁艾问。

"非得给自己整个头衔,不尴尬吗?"

她以前也就被祁原他们几个这么喊着玩,压根儿没正儿八经地参加过什么校花评选。

方丁艾鼓掌:"我真的爱死你这股踺劲儿了。"

午间阳光明媚,京大社团招新只有两天,大家都想趁着下课顺道过来看一眼,省得再特意往这儿跑一趟,所以这会儿广场上的人特别多。两人逛了一圈,也没决定好报哪个社团,决定先回去。

吃完饭回到宿舍休息,于澄给许琛发消息:你有车吗?

今天是工作日,许琛这个打工人应该挺忙。直到于澄上最后一节课,他才回复她:昨天不刚给你一辆?

于澄回复他:触霉头了。

许琛:……

许琛:京郊车库里好像有几辆,你自己挑吧。

于澄:好。

她忙的时候得往工作室和各种地方跑,没车去哪儿都不方便。直接去买一辆也行,但她不太懂车,还是得麻烦许琛。许琛这人除了玩车没有别的爱好,车库里的车基本都被改装过,开起来爽得不得了。

和许琛聊完,于澄刚要放下手机认真听讲,贺昇又发来消息:下课之后有时间吗?一块儿吃饭。

于澄单手按键盘回复他:我有事,要去京郊取车。

于澄盯着屏幕上方那行"对方正在输入"看了半天,贺昇才发来消息:行,那边太远,我送你过去,取完再一块儿开车回来。

于澄回复他:好。

022

两人约好晚上七点在校门口见面，于澄走到校门口的时候天已经黑了，路口有三三两两往返的本校学生，路边的树下停着一辆奔驰，贺昇看见她出来后打起双闪灯。

车里没开灯，光线昏暗，于澄走过去拉开车门，贺昇坐在驾驶座上，额头绑着黑色发带，应该是刚运动完，整个人还汗津津的，穿着深蓝加白色竖边的联名篮球背心和短裤，露出好看的肌肉线条。

"换车了？"于澄扶着车门抬腿上车，贺昇顺势拉住于澄的胳膊，把她拽到自己腿边。

"嗯，这辆车空间比较大。"

于澄皱眉："你干什么？"

她被贺昇托着，这个姿势侵略感太强，于澄不适应这种感觉。她往后退，想站起来，人又被他按住动不了。

"一天没见，想你了。"贺昇眼里带着笑意，"先亲两下。"

于澄皱眉，眯起眼睛，偏过头往后躲，反而被他直接压在了方向盘上。她抬脚想踹他，但这个姿势伸不开腿。

"喀喀喀！"几分钟后，于澄偏过头，剧烈地咳嗽。

贺昇抬手轻轻拍她的背，笑着看她："接个吻都能呛着？"

"你是禽兽？"于澄被折腾得发丝微乱，眼尾都是红的，咳了好一会儿才咬着牙回头骂。这人怎么回事？

贺昇半点不好意思都没有，懒懒地往后靠，笑着说："以前沈毅风天天骂我是狗，我以为你心里多少有点数。"

他真够可以的，以前在她面前洁身自好得不行，都不让她挨着，这会儿仿佛换了一个人似的。他胡作非为完，于澄的嘴唇被吻得微麻，面无表情地坐回副驾驶座。

"饿不饿？"贺昇发动车子问。

"还行，不怎么饿。"于澄望向窗外。

"周秋山那边有个宴会，我得过去一趟，不饿就先带你过去。"

于澄偏过头看他："能不能不去？"

"嗯？"贺昇转头笑了一下，"他惹着你了？"

"没有。"于澄看起来不太情愿，语气冷淡，"我昨天差点把赵晗的车撞了，今天再看见她，应该还是想撞。"

"没事。"贺昇腾出一只手，把她的手握在手里，"她不在，以后也不会在。"

于澄睨了他一眼，把手抽回去："我非得去？"

"那倒不是，但今晚的宴会人挺多的，带你去露个脸，让他们认识一下你。我们不用在那儿待太久。"

"认识我做什么？"于澄瞥了他一眼，"咱俩是什么关系？"

贺昇在这件事上很沉得住气："男女朋友。"

于澄："我没说过。"

"但我一直都这么觉得，以前就是。"贺昇没管她，"你这会儿说也不迟。"

"……"

车开到地方，服务员把车泊好，夜风吹得树影摇曳，两人肩并肩一道进去。

宴会厅内，周秋山正陪着一个穿着公主裙的女孩弹钢琴，瞟见两人的身影，立马站起来打招呼："哟，看到你第一眼我还以为出现了幻觉，好久不见啊于澄。"

于澄笑着说："确实是好久不见。"

周秋山感慨万千，打量了两人一番。他第一次见于澄的时候，确实没把人往好的地方想，以为贺昇这个恋爱脑被她灌了迷魂药。也不怪他多想，想钓金龟婿的姑娘太多，他以为于澄也是那一挂的。今天他看着两人一路走过来，也不得不承认，爱情这东西还是能相信的。不谈其他的，这俩人一个敢在京北等，一个敢往京北考，两个人什么都不做，光站在那儿就很般配，是该在一起。

坐在周秋山身边的女孩也跟着他站起来，眨眨眼喊了声"贺哥哥好"，又带着点怯弱地看了于澄一眼，跟她打招呼："贺……贺嫂嫂好。"

"欸？"周秋山拍了一下她的头，被她逗笑了，"这是什么称呼啊！"

"她叫于澄，你喊姐姐就行。"贺昇看起来漫不经心，脸上带着笑，假模假式地抬起手搭在于澄的肩头，把人搂到自己跟前。

"对，喊姐姐就行。"周秋山拎着女孩的领子，转过头来给于澄介绍："这是我妹周秋梓，算是阿昇的小迷妹，在她心里阿昇跟她追的那些明星哥哥没区别，你别介意。"

"哦，是你啊。"于澄略微扬眉，关于这个女孩的记忆浮现在脑海——是高三那年冬天在街头被她撑的那朵"烂桃花"。

周秋山又笑着吐槽了一句："阿昇谈恋爱，在她心里就是爱豆塌房。"

"……"

"于澄姐姐好。"周秋梓望着她，别别扭扭地喊了一声。

于澄也笑了："你好。"

低缓的钢琴曲在耳边流淌，今天是周秋梓的成人生日宴。于澄不知道要来这种地方，穿的还是在学校穿的那套衣服，她扫了一眼，来的人穿得都挺正式，连周秋山都穿着西装、打着领带，就她跟贺昇两个人随意又显眼，想不被人注意到都难。

贺昇和周秋山两人自小一块儿长大，两家老爷子的交情还在，社交圈的重合率有百分之八十。有宾客看见贺昇带着女孩过来，忍不住打听，贺昇就牵着于澄的手，站在宴会厅中央，大大方方地一个个给他们介绍。有人想打听于澄，贺昇就三言两语搪塞过去。

"这是我妹的生日宴，别弄得跟你俩的订婚宴似的成吗？"趁于澄去卫生间，周秋山骂骂咧咧地走过去找贺昇。

贺昇屈着左肘靠在钢琴架上，闻言单手摸着后脖颈瞥他一眼："那你倒是拦着啊，我就站在这儿，他们自己非要过来问，我有什么办法？"

周秋山被他气笑了:"你还有脸说,你当他们过来问是闲着没事干?今晚过后还不知道有多少姑娘得哭。收起你那不要脸的德行吧,恋爱脑真是没谁了。"

贺昇偏过头不说话。

"以后我结婚指定不找你当伴郎,风头全被你抢了。"周秋山叹气。

"你结婚?我要跟于澄结婚,你跟谁结婚啊?"贺昇觉得好笑,盯着他看,"我怎么可能沦落到给你当伴郎。"

周秋山:"……"

这兄弟不能要了。

宴会晚上八点十八分正式开始,两人准备等周秋梓切了蛋糕再走。好歹是人家过生日,占用人家的场子办自己的事,贺昇觉得多少有点对不住周家兄妹。

于澄靠在甜点台边上,单手把头发撩到一侧去,挑了半天才盛出来两勺沙拉,她这会儿是真的饿了,这么晚又不敢吃太多。拿好后她偏过头,目光穿过大半个宴会厅,竟然看见了一个老熟人。

乘风唐站在喷泉下,身边跟着一个好友,也站在那儿一动不动地盯着她看。

在这儿都能碰上,两人都没想到。

于澄面无表情地把沙拉咽下去的那一刻,心里只有一个想法:京圈还真是个圈啊。

"欸,那人是不是你的学生?"好友拍拍乘风唐的肩膀。

"嗯。"他点头。

好友打趣道:"还真是啊!我刚才看见她跟贺家的小辈站在一块儿。怎么,她之前不是一直跟着你?"

"没有。"

"不应该啊,之前还以为是你魅力大,又吸引了小姑娘追着你跑。"

乘风唐笑笑。他一开始收于澄当学生，一方面是惜才，另一方面也确实有别的想法。他这么一个正常的成熟男人，要是说看见这么漂亮的姑娘不动心，说出来自己都不信。但没想到接触下来，没等他有什么明显的表示，就发现于澄的背景并不简单，单说她继父许光华手里的半导体的生意，京北谁不眼馋？这会儿她又跟贺家沾上关系了。

乘风唐眼睛微眯，嘴角勾起一丝弧度："我可不敢得罪她。"

宴会厅顶上的吊灯光线璀璨，照在两人身上。于澄拿着杯果汁坐下来，看着宾朋尽兴的场面，眉梢微微扬起："你这样弄得尽人皆知，也不怕以后和别的女孩在一块儿会尴尬。"

贺昇坐在沙发的另一端，额头上的汗干得差不多了，整个人看着清清冷冷的。他懒洋洋地靠在沙发上，听了这话笑了："是啊，所以我没法换女朋友了。"

于澄移开视线，"喊"了一声，没搭理他。

周家也不是简单地光想办个生日宴，主要还是想拉拢关系，让好久没碰面的人有个由头聚一聚。宴会上一派其乐融融，小辈坐在一块儿玩闹，长辈靠在一起谈笑，聊着京北城里各个方面的最新消息。见时间差不多了，贺昇带着于澄提前离场。

两人刚上车，于澄又被贺昇压着亲了好一会儿。

"还去不去取车了？"于澄擦擦嘴角，睨了他一眼。

"去，这就带你去。"贺昇浑不慑地捏着她的下巴又亲了一口，这才松开她，驾车往京郊赶。

车开出市区，车窗被摇下，于澄捧着脸靠在窗边，微眯着眼。夜风把她的头发吹得扬起，看起来肆意不羁。

一路通畅，贺昇把油门踩到底，迅速穿过笔直的林间公路，高大的绿叶乔木在夜间黑影幢幢。

他切换歌曲，随机播放歌单里的英文歌，这条公路上只有他们，他把音量调到最大。

一段躁得撩人的前奏过去，低哑磁性的嗓音响起。

> Baby don't you cry.
> （宝贝请不要哭泣。）
> ……
> And I will look for you like every time.
> （我会像往常一样去找你。）

这首歌里有肆无忌惮的说唱，歌词直白而大胆。

他想起来去年在班里不小心连到多媒体设备的蓝牙，播放了这首歌，班里的女同学听得脸都红了，也没人敢吱声。他看着一群人的反应觉得无聊，又把歌切换成别的。

贺昇偏过头，刚想跟于澄说两句话，就看见于澄开口，微眯着眼睛在副歌即将响起的时候跟着哼唱。

> Late night call you in the late night.
> （夜深人静时拨通你的电话。）
> Trade love for one night.
> （用爱换得一夜欢愉。）

于澄穿着暗黑配色的男友风卫衣和渔网袜，长鬈发，冷白皮。她的唇被他吻得鲜红，手支着下巴靠在窗边，黑发往后扬起，左手随意地垂在大腿外侧，右腿稍往前伸，脚尖一下一下打着节拍，嘴角勾着，看起来漫不经心。

贺昇望着尽头黑洞洞的道路，满脑子只有一个想法——他女朋友真带劲儿。

取完车后，两人对视了一眼，轰着引擎绕着京郊的跑道场地赛了好几圈。

于澄原本就感冒了，加上吹了半晚上的风，第二天她一起床就感觉自己有些发烧。

"你还好吧？"方丁艾看了一眼正在唰唰写板书的老师，小声问她。

她本来是准备帮于澄请假的，没想到于澄在床上缓了十分钟，顽强地爬起来给自己化了个妆遮住病容，跟着她过来上课了。

"嗯，还行。"于澄耷拉着眼皮记笔记，精神明显不怎么好，脸烧得发烫，透过粉底液显现出病态的潮红。

"你要是撑不住了就跟我说啊。"方丁艾皱眉。

"嗯，没事，还有几十分钟就下课了。"

今天上午只有一节课，满打满算也就上两个小时，她入学晚，已经落了不少课，这会儿再缺课怎么都说不过去。

挨到铃声响起，方丁艾抱起书就拉着于澄往外走，两人下楼，穿过走廊一路走到医务室。

"老师！我同学发烧了。"方丁艾风风火火地开口喊了一声。

"哦，来了来了。"校医从里面的配药室里出来。

"你不是待会儿还有课吗？"于澄看向方丁艾，淡淡地勾起嘴角，"我没事，我都在医务室里了，你先回去吧。"

方丁艾皱着眉，语气难掩担心："那你一个人在这儿行吗？"

"哎哟，她在我这儿有什么不行的。小姑娘你有课就赶紧回去啊，别耽误学习。"校医笑着看向两人。

于澄也觉得好笑："老师说得没错，你先回去吧。"

方丁艾不放心地又看了她一眼："噢，行，那你有事给我打电话啊。"

"嗯。"于澄朝她比个"OK"的手势。

看人走了，于澄轻轻地呼出一口气，仰着头疲惫地往后躺，身上酸酸地痛。

校医拿着温度计朝她走过来:"来,先量量体温。"

"好。"于澄坐正了,老老实实地抬起胳膊。

白墙上挂着的钟表嘀嗒嘀嗒地走,几分钟后于澄把温度计拿出来递过去,校医拿到眼前一看:"哎哟,都烧到三十九摄氏度了。"

"是吗?感觉没那么严重。"于澄吸吸鼻子。

校医叹口气:"你这姑娘还挺厉害,烧得这么高还跟人有说有笑的。

"有没有什么过敏的药物?"

"没有。"

"吃早饭了吗?"

"吃了。"

简单问了几句后,校医就回到配药室给于澄配药。看着她拿着几瓶药水过来,于澄忍不住问:"大概得多久能挂完?"

"三瓶,两个多小时吧,明天再看情况。"

于澄忍不住皱眉:"明天还有?"

"是啊,你烧得这么高,一天温度哪能降下来,最起码两天才能退热,后天要是不烧了也得过来看看。"

于澄认命地点头:"哦,好。"

医务室里都是消毒水的味,窗户开着,阳光照进来,她看着细细的针头扎进血管,传来一阵刺痛感。针扎好后,于澄把手机放到一边,躺在床上休息。四下寂静,窗外的银杏树树影婆娑,在安静的环境里她入睡特别快,迷迷糊糊地记得校医过来给她换过两次药水。她的床位正对着窗户,光线太足又没眼罩,她睡得也不踏实。

头还晕着,枕边的手机突然响起铃声,于澄单手把手机拿过来看了一眼,是贺昇打来的电话,她举起手机放在耳边接听:"怎么了?"

听筒里叽叽喳喳的,吵闹声很大,他应该是刚下课从教室往外走。

贺昇轻笑一声,声音清越:"中午一起吃饭啊?四食堂有一家卖川菜的,你应该会喜欢。"

"不了,我有点发烧,在打点滴。"于澄轻声回答他。

贺昇顿了一下:"你在医务室?"

于澄:"嗯。"

贺昇拨开人群,抬脚往楼下走:"我现在过去找你。"

"好。"于澄放下电话,有气无力地靠在病床上,晕晕乎乎的,那点睡意也没了。

正巧校医拿来温度计,又给她量了一次体温:"三十八度二,退下来一点了,等会儿再吃两片退烧药。"

于澄点头:"谢谢。"

没等多久,门外响起不急不缓的脚步声,于澄侧过脸,看到贺昇单手插兜,右手拿着本书,神色恹恹地从门口走进来,上身穿着黑色冲锋衣,运动裤的抽绳随意地垂在腿间。

看见于澄,贺昇眼睫轻颤了一下,收敛了眉间的恹色,走到她旁边坐下,轻声问:"发烧了?"

"嗯。"于澄闷声闷气地回答。

贺昇抬手,把手背贴到她的额头上:"是烧得挺高的,怎么不早点告诉我?"

于澄面无表情地瞥他一眼:"你是冰块还是什么,告诉你就能降温?"

"让男朋友来陪你啊,你一个人待在这儿多可怜。"贺昇把书放到一边,屈肘搭在膝盖上,弯了下嘴角。

"……"

于澄拿出手机无聊地随意刷着,不想理他。要不是这人自己感冒了还非得亲她,她怎么会发烧?

门口又传来一阵脚步声,她转头看过去,一个身材高挑的女生走进来,黑色的长发很直,柳叶眉,杏仁眼。总分是十分的话,于澄能给她的颜值打出七分的高分,算是个难得的美女。

美女的眼神往两人这边扫过来,问道:"她是谁?"

于澄的眼神也淡淡地看向她，不知道她在跟谁说话，这人她没见过。

"贺昇。"美女喊了一声，柳叶眉轻蹙，"我跟你说话呢，我一下课就来找你，你怎么直接走了？"

于澄收起手机，眼神像看戏一样来回在两人身上打量。哦，美女是来找昇哥的。

贺昇这才转身面向她，嗓音懒洋洋的："我急着来陪女朋友，你找我有什么事？"

美女不太相信，往于澄那边看，后者面无表情躺在病床上和她对视，表情又冷又跩。

"你真的有女朋友？"美女问。

"嗯。"贺昇抬起眼皮冷淡地看着她，"人不是在这儿躺着吗，你看不见？"

"……"

以这美女的姿色，于澄以为她肯定要继续纠缠一会儿，没想到得到肯定的答案后，这人扭身就走了，还挺傲气。

"哟，昇哥，还是这么招蜂引蝶啊。"于澄拖着尾音打趣了一句。她看到航天工程学院院草那张照片，还以为京大的人不喜欢贺昇这种类型的，看来他还是有人喜欢的。

贺昇捧着脸，左手把玩着她的发丝，笑道："还行吧，没澄姐受欢迎，我天天听我舍友念叨你，耳朵都要起茧子了。"

配药室的门被打开，校医捧着一杯水过来递给于澄，还给了她两片药。

"谢谢。"于澄接过来，乖乖地放进嘴里吞咽下去。

校医看了一眼药水，还剩大半瓶，叮嘱她："我就在配药室里，等下打完了记得喊我啊。"

"好。"

医务室很安静，外头阳光刺眼，贺昇走到窗边把帘子拉上。

"舒服点儿没?"他问。

"嗯。"于澄点头。她正对着窗户,阳光很足,刚刚她都没怎么睡好。

"那夸夸我。"贺昇把衣领上的拉链拉到顶端。

于澄挑眉:"拉个帘子还得夸你?"

"嗯,要奖励。"贺昇走到她跟前笑看着她,俯身捏住她的下巴。

于澄嘴角勾起,挑衅地回望他:"奖励什么?"

贺昇没说话,只风轻云淡地盯着她,喉结略微滚动,左手摁住于澄没扎针的那只手,右手抬着她的下巴不由分说地亲上去。经历过前几次被他亲得七荤八素后,于澄也从他那儿学会一点技巧,这次直接还回去。

带着银杏味的风吹进来,贺昇松开她,看着于澄嘴角带着水光的模样,目光深沉:"学得挺快啊,澄姐。"

于澄眼神充满挑衅:"是啊,谢谢贺老师,您教得真好,这些技巧我会全用到下一任身上去。"

一门之隔,校医还在配药室里,两人说话都把声音压低,只让对方听见。

贺昇狭长的眼睛微微眯起来:"有种你就试试,看看谁敢当你的下一任。"

"试就试——"没等于澄反应过来,贺昇又亲上去。

下巴一阵吃痛,于澄睁开眼和贺昇对视着,两人谁都不肯退一步。她以前是真的高估贺昇这人的道德底线了。

于澄记得有一回她跟许颜形容贺昇,怎么说他的来着——"我昇哥真的比主席台旁的旗杆子还正。"

"正"?她的眼睛到底有多瞎,能用这个字形容他。

身后配药室传来轻微的响动,贺昇抬头看了一眼药水,差不多见底了。他替于澄整理了一下,模样清冷地回头喊了一声:"老师,药水没了。"

说完话,贺昇端端正正地坐在那儿,姿态闲适地往后靠着,抬手抓了两下额前的碎发,谁都看不出来刚刚发生了什么。

瞧瞧,就是这副装得像正人君子的样子。

"你是真行啊!"于澄咬牙切齿地骂他。

针拔掉之后,于澄从床上半坐起来,捏着酒精棉按住针眼,等到校医拿着空瓶和针管回到配药室,她听见耳边传来一声笑。

她眼尾弧度上挑,懒懒地问:"你笑什么?"

贺昇捏着拉链把领子揪起来,人模狗样地把下半张脸藏进去,闷笑个不停,整个人都透着痞坏的少年气。

两人一道从医务室出来往女生宿舍楼走,清风拂面,远处隐约传来几声微弱的蝉鸣。

贺昇抽出一片口香糖放进嘴里,无所事事地嚼着,舌尖轻抵两下腮帮,左脸还是有点麻,澄姐刚才给他那一巴掌是真的很响。唉,摸一下都得挨一巴掌,那他以后得挨多少巴掌?

这会儿路上没多少人,到了宿舍楼门前,于澄转过头瞄了他一眼,从他手里接过粥:"没其他事我就先回宿舍了,晚上再找你。"

"行啊。"贺昇勾起嘴角,笑起来,"晚上有什么安排吗?一起吃顿饭?你发着烧,有些东西要忌口,一起吃的话我提前看看。"

"好,我没什么安排。"于澄神色坦然,语调也很平静,"但周末我不想住宿舍,也不想去工作室,准备去你那儿待两天。"

"嗯?"

"我发烧不是你的原因吗?"于澄眯起眼睛,眼神冷淡地瞧着他,"你不把感冒传染给我,我怎么可能吹了夜风就发烧,还烧到了三十九摄氏度。"

"这倒是。"贺昇抬手摸摸后脖颈,有些心虚,"行,明白了,这事儿我负责到底。"

"嗯。"

一路走回宿舍，方丁艾不在，于澄走到书桌前坐下来，把贺昇从食堂打包的粥放到桌面上。

她抬手，刚把盖子掀开了一点，香味就飘了出来。

"你回来啦？"方丁艾正巧提着热水壶从门外进来。

于澄抬头，朝她弯了下嘴角："嗯。"

方丁艾放下热水壶，拉开板凳坐到她身边："我有一个超劲爆的八卦迫不及待要和你分享。"

"什么八卦？"于澄配合地问了一句。

方丁艾握着她的胳膊轻晃，痛惜地说："那个超帅的学金融管理的学长，他竟然真的有女朋友！"

于澄轻轻搅动着粥，想笑："人家不是之前就说过吗？这算什么超劲爆的八卦。"

"是啊，关键不是没人见过嘛。"

方丁艾挠挠头："我刚才在水房听人家讲，中午陈心可一路哭着回宿舍，她这人挺骄傲的，哭成这样，估计这回是真的，而且有人看见学长刚才送女朋友回宿舍了。我怎么没看着，早知道不蹲厕所了。"

"嗯。"于澄舀了一小勺粥放进嘴里，不咸不淡地应了一声。

"对了，社团的事你考虑得怎么样了啊？"方丁艾语气带着憧憬，"我准备去篮球社，听说那里帅哥多，学金融管理的那个学长也是篮球社的。虽然他名草有主了，不过我去看看，饱饱眼福还是可以的。有研究表明，看一眼帅哥可以增加五秒钟寿命，我想活得更久。"

于澄抬眼："报哪个社团吗？我还没想好呢。"

"那你先想，等你想好告诉我，我帮你参谋参谋。"

方丁艾对这方面挺了解的，告诉她："有的社团管得严，规矩多得简直变态，社长也拿着鸡毛当令箭，成天摆谱。社团是用来放松的，又不是去给人当奴才的，遇上这种，四年都郁闷。"

于澄点头，唇角轻轻弯起："谢了。"

把粥吃完后,于澄放下手中的勺子,拿出手机给贺昇发消息:贺学长,给学妹推荐个社团啊。

她确实不知道该报什么社团,想问问贺昇再决定。

没等几分钟,对方回复:来篮球社,男朋友教你投篮。

这大概就是缘分。于澄感慨,觉得这样挺好。她目前在京大也就方丁艾这一个朋友,能一块儿参加社团活动,路上也不无聊。

她回头看向方丁艾,眉眼弯弯地说:"我也报篮球社,咱俩一起去吧。"

"成啊!太棒了!"方丁艾龇着牙乐。

下午一点上课,于澄休息了一会儿,走到窗户边拉上窗帘,房间内瞬间变得昏暗。她转过身拎起衣摆,露出一截细白紧致的腰线,把卫衣脱下来搭在衣架上。因为发烧,她一上午身上都汗津津的,准备上课前洗个澡。

开水的热气从杯口冒出来,方丁艾搅拌着杯子里的水果麦片,目不转睛地盯着于澄看。她的美女舍友不仅脸好看,身材也是真的有料啊。薄薄的一层黑色蕾丝法式内衣贴在她身上,黑发搭在肩上,有几缕掉落下来,衬得她肤白胜雪。她侧过身时,腰后隐隐约约可以看见浅浅的腰窝。

方丁艾舔舔嘴唇,羡慕地说:"姐姐,你的身材真的好辣。"

她平时睡得早,于澄每天又都回来得晚,这还是她第一次看见她的美女舍友脱衣服。

于澄笑了一声:"还成吧,遗传。"

然后于澄拿上干毛巾走进浴室。等她洗完澡出来的时候,方丁艾还在吃那碗麦片。

"问你件事。"于澄擦着头发道。

"嗯,姐姐你说。"方丁艾放下勺子,双眼满含期待。

于澄把半湿的头发撩到耳后,想了想,问:"你知道京大的超市在哪儿吗?"

她来京大这几天一次都没去过超市,下午有课,她也没时间往外跑。

"知道啊。"方丁艾问她,"你要买东西吗?"

"嗯。"于澄点头。

方丁艾思考了一会儿:"之前的倒闭了,现在这家超市是新开的,东西不全。反正明天是周六,没事的话也可以出去买。"

"没关系。"于澄拿起一件薄衫套上,"出去之后我再找机会买吧。"

"嗯,也行。话说你和你男朋友现在算是正式在一起了?"方丁艾问。

"不算。"于澄随手把毛巾搭到床架上,手指穿过湿漉漉的黑发,"他这人难搞,得多钓他一阵子。"

"……"

方丁艾今天满课,于澄下午只有一节课。下课后,她刚走出教室,正巧乘风唐给她发消息叫她去工作室一趟。工作室在一幢写字楼里,整整两层,离大学城不远,开车半个小时就到了。

上半年工作室刚办起来的时候,于澄跟乘风唐算过账,她出钱,赚了只管年底拿分红,亏了就拉倒,其他的事她不管,除非这事跟她有关,不然没事的时候别找她。

乘风唐觉得行,甚至觉得比预想的好太多了,因为就算于澄不出资,他也管不住她。两人能从师生关系变成半吊子的合伙人关系,多少也是因为脾性相投。于澄是匹野马,他也是个另类。他作为资本家太清高,作为画家又太离经叛道,反正名声不怎么样。不过于澄也没法帮这老男人说什么话,毕竟外头传的那些谣言都是真的,这人确实也就那层皮看起来是个正人君子,其余部分跟这个词一点都不搭边。

搭乘电梯上到十九楼,于澄推开乘风唐办公室的门。跟这人滥情的本质相反,办公室是禁欲的色调,屋内只有乘风唐和他的一名私人助理在。

"把我从学校喊来有什么事?"于澄走进去,在乘风唐办公桌的一侧坐下来,问他。

助理见她到了,走出办公室回避,顺手把门带上了。

乘风唐拿出遥控器，把于澄身后的投影仪打开，嘴角习惯性地勾起一丝弧度："有件事要告诉你一声，你上上个月送到 F 国展厅的那幅《梧桐》，有人出价五百二十万。"

"五百二十万？"于澄不禁皱眉，"这人疯了？"

F 国的那间展厅算是办的私人画展，规模不大，于澄随便挑了一幅画就送过去了。那幅画谈不上技术高超，也没表达出什么信仰，是她高三时随手画的美术作业，直接就地选取了南城的老梧桐为参照物，就是附中旁边巷口的那一棵。平心而论，这幅画最多是光影处理得好，真要她来报价，五十万顶天了。

"不知道，出价的人是一个新出现的收藏家，叫'R'，我以前也没听说过这人。"乘风唐笑了一下，"要卖吗？"

画卖出去的价格跟演员的电影票房意思差不多，一幅画有人高价收购，其余的作品多多少少也能跟着水涨船高，画家的身价也随之上涨。

思量半晌，于澄勾勾唇，懒洋洋地撑着下巴道："不卖，帮我联系一下那个人，把价格抬到八百万，看他还买不买。"

"好，不过这事我不敢打包票，你自己清楚这幅画压根儿不值多少钱。"

于澄不怎么在意地说："没事，这人能出五百二十万就够人傻钱多的了，我就想问一句，成不成都行，我这会儿就差八百万的拍卖价，能成的话身价也能跟着往上提提。"

乘风唐点头，整理了一下面前的资料，问她："你们京大是不是有个叫李子然的？"

"李子然？"于澄想了想，"专业排名一百多名的那个？"

"嗯。"

"你问他做什么？"

乘风唐笑笑，伸手扶了下眼镜："你帮我把他签过来。"

"这样的你也签？"于澄抬眸看他。工作室里目前除了于澄和乘风唐，也就只签了两个画家。

乘风唐："嗯，他商业价值高。"

于澄点头。她懂了，这人有值得营销炒作的地方，而且李子然长得也不赖。

乘风唐伸手把面前李子然的资料推到她面前，趁机提议："当然，你要是愿意配合，你就是商业价值最高的那个。"

家世，成长经历，京大文化课和专业课双第一的能力，还有一张漂亮的脸，随便拎出来一点，投入资本稍加运作，乘风唐都保证能让于澄比娱乐圈的小花还火。

"得了吧。"于澄拿过那两张资料表站起身来，微微耸了一下肩，裙摆也跟着小幅度摆动，"我又不缺钱，这事对我来说划不来，我可不想一出门就得戴着墨镜和口罩，屁股后面天天跟着一群狗仔。"

乘风唐知道于澄对这件事没兴趣，也不再劝她。

于澄折腾完这一趟，回到宿舍的时候已经晚上六点了。贺昇发消息给她，他有个学习小组，要赶在周末之前研究一下课题，七点半才能结束。于澄无所谓，她先过去也行，但她没有他家钥匙，还得去找他拿，跑来跑去的，还不如在宿舍里等他。

"姐姐，你看我这个镜头拍得怎么样？"方丁艾坐在书桌前朝她招手。

于澄放下钥匙，弯腰凑过去看，诚心诚意地评价道："挺好的。"

"是吧，我也觉得好，情绪贼到位。"

"嗯。"

于澄转过头，手肘搭在窗户边，推开窗让风吹进来。离七点半还有一个小时，她等得无聊，干脆走到阳台透透风。

傍晚的风往屋里吹着，于澄站在阳台往外看，京大遍地都是银杏树，微黄，天生带着一种浪漫的色彩。

方丁艾跟着她前后脚过去："我的姐姐，你不是还发着烧吗？怎么这就吹上风了。"

"现在不烧了。"于澄笑笑,"我体质挺好的,明天都用不着去医务室了。"

方丁艾半信半疑地看着她,想着于澄今天中午的话,站到她身边:"那我今晚还要给你留门吗?"

于澄笑笑:"不用了。"

"啧。"方丁艾睁着小圆眼一动不动地看着她,出声调侃,"真想见见那人,他到底长什么样,能叫你念念不忘?你才入学三四天吧,这就开始干柴烈火的了。"

"还成吧。"于澄转过身,望着暮色眯了眯眼,"我们也就差确定关系,要是之前没分开,应该会更亲密吧。"

她说着说着笑起来:"不知道他是怎么想的,反正我忍不住。"

方丁艾抬眼:"你们没在一起就分开了?"

"嗯。"于澄点头。两人之前连关系都没确定,贺昇一句话都没留,然后彼此毫无对方的消息,分开了一年多。

"这人到底有什么魅力啊,能让你这样?"方丁艾发出感慨。于澄的感情经历真是够坎坷的,换作她的话她就直接算了。

"呵。"于澄笑了一声,淡淡地开口,"他的魅力就是……能让我想好好地谈场恋爱吧。"

"嗯?"方丁艾听不明白,"什么意思?"

"没什么,就是字面意思。"于澄说,"我以前经历过一些变故,所以对男女关系的看法挺负面的,说白了就是不信这玩意儿,一开始找上他是因为看上了他那张脸。"

方丁艾点头:"我也不信,毕竟我是一个谈恋爱被连续劈腿四次的可怜人。"

她之前跟于澄随口聊过自己的感情经历,简单来说就是两个字——"冤种"。她的头发之所以会变成这样,就是因为她原本自暴自弃想染成绿色,临了没狠下心来,才染成了蓝色。

于澄笑笑，继续说："可他太好了，好得让我觉得要不就信他一回吧，不成就一拍两散，也没什么大不了的。"

"那他现在对你好吗？"方丁艾的表情难得认真。

"他吗？"有风吹过，撩起于澄耳边的发丝。

她微怔半响才开口："好像我们俩分开一年多是我的错觉一样。"

楼底下的行人稀稀拉拉的，这会儿是晚饭时间，是大学校园里学生最活跃的时段。

方丁艾伸手抓了一下头发，眨眨眼："那不是挺好的。"

"嗯，我也觉得挺好的，应该开心、知足，对不对？"

地平线上还残留着最后一丝没消散的天光，于澄望着远处的湖泊，眼尾渐渐发红："可是每次看见他我就会想，既然大家都好好的，到底为什么要分开一年多？"

方丁艾拍拍她的肩，轻声安慰："他不是还在吗，以后你们还可以相守好多年啊。"

"嗯。"于澄弯起嘴角笑笑，嘴里略微发苦。

一年多，十七个月，五百零九天。以后的人生再长，这五百零九个日夜过去了就是过去了，怎么都找不回来。明明他们都好好的，可当时还是分开了。

她垂下眼睫："但是我再也没有十八岁了。"

学习小组讨论到最后终于确定了新的课题内容。

"欸，陈学姐今天怎么没来？"江锋合上笔记本问。

"不知道啊。"王一佟说。

陈心可是他们的直系学姐，2017级的，从军训起就被分到他们班当班主任助理。

金融管理专业原本就男女比例严重失调，2017级有位校花横空出世，2018级又来了一位校草，虽然贺昇校草的称号目前没经过官方认证,但大家都这么觉得。这个专业经常出现"地中海",脱发的危险系数不低于计算机系,现在有校花还有校草,金融学院在颜值这一块从来没这么风光过。

"我那天在办公室遇到过陈学姐,她好像准备退出学习小组了。"

"说退就退,班主任助理也不能这样吧,来我们这儿玩呢?"江锋忍不住抱怨道。

班里的学习小组有好几个,但陈心可只往他们组跑,从他们大一到现在她都参与了。

这两天的风言风语大家多少都听说了,几个人不约而同地看向贺昇。后者冷淡地垂眼,下巴搭在衣领边缘,他正玩着手机,不时敲两下屏幕回复消息。

察觉到气氛有变化,贺昇抬起眼皮扫视几人一圈,开口:"结束了?"

"嗯,是结束了。"江锋点头,感觉他急着走,问道,"你待会儿有事?"

"嗯。"贺昇站起来,活动了一下发酸的脖颈,"跟女朋友有约,先走了。"

"……"

"他女朋友是谁啊?"有个女生看着贺昇出门的背影,回过头问王一佟,"你知道吗?"

几个人面面相觑,虽然陈心可没做过过火的事,但是大家都知道她是冲着贺昇来的。

现在人家有女朋友了,她确实也没有再来的必要。

王一佟也不太清楚,回过头看江锋:"……赵晗?"

江锋纳闷地摇头:"不清楚,回头问问他呗。"

天黑下来,贺昇穿过人声鼎沸的篮球场,往学校门口走。校门外停着的车里,于澄坐在驾驶座上,红唇黑裙,一只手搭在车门上轻轻敲击着。看见贺昇过来,她朝他挥挥手。

走到于澄跟前,贺昇抬手,把手背贴上她的额头:"还好,不烧了。"

于澄白了他一眼,怕他耍赖,她眼神锐利,话语直白:"不烧了你也得照顾我两天。"

"嗯,照顾你多久都行。"贺昇失笑,拉开车门坐上副驾驶座,问她,"去哪儿?直接回去吗?"

他边说边脱下身上的运动外套,抬起手把衣服搭在于澄肩头:"生着病还穿这么少。"

"不冷。"

她习惯了,最冷的时候也只是把裙子换成牛仔裤,从来没穿过秋裤,也不怎么怕冷。

于澄发动车子:"先去商场买点生活用品,在你那儿放一份。"

"行。"

两人到了商场,于澄先去买了两套睡衣,又去柜台买了一些化妆品、护肤品,省得她以后想到贺昇那儿过夜,还得像出差一样瓶瓶罐罐地带一堆。贺昇跟在她身后,两只手拎的都是刚买的东西。

"还差什么?"他问。

"差不多了。"于澄拿出手机翻翻,"去趟超市吧,买点吃的。"

"好,负一楼就有一个,走吧。"

贺昇带着她来到超市,于澄直奔零食区,看都没看就往购物车里堆。贺昇看着车里的零食,纳闷她是真的不挑食还是瞎买一通。

"好了。"于澄说。

"不买别的了?"

"嗯。"

确定于澄不买别的东西了,贺昇推着购物车去收银台结账。

现在是晚上七点,收银台前的队伍排得挺长,贺昇穿着黑色长袖T恤、灰色运动裤,把外套搭在于澄身上,屈肘撑在购物车的把手上,垂着眼没什么表情,单手在手机上滑着。

眼看快要排到自己，于澄回过头，拍了一下他："我想喝椰子汁，你去帮我抱两个椰子过来。"

贺昇抬眼望了一眼，前面就剩一位顾客了，他把手机收进裤兜里："都要排到我们了，等会儿我去水果店给你买。"

"不行，我就想要超市里的椰子。"于澄靠在收银台旁边，跟他对视，"超市里的椰子汁好喝，你去买，我在这儿排着。"

这是什么逻辑，怎么超市里的椰子汁就一定好喝？

贺昇收回搭在购物车上的胳膊："成，我去给你抱，你在这儿等着。"

"嗯。"于澄点头。

前面的人结完账，于澄见贺昇转身抱椰子去了，直接拿出购物车里的东西开始结账，最后自然地顺手拿了一个收银台上摆着的小蓝盒，扔到台子上，说："一块儿结。"

她把那盒东西压到购物袋底下，等贺昇抱着椰子走过来的时候，于澄已经在出口那边等着了。

隔着两米远，贺昇看着于澄一脸无辜的样子，无奈地叹了一口气："你找个地方休息一会儿，我到后面排队。"

于澄："我突然又不想喝了，你把椰子放回去吧。"

贺昇："……"

回去的路上换贺昇开车，于澄靠在座椅上听着歌。

放在座位中间的手机突然响起来，这会儿车正走在路上，贺昇没法接电话，他给于澄使了个眼色："帮我看看，谁打来的？"

于澄把手机拿过来，看了一眼联系人："沈毅风。"

"哦，那你帮我接一下。"

"行。"于澄点头，开了免提，直接问："什么事？"

对方沉默了好久才出声："你是谁啊？"

贺昇笑了一声："有什么事直接说，我开车呢，于澄接的电话。"

沈毅风直接炸了："于澄？是于澄？是我澄妹吗？！"

于澄听到这亲切的称呼,忍不住笑了一下,"嗯"了一声。

"我的天!澄妹你还记得我吗?我是沈毅风啊!"

"我记得。"于澄回答他。

"贺昇你不地道啊,找着澄妹了怎么没跟我说一声?我都想死澄妹了!"

于澄抬起眼皮瞥了一眼贺昇,他没什么表情地说:"我女朋友,你瞎想个什么劲儿。"

沈毅风懒得理他,跟小狗护食一样。他继续和于澄说话:"哎,澄妹,我在京北理工,离贺昇不远,你在哪儿啊?咱们这周末出来聚一聚啊!"

于澄声音带着笑意:"京大。"

对方沉默了几秒,突然发出声音:"我服了,不愧是我澄妹!厉害!等我寒假回附中,一定得把这牛到各个老师的办公室吹一遍!"

沈毅风激动得不行:"这周末咱们出来聚一聚啊?我把在京北上学的老同学也都喊上。"

"行啊。"于澄点头,觉得没什么问题。

"成,那咱们就约好了啊,就明晚,不见不散!"

"好。"

挂断电话,于澄靠在车门上朝贺昇看。

路边霓虹璀璨,光影从车身掠过,又照在两人身上。

想着沈毅风的话,她开口:"你真找过我?"

"嗯。"贺昇应了一声。

"什么时候?"

"七八月份吧,后面也回过南城几次。"

前头正堵车,于澄看着高架桥下熙熙攘攘的车流,原本想顺嘴问一句他当时为什么离开,又觉得没必要。她相信贺昇有非走不可的原因,更何况两人现在又在一块儿了。

她说:"那会儿我已经转学走了,不在南城了。"

贺昇点头,随口问她:"那你呢,找过我吗?"

"没有。"于澄不冷不热地睨了他一眼,"高三复读那么忙,而且是你自己突然走的,我凭什么要找你?"

贺昇就知道于澄要这么说。

"但你考到京大了。"他勾起嘴角,指节分明的手抵着方向盘,偏过头来看她。

于澄面无表情地看过去,从他的眼神里读出"你嘴硬个什么劲儿,哥早就把你看透了"的从容和自信,这就显得于澄这会儿要是再说一句"你怎么知道我不是因为别人考的"这种话特没劲。

她懒懒地靠回座椅,把贺昇从头到脚打量了一遍。

夜风从高架桥底下的河上吹过来,他们在昏暗的夜色里看着对方,而后又笑着移开视线。

电梯到了十八楼,两人进门,贺昇放下手里那一堆东西。

"衣服给你放衣帽间?"贺昇回过头问。

"嗯。"于澄点头。

客厅角落里的花架上摆着一株吊钟花,两人随便吃了点东西,把买来的东西简单地收拾了一下。客厅只开了一盏小灯,光线不是很亮,于澄收拾完坐到沙发上休息,摸索着打开了电视。

"要看电视?"贺昇坐到她身边问。

"嗯。"

"看什么?"他把手机递到她手里,"电视自带的频道少,你自己拿手机选视频,直接投屏。"

"好。"于澄接过手机,百无聊赖地滑了两下。

正经 App 里的正经电影她不感兴趣。

"有没有那种特别的电影?"于澄侧过头问。

贺昇抬眼："哪种？恐怖的？"

于澄："……"

这间房子隔音好，没人说话的时候屋里特别安静。电视屏幕定格在播放列表首页，热播电视剧和电影的海报都挂在上面，于澄拿起遥控器左右翻翻，真挑了一部恐怖片看起来。

电影前半段都在用背景音乐刻意营造恐怖的氛围，背景里有老宅、枯树和一口井，一道黑影呼啸而过，女鬼忽然出现在房顶。于澄面无表情地紧盯着屏幕，面色如常。

电视画面闪动着，贺昇抱着靠枕，不时斜眼瞟于澄一眼，发现她真的不怕。他假装不经意地问："这个小孩是不是马上就要被鬼拉到井里去了？"

"估计是吧。"于澄冷淡地回答了一句，侧过头扫了他一眼，才发现他正紧紧地抱着靠枕，"你害怕？"

贺昇不想承认："还行，就是这种电影看得少。"

于澄笑了："那咱们把灯关了看？"

"……"

于澄没难为他，把这段高潮剧情看完就关了电视。

现在是晚上十点，对她来说睡觉还太早，她觉得无聊，走到阳台上吹风。

北方风很大，入秋更是这样。阳台是封闭式的落地窗，她推开半扇窗，屈肘搭在窗台边上。

正在这时，于澄感觉腰间搂过来一双手。贺昇从身后抱住她，下巴搭在她的肩窝，温热的呼吸喷洒在她耳后。

一瞬间，于澄觉得后颈传来一阵麻意，从尾椎骨到头顶都酥酥麻麻的。

"我确实害怕。"贺昇闷声闷气地说。

于澄稍微往后侧过头："我以为你天不怕地不怕呢。"

"没有。"贺昇笑着说,"小时候被关小黑屋的次数多,就有点怕黑,会忍不住往吓人的地方瞎想。"

月亮高挂苍穹,快要成为圆月。于澄听完这句话沉默了好一会儿。她对贺昇的家庭真的了解得很少,只知道他母亲早亡,家里有一堆家规,现在知道他小时候还经常被关小黑屋。

贺昇虽然现在是这副不咸不淡的样子,看着样样都拔尖,各方面都出色,但于澄觉得他以前应该挺苦的。童年只看过《迪迦奥特曼》的男孩子,能幸福到哪儿去?

于澄正心疼他,恍惚间觉得耳后贴上来一个温软的东西。贺昇把她搂在怀里,亲吻她的脖子。

她被迫把头向上抬,呼吸的节奏有些乱。她抬手扶住窗台,指尖因为用力而泛白。于澄尽量让声音平稳:"你以前不这样。"

贺昇停止动作,轻声问:"哪样?"

于澄情不自禁地吞咽了一下:"像现在这样。"

"以前?"贺昇回忆了一下,重新把下巴搭回她的肩窝,告诉她,"那会儿咱们才上高中,我多有负罪感啊。"

"现在没了?"于澄偏过头问。

"嗯,还行吧。"贺昇勾起嘴角,轻笑了一声,"你不喜欢我这样吗?"他记得很清楚,于澄那会儿三天两头想占他便宜。

阳台没开灯,只有客厅的光照过来一点,光线很暗。于澄突然侧过脸,眼神不冷不热地和他对视:"喜欢是喜欢,但我不喜欢连前男友都算不上的人碰我。"

贺昇一怔,没想到于澄会是这个反应。

"我连前男友都算不上?"于澄感觉腰间的手收紧,贺昇咬牙切齿地说,"你就这么喜欢找刺激,没事跑到连前男友都算不上的人家里过夜?"

"对。"于澄点头,"我就喜欢找刺激,以后我还要交好多个男朋友,有好多个前男友,轮着跑他们家里……"

于澄话还没说完就被贺昇扯着翻了个身，嘴巴被他堵上。她被他压着亲，这会儿才发现贺昇以前亲她都是收着力道的，这会儿她把他惹得有点生气了，他有股不管不顾要把她往死里收拾的劲儿。于澄往后仰着脖子，睁着眼看着他，眼尾泛红，又莫名有些期待和激动。

过了半晌贺昇才松开她，两人面对面喘着气对视，呼吸和心跳都乱成一团。

夜风还在呼啸，带着湿意。贺昇松手，跟于澄拉开些距离，往旁边靠，又推开另外半扇窗户，想让自己冷静下来。

他神情怏怏地望着窗外，单手从裤兜里摸出烟和打火机，还没点烟，于澄就从身后环抱住他，轻轻地喊了他一声："昇哥。"

他还在生气，语气也很冷淡："干什么？"

于澄把脸贴在他的后背上："继续吗？"

"什么？"贺昇皱眉，以为自己听错了。

"我问，继续吗？"于澄重复了一遍。

"什么意思？"贺昇扯开她的胳膊，转过身和她对视，垂着眼看她。

"就是你想的那个意思。"于澄直勾勾地盯着他，眼尾上挑，她今天化了妆，唇色鲜艳。

外头下起小雨，淅淅沥沥地打在窗户上，风卷着雨丝刮进来。

贺昇心里突然堵得慌，他知道于澄接触过不少男生，好的坏的都有，对男生的了解也比普通姑娘多，但他真的很珍惜她。

贺昇气得胸口都有点疼："于澄，我跟你在一块儿不是图这个。"

"嗯。"于澄敷衍地回应着，压根儿没感觉到贺昇的情绪不对劲儿，两人的想法差了十万八千里，"但你上午好像有点这意思。"

贺昇盯着她："你怎么不想想自己上午说了哪些话？"

贺昇感觉再说下去他都能被于澄气死，偏偏都到这种地步了，他说出口的气话听着还是像情话。

"于澄，我喜欢你，无论如何都会这么喜欢你。"他越说越感觉自己在犯贱，咬着牙说出的话都像是表白，"遇见你之前，我没喜欢过别人，也没对谁有过乱七八糟的心思。因为在我跟前的人是你，所以我才忍不住动心，也跟着动情，但这不代表我们要立刻发生点什么。"

于澄眼神无辜，静静地听着，直到这会儿她才感觉到贺昇的情绪和他要表达的意思，听得她心里一热。

贺昇看着于澄的反应，感觉自己有点没面子，狠心撂下一句气话："我可没心思和连前女友都算不上的人发生点什么。"他说完转身，准备回卧室冷落她一小时，让她好好反思反思。

没等他抬脚，身后的人拉住他的胳膊。于澄往前迈了一步，伸出胳膊钩住他的脖子，语气温柔地哄他："你不是连前男友都算不上的人，你是我男朋友，是世界上最好的男朋友，是唯一的男朋友，是我的心肝宝贝。"

于澄换着花样喊他，踮脚在他的喉结上轻轻咬了一下。贺昇站着不动，还是冷着一张脸，面无表情地垂眼看她。

"我错了。"于澄眼尾泛红，单手钩着他的脖子，趴在他耳边轻轻吹气。

"我是谁？"贺昇不动声色地看着她，又问了一遍。

"我男朋友。"于澄眼巴巴地看着他说。

贺昇把她从自己身上拉开，差点气笑了："突然就不是连前男友都算不上的人了？"

"嗯。"于澄点头。

秋季的雨不大，但夜风吹得猛烈，夹杂着丝丝缕缕的雨，从窗外刮进来砸进这方空间里，带着潮湿燥热的暧昧。空气里都是于澄头发的清香，贺昇靠在阳台边，姿态慵懒地打量着她。

他看着于澄眼巴巴的样子，突然也明白过来了。不是于澄以为他想和她发生什么，而是于澄自己想到这方面去了。

真不愧是他女朋友啊，是她脑子里会想的事。

贺昇冷笑一声："怎么，有所求的时候就是你男朋友，用不到的时候就是连前男友都算不上的人了？"

"不是。"于澄一个头两个大，事情的发展跟她想的不太一样，"我没这意思。"

"那你是什么意思？"他垂眼看着她，眼神带了绵里藏针的锋利感，冷着脸的时候是真的吓人。

于澄被问得哑口无言，半天也没说出一句话，总不能说"我其实就是想用个激将法"吧？

贺昇也懒得管她了，抬脚回了客厅。他不知道于澄是什么反应，反正他是服了她，回到客厅坐到沙发上半天心里都不是滋味。

没良心的东西。

贺昇连着在心里骂了十遍，才觉得气稍微顺了点。

于澄靠在玻璃移门边上，也不说话，就站在那儿静静地盯着他看。

贺昇闷闷地叹了一口气，抬眼看过去，面无表情地抬手拍了拍身边的位置："过来。"

"哦。"于澄这才抬步朝他走过去。

她脚上穿着细带的凉拖，脚指甲涂着黑色的指甲油，身上是黑色吊带丝绒紧身裙，勾勒出腰臀的曲线，整个人看起来迷人又危险，偏偏这会儿乖得像只小白兔。

她走到他跟前，直接坐到他腿边，伸手搂住他的脖子："我错了，真的错了。"

"错哪儿了？"他语气平淡，开口问她。

"我不该故意气你，"于澄认错很快，态度也很好，认错的话张口就来，"不该故意说你连前男友都算不上。我保证，以后都不会再犯同样的错误，如果你需要，我可以写八百字的检讨书和保证书。"

"……"

贺昇肩膀往后靠，勾了勾嘴角，似笑非笑地看着她："你当我是陈宏书？"

于澄微怔，挑起一侧的眉毛瞧着他："什么意思？"

"嗯——"贺昇点头，懒懒地拖着长调，"像敷衍陈宏书一样，敷衍我敷衍得特别明显。"

"……"

简单地说了几句话，贺昇真的没再理她，拿过手机不紧不慢地刷着。于澄贴在他的左腿边，他就用左手随意又自然地搂着她，单手玩手机。

于澄被冷落得难受，委屈巴巴地看了他一会儿，后者没有一点反应。她瞬间觉得不爽极了，钩着他脖子的手使劲把人往自己跟前拽，凑上去开始在他脖子上细细密密地吻起来。

贺昇把脖子仰起来随便她亲，喉结微微滚动，皮肤上痒一下疼一下。说实在的，于澄这方面的技术真的不怎么样，他不用看就知道明早自己的脖子上得有一圈吻痕，澄姐下嘴没轻没重的。

于澄不爽地把贺昇手里的手机抢过去扔到一边，抱着他胡乱地亲。昇哥真的很让人上头，越亲越上头。

"还没亲够？"贺昇声音低哑地问。他面上还是很冷淡，只有于澄能看见他眼里浓得化不开的深情。

"你也想要的对不对？"她靠在他肩膀上，边问边继续亲，呼吸乱得不成章法。

贺昇没吭声，微微皱着眉，两只手这会儿垂在身侧，连碰都不敢碰于澄一下。他怕自己一碰她就会失控。

于澄抬起头来跟他对视，几根发丝粘在她脸颊上，口红也在唇边晕开，湿漉漉的眼睛盯着他看。

贺昇移开视线，克制着不去看她。

于澄说不清现在心里是什么感觉。

卧室里只有窗外照进来的微弱光线，勉强能看到附近这一片。于澄看见贺昇手臂上流畅的肌肉线条，心怦怦直跳，安静的房间内只能听见自己的心跳声。

贺昇永远朝气蓬勃，充满少年的力量感。

她恍惚间想起贺昇高三打的那场篮球赛，他穿着火红色球服，黑发汗津津的，对准篮筐漂亮地跳投，赢得满场欢呼。喜欢他的女孩子真的很多，她坐在观众席上，身边的人都在呼喊他的名字，但那时贺昇只朝她走过来，除她之外对谁都很冷淡。她想要什么，他就给她什么。

现在也是如此。

……

"几点了？"结束之后，于澄头脑昏沉，脖颈上的汗也还未干，她将自己埋在被子里，声音有些沙哑地问。

贺昇坐起身，拿过放在床头的手机看了一眼时间："凌晨三点。"

"哦。"于澄不再说话，今晚都要过去了。

"饿吗？"贺昇似笑非笑地望着她，"我去给你煮粥。"

"不饿。"于澄看着他，立场坚定得很，"这么晚吃东西我会有负罪感。"

"行，那等会儿给你榨杯果汁，你喝完再睡。"贺昇也不勉强她，先去了洗浴间。

洗完澡之后他穿好睡衣清爽地走出来，看到于澄躺在那儿玩手机，他打开台灯，走过去躺到她身边。

"怎么了？"察觉到身旁的动静，于澄放下手机，转过身问。

"没怎么。"贺昇伸手把人揽进自己怀里，眼里带着笑意，"于澄，我爱你。"

这一觉睡到下午，于澄睁眼就闻到一股粥的香味。

她穿着睡裙一路走到厨房，靠在门框上看着贺昇站在砂锅前搅动着锅里的粥。他的背影清隽颀长，头发比高中时留得稍短，干净利落，显得成熟了一些。

"在做什么？"她开口问，声音还有些哑。

"煮粥。"贺昇闻声转头，问她，"醒了？"

"嗯，几点了？"

"快到下午四点了。"

于澄皱眉："我睡了这么久？"

"嗯，还好，昨晚睡得晚，凌晨三点才睡。"

"哦，对。"于澄点头，脑子里闪过昨晚的画面，耳朵涌上一股热意。没什么不好意思的，她催眠自己，这人是她的男朋友。

贺昇从玻璃架上拿起一个杯子，是昨晚他们在超市买的，情侣款。他接了杯温水递给她："跟沈毅风约的是晚上七点，你还去吗？不去的话我跟他说一声。"

"去啊。"于澄把水杯举到唇边，喝了一口，点点头，"都约好了，干吗不去？"

贺昇垂眼看她，两条长腿大刺刺地敞着，身子倚着灶台："没什么，感觉你挺累的，不用继续睡吗？"

于澄："……"

她没搭理他，撂下杯子转身走了。

女朋友害羞了。贺昇"啧"了一声，挑了一下眉，转过身继续搅动锅里的粥，把准备好的食材放进去。

于澄坐在客厅的餐桌前等着，一直等贺昇从厨房里把粥端上来，她才问道："你还会做饭呢？"

"不会。"他笑笑，"就会做这个，你尝尝。"

她才睡醒，不知道贺昇煮了多久。她低下头看着面前那碗粥，微微发愣。

贺昇跟她解释："这是我去年在南城找那家店的老板学的，我厨艺有限，老感觉味道不太对，你将就着吃吧。"

粥冒出的热气熏着她的眼睛，于澄抬头，扯了一下嘴角："那等我们回南城再去吃。"

贺昇抬手摸摸她的头,"嗯"了一声。

于澄拿起勺子尝了一口,味道很熟悉,也可能是她的记忆有点模糊,记不清牛肉蛋花粥原本的味道了,感觉贺昇煮的跟她之前吃的没有什么差别,她的记忆又被拉回那个夏夜。其实贺昇走后,她就再也没吃过牛肉蛋花粥,她怕自己会忍不住想他,一想起他眼泪就会啪嗒啪嗒地掉。

"对了,我忘了问你,篮球社一般周几有活动啊?"于澄抬眼问贺昇。她也就这一个社团活动能和贺昇在一块儿,怎么都得腾出时间来。

"周二和周四。"贺昇回答她。

"噢,地点是在篮球场吗?"

"不是,在学校体育馆,那儿也有篮球场。"

于澄点头。

贺昇笑道:"报名表我看见了,你舍友是不是跟你一起报的?"

"嗯。"

看她吃得差不多了,贺昇勾起嘴角,语气忍不住带着点酸意:"你来篮球社的消息传出去之后,第二天我们社长的桌子上就堆了一百多份报名表。"

"什么意思?"于澄抬眼看向他。

"空前绝后啊澄姐,报名的人清一色都是男生。"贺昇屈肘搭在椅背上,假模假式地笑着,"怎么办?要是他们知道你是我女朋友,我会不会被人套上麻袋抓走啊?"

"没事,澄姐保护你。"于澄仔仔细细地看着他,出声调侃,"欸?昇哥怎么到京大之后魅力就不行了呢,以前你可是附中校草啊,是全校最帅的那个。"

贺昇扬眉,抬手撩起额前的头发往后捋:"我觉得我还是最帅的。"

于澄小幅度地点点头。在京大的这几天,她确实还没看见过比贺昇长得还好看的。她忍不住想,京大的人眼光是真的邪门,昇哥竟然连个院草的称号都得不到。

放在餐桌上的手机传来一阵振动,贺昇拿过来看了一眼:"我出去接个电话。"

"嗯。"离他们出门还有一段时间,于澄走到沙发边,跷着腿躺在沙发上闭眼休息,裙摆垂在大腿旁。

贺昇打完电话从阳台走到沙发旁,忍不住把人抱到怀里亲了一会儿,对于澄说:"我们六点半出发,你看着点时间提前收拾一下,我去书房写会儿论文,有事喊我。"

"嗯。"于澄眯着眼点头。

今天温度适宜,不冷不热特别舒适,风从阳台吹进来,卷起窗帘和她的裙摆。于澄迷迷糊糊的,压在身下的手机忽然响起来,她看了一眼之后把手机拿到耳边,接听电话:"怎么了?"

乘风唐笑了一声,说不清他的态度是高兴还是看戏:"联系上那个'R'了,我照你说的,把价格抬到了八百万。"

"嗯,然后呢?"于澄耷拉着眼皮,语气平淡。

"然后啊……"乘风唐停顿了一下,"他问我五千二百万行不行?"

"这人有毛病吧。"于澄从沙发上坐起来,抬手把头发拢到肩头,神情恹恹,"五千二百万买一幅《梧桐》?"

"嗯。"乘风唐肯定地回答。

"不卖。"于澄敛眉,"乘风唐,你老实说,你是不是把我的照片挂出去了?"

乘风唐笑了:"没有,五千二百万而已,我还不至于把你卖了。"

"你最好没有。"于澄忍不住翻了个白眼,乘风唐这人表面淡然,实则奸得不得了。她直接和他说:"你告诉那人,那幅画不卖了。就这样,我可不想招惹什么变态。"

520,谐音是"我爱你",520凑不上,就直接在后面加了个零,那人出价心思也太明显了。于澄是卖画,又不是卖人,她可不想被有什么

056

特殊癖好的收藏家盯上。

"欸,那个李子然,你记得帮我留意一下啊。"乘风唐叮嘱她。

"行了,知道了。"

挂断电话,于澄看时间差不多了,起身准备去收拾收拾,化个妆,转头就见贺昇端着水杯懒洋洋地靠在门框上,不知道站了多久。

"怎么了?"于澄问。

"没事。"贺昇笑着说,"我刚刚听到有人要买你的画,为什么出价五千二百万不卖?价格明明高出你的预期。"

"你不觉得不对劲儿吗?"

"嗯?做买卖不就是这样,价高者得,他出价比你预期的高这么多,你应该高兴啊。"

"我没觉得高兴。"于澄"啧"了一声,她因为没休息好,神情怏怏,"也就值五十万的画,那人出五千多万,不是智障就是变态。"

贺昇:"……"

于澄坐在客厅,拿出眼线笔给自己画了上挑的眼线。贺昇站着看了一会儿,走进衣帽间反锁上门。衣帽间里有一整面墙的镜子,贺昇抬手解开扣子,把身上的长袖睡衣脱下来。

镜子里,贺昇脖子上有一圈吻痕,颜色不算深,有大有小,肩胛骨到手臂有两道红红的抓痕,左肩头有一个浅浅的牙印。

"……"澄姐真的会挑地方。

京大今年的篮球赛就在下周举办,从周二打到周日,球服就是一件背心,什么都遮不住,他总不能顶着这些印子上场。要不特别申请穿件外套?贺昇立马否定了自己的想法,谁打篮球还穿外套啊。

贺昇垂着眼,面无表情地从衣柜里随便扯出一件长袖T恤套上,懒得再想这件事了。

临出门的时候,于澄看向他脖子上的痕迹:"那个……今晚参加聚会的都是老同学,你能不能穿件冲锋衣?领子高,能遮住。"

贺昇："……"

从这儿过去不过二十分钟的车程，傍晚的风吹着很舒服，今天路况好，大学城也堵不到哪儿去。于澄坐上车，没几分钟就靠在车门上睡着了。贺昇将车窗升上去，挡住夜风，一路把车开到清吧的地下车库。他看着熟睡的于澄，伸手把身上的外套脱下来，盖到了她身上。

天色将暗，车库里也黑压压的，他拿出手机给沈毅风发消息，告诉他自己和于澄会稍微晚一点到。等于澄睡醒的空隙，他下车，靠在车门上透透气。

附近大学生经常会来这家清吧，这里环境好，格调高。贺昇和于澄进门没走几步，在卡座的沈毅风就眼尖地看见了他们。

"贺昇！澄妹！来这儿！"沈毅风激动地起身朝他俩招手。

"澄子！"赵炎站起来挥手喊她，卡座里的人也纷纷回头张望。

于澄一身墨绿色的修身长裙，后背的深V一直开到腰间，两根细带简洁地吊在肩上，肤色白皙，长鬈发慵懒地搭在肩头，她笑着抬手朝众人挥了挥。

卡座里的人愣愣地看着两人，几乎在他们进门的一瞬间，就吸引了清吧内绝大多数人的目光。

高中的时候于澄就很美，在偷偷涂个口红都担心被老师发现的年纪，她美得张扬又放肆，他们在本部的时候就听说过分部的于澄，后来高三时本部和分部合并，才真的见到她本人。但是怎么说呢，那会儿他们还在读书，跟这会儿是不一样的，于澄现在美得毫不收敛，像只妖精。

贺昇走在她身旁，比她高出一个头，他似有若无地勾着嘴角，手搭在身边的人的肩上，还是那副清清冷冷的谁都懒得搭理的样子。

一群人一时不知道该羡慕于澄还是该羡慕贺昇，两人都挺绝的。

"我的澄子！呜呜呜，我想死你了！"赵炎扑上来要抱她，于澄笑着躲开。

"走开啊你。"于澄拽着贺昇的衣角,差点笑岔气。

"哇,不是吧!一年多没见了,抱一下都不行,真小气。"赵炎哼哼唧唧,边说眼神边往贺昇那儿瞟。

贺昇连个眼神都没给他。

"你俩来迟了啊。"沈毅风给他俩让地方,专门留出一截沙发。

"路上堵车。"贺昇随口编了个理由,挨着于澄坐下来。

清吧里的光是暖黄色的,播放着舒缓的蓝调音乐,灯光昏暗,于澄坐在沙发上,跷着腿,扫视了一圈。

她高三的时候动不动就跑到贺昇他们班上晚自习,这儿有好几个人以前应该都是八班的,看着面熟,还有一个女生她也认识,之前在轰趴馆一起玩过真心话大冒险,有过一面之缘。

"你俩是真行啊,我寒假回附中看陈宏书的时候,一定得把这件事拿出来吹一吹。"沈毅风笑着看两人,"莘莘学子的标杆,附中颜值的天花板,我估计未来十年附中都出不来你俩这样的人了。"

"还行吧。"贺昇懒懒地笑了一声,晃了晃手里的车钥匙,表明自己今天不喝酒。他拿起面前的饮料,单手拉开易拉罐的拉环,端到嘴边喝了一口。

沈毅风"啧"了一声:"装什么呢,心里早就乐开花了吧。"

今天来的基本都是老同学,即使好久没见也不显得生分,不一会儿就热络起来,三三两两聚在一起聊着。

"你怎么来了啊?"于澄看着赵炎问。赵炎就坐在她斜前方的位子上。

"我想你啊,就来了呗。"赵炎冲她做作地挑了一下眉。

他也在京北,作为特长生考上一所还不错的二本学校。于澄高考完,和祁原他们几个都在南城聚过好几次了,就他一个大冤种,在田径生集训营里待了两个月,暑假都没赶上,平时只能在微信上和他们聊两句。听沈毅风说今天于澄会来,他赶紧从学校赶了过来。

"是是是，我也想你。"于澄笑着说。

"欸，澄子你挺厉害呀，京大都能考上！"赵炎忍不住夸她，"咱们什么时候回去看看老徐？去年毕业那会儿他还问过我们呢，挺惦记你的。这回你考上京大了，太给我们长脸了。"

"嗯。"于澄点头，笑得眉眼弯弯，"你们考得也不赖啊。"

祁原去了厦门，王炀去了苏州，赵一钱为了许颜留在了南城，两人高考完就在一起了，成天秀恩爱。

附中处分单上名字多次出现、成绩吊车尾的一群孩子，最后高考的成绩都很理想。

"没你厉害，"赵炎真心实意地夸赞，"京大哪是谁都能考上的。"

"贺昇啊。"于澄回过头看了贺昇一眼，打趣地说了一句，"我昇哥还是保送的呢。"

贺昇也看向她，抬手宠溺地摸摸她的头。

赵炎没搭腔，不爽地"喊"了一声。说实话，他对贺昇这个人没意见，但他是于澄的朋友，站在他的角度，这会儿很难对贺昇有什么好态度。

去年出事之后，贺昇走了，于澄转学，明明学校的老师都松口了，于澄也没回去。几个人不清楚到底发生了什么事，但也知道这事跟贺昇脱不了干系。他们几个护短，想法也简单，于澄喜欢他就喜欢呗，但没必要做到这个地步。没遇到贺昇这个人之前，于澄也照样过得好好的，不考京大又怎么了，随便上一所大学也能高高兴兴活着。她家里有钱，长得又这么好看，追她的男生一大把，干吗非得在一棵树上吊死。

他今天看见于澄跟贺昇这会儿好好地在一起，打心眼里觉得这样挺好的，也替于澄高兴，但对着贺昇他就是不愿意给个好脸。京大是什么学校，她得吃多少苦才能考上，要是没有他，哪来那么多破事。

音乐缓缓流淌，主唱在台上唱着一首英文歌。沈毅风要了好几打啤酒，赵炎看着他上酒的架势，"哟嗬"一声："你这是要喝死谁啊？"

沈毅风冲他挤挤眼："哎呀,今天人多,都是老同学,明天也不上课,疯一疯。"

一群人跟着乐。

"咱们玩什么啊?"一个人问。

"玩真心话大冒险!"有人喊。

"还玩真心话大冒险啊?都玩腻了。"赵炎忍不住吐槽了一句。

沈毅风笑嘻嘻地看着他:"你体谅体谅他们吧,高中的时候他们都很乖,哪像你似的。玩骰子什么的大家不一定全都会,教都得教半天,就先玩这个吧。"

赵炎往后一躺:"那好吧,就让哥哥带你们好好疯一疯,让你们见识一下'夜店小王子'的魅力。"

于澄笑着说:"什么啊,什么时候又给自己起了这么一个绰号?"

"人家都这么叫好不好。"赵炎不满地说了一句。

游戏开始,沈毅风发牌,好巧不巧,于澄跟贺昇是对家。

"好家伙,这还玩什么?你俩是对家,没意思。"沈毅风挠挠耳朵,一脸失望。

于澄问:"怎么了?"

"你俩又不会为难对方,还有什么意思?"

贺昇抬头冷冷地看了他一眼:"怎么,你这是要为难谁啊?"

沈毅风装死:"没有,不为难谁。"

一圈牌发完,赵炎输了,因为他刚把"夜店小王子"的名号吹出去,对家直接起哄,叫他现场跳一段。

"成啊,来,放段最带劲的音乐。"赵炎豁出去了,现场撩起衣摆开始跳舞。

"真行。"于澄边弯着腰笑边吐槽,还不忘拿出手机录像,"嘚瑟不死你啊。"

于澄录完就把视频发到了几人的小群里,不忘给身处异地的大伙儿瞧瞧。

赵一钱：我家宝宝笑得辣条都喷到我脸上了。@赵炎，你赔我辣条，五毛钱一包的。

赵炎跳完回到座位，拿出手机回消息：许颜，这人真够抠门的，买五毛钱的辣条给你吃。你来找哥，哥给你买五块钱一包的。

许颜紧跟着回复：可是我家宝宝给我买了一大箱，把附近超市里的辣条全买来了。虽然一包只要五毛钱，但这是我最爱吃的辣条。

赵炎：……告辞。

赵炎叹了一口气，对于澄说："真受不了这两个人，谁是群主来着，能不能把这两个人踢出去？"

于澄乐得不行："群主就是赵一钱啊，你这不是自己找虐吗？"

"……"

玩了几局游戏，大家决定中场休息，喝了一肚子的水，不少人想去上厕所。贺昇被沈毅风拉走了，于澄还在那儿坐着。

看她身边的位子空了，坐在对面的女生起身走过去，坐在于澄身旁。

"有事？"于澄转过脸问。

于澄对她有些印象，但她们似乎只在那次聚会见过，并不熟悉。

"嗯，"黄佳点头，"我想跟你说几句话。"

于澄静静地看了她两秒，笑起来："说吧。"

"我叫黄佳，你应该对我有点印象，我们在聚会上见过。"黄佳微笑着说，"只是那个时候，我对你态度不怎么友好。"

那只不过是青春里的一件小事，而那些小事每时、每天、每个季节都有可能发生，以至于黄佳现在面对面地跟于澄提起曾经的那点交集，她的记忆都像蒙上了一层雾，记不真切。

"我是沈毅风的初中同学，后来偶然在聚会上认识了贺昇，当然后来也认识了你。"黄佳犹豫了一下，再次开口，"你应该……能看出来，我喜欢贺昇。不过不知道他到现在有没有记住我的名字。在遇到你之前，他其实对哪个女生都一样，没跟谁走得近过。"

于澄偏过头听着她说。

"你知道的，女孩子见到贺昇这样的男生很难不心动，"她说得有些艰难，"我身边不在附中上学的人，都有好多喜欢他的。所以你出现在他身边的时候，真的让人难以理解。"

"你的事我们学校的人也知道，我真的没想到再次见到你会是在这儿。"黄佳诚恳地看着她，"你确实厉害，现在我大概知道贺昇为什么会喜欢你了，我要是男生，我也会喜欢你。"

于澄不在意地扯扯嘴角："你是女生，喜欢我也成。"

黄佳目不转睛地看着她，其实听到传闻的那天晚上，黄佳回去就打听了于澄的事，知道她是一个最起码看上去不是那么好的女孩，甚至可以说是长辈眼里的坏女孩。可她一直都是这样，旁人怎么看她她都不在乎，继续我行我素，直到有一天你再看到她，她身上还是有那股什么都不怕的劲儿，你再恨、再嫉妒，也不得不佩服她。

和她有关的流言蜚语和她受到的爱慕一样多，她有的是本事让你服气。

"我想跟你说声抱歉，我以前也说过你的坏话。"黄佳看着她，释然地笑了，"因为我也喜欢贺昇，抱歉。"

于澄还是微勾着嘴角，表情都没变过："嗯，没事。"

几人陆陆续续回来，游戏继续。这一局按照逆时针的顺序出牌，贺昇前面是于澄，出到最后，这局他输了，于澄知道是贺昇让着她。

"嘿，让我逮到了吧！"沈毅风高兴得不得了，"这一局我是你对家。"

"嗯。"贺昇身子往后靠，一副无所谓的样子，语调很冷，"怎么，要为难我了？"

沈毅风看他那副样子，咽了口口水。他本来是憋着点坏水的，这会儿又怂了。见识过贺昇高一刚转学到附中那会儿是什么样的人，都对这人有点阴影，不敢造次。

"没有没有,咱俩谁跟谁啊,我哪能为难你。"沈毅风看了一眼赵炎,"要不这样,刚刚赵炎给大家跳了舞,你去唱首歌?"

"认识三四年了,还没听你唱过歌呢。"他边说边回头,往台上看了一眼,眼里放光,"哟,乐队的表演刚结束,赶上了,正好把场地让给你。"

沈毅风说完转过头,眼珠子一动不动地盯着贺昇看。

贺昇冷淡地垂着眼,没搭话。于澄在一旁捧着脸看他,眼睛亮晶晶的:"唱一首啊,昇哥?"

"你想听?"贺昇侧过头问。

于澄弯起嘴角:"嗯,就听你拉过小提琴,还没听你唱过歌呢。"

"成吧,那我就唱一首。"贺昇站起来,手在后脖颈上按了两下,抬腿朝台上走。

沈毅风翻着白眼坐回去,于澄真是一句抵他一万句。

清吧里其余人的目光此时也被吸引过来,齐刷刷地朝台上看。

贺昇坐到高脚椅上,两条腿懒散地一前一后抵着地面,脊背在放松的状态下挺得很直,不管什么时候都给人一种又懒又正经的感觉。

他嘴角淡淡地勾着,抬手把麦克风的支架往上调。调到合适的位置,他轻拍了两下话筒,略微低头靠近,"喂"了两声试音。

贺昇的音色偏低,清冽且有质感,他出声的一瞬间,于澄就听见各个角落里传出吸气声和女孩子按捺不住的低声尖叫。

"帅哥,唱什么歌啊?"旁边的调音师问他。老板在一旁乐呵呵地看着,巴不得有贺昇这样的人给他热场子。

"唱《纸短情长》吧。"贺昇开口。

"啊?"台下人有点惊讶。

"这歌我都听得会唱了,帅哥你换一首吧。"

"不行。"贺昇的低笑声通过话筒传到每个人的耳朵里,听得人心里发痒,"这首歌是唱给我女朋友听的,她没听过这首,我想唱给她听。"

于澄一愣,来自四面八方的目光都在打量她。

调音师朝他打了个手势，欢快的前奏响起。贺昇坐在椅子上，眼睫低垂，目光一直停留在于澄的身上。他开口轻唱，勾人得很。

　　你陪我步入蝉夏，
　　越过城市喧嚣……

清吧里只有贺昇低缓的歌声，他唱得比原曲的节奏稍缓，听着更缱绻动人。

于澄在台下安安静静地听着，这首歌她当然听过，去年夏天火得一塌糊涂。那个三线小县城里哪儿哪儿都在放，服装店、餐饮店、超市，甚至学校的广播。她走在路上随时都能听到。

她听这首歌的时候，贺昇也在听这首歌。

她想他的时候，贺昇也在想她。

她知道，贺昇是在给她补上那个夏天。

原来有遗憾的不只是她一个人。

　　纸短情长啊，
　　诉不完当时年少，
　　我的故事还是关于你啊。
　　我的故事还是关于你啊……

一曲唱完，台下的人开始鼓掌。

有人起哄："美女，给你男朋友表示表示啊！"

于澄弯起唇，在台下笑得灿烂。她抬起手放在唇上而后扬起，朝贺昇送去一个飞吻。

台上的贺昇也在笑着，吊儿郎当地抬起手，虚虚地在半空中抓了一把，像是真的抓到了那个吻。紧接着，他把手放到胸口，话筒里传来模

065

拟枪声的"砰"的一声响。

贺昇捂住心口,像是被枪击中了心脏,笑着拖着尾音说:"完了,救救我,我要爱死我女朋友了。"

有人跟着起哄,有人大声尖叫,于澄目不转睛地盯着他,心也跟着怦怦跳,心里像是炸开了烟花。人群沸腾,空气里都是躁动的荷尔蒙的气息。

清冷炫目的灯光下,贺昇身姿挺拔,目光只放在于澄一个人身上。他单手撑着话筒支架,明晃晃地宣告自己对她炙热无比的爱意。

一桌人的视线来来回回地在于澄和贺昇身上移动。众人都酸死了,羡慕死他们了。

沈毅风坐在台下,难得没跟着别人一起嗨,就是觉得挺感慨的。贺昇刚认识于澄那会儿,他有预感贺昇得栽在她手里,没想到栽得这么彻底,要不是这个世界没神学,他都怀疑贺昇被人附体了。

他俩认识了快四年,贺昇真的跟以前太不一样了,以前他成天冷着一张脸,到哪儿都跟别人欠他五百万似的,这会儿他坐在台上,跟个大傻子似的。但这傻子幼稚又浪漫,又苏又会撩,撩得他女朋友在台下笑得花枝乱颤的,这人怎么就那么会哄人呢。

台下的人意犹未尽,还有人喊着"再来一首",贺昇没搭理那些人,从台上走下来,坐回原位,抬手轻轻拍了一下于澄的头,笑着问:"傻了?"

于澄回神,眼睛弯起来:"没有,男朋友唱得太好听了。"

"真的?"

"嗯。"

"行。"贺昇轻轻勾起嘴角,抬手捏住她的下巴,"那男朋友等会儿回去再唱给你听。"

两人坐在角落里,谈话的声音不大,有点悄悄调情的意思,但沈毅风、赵炎这种就坐在两人身边的人都能听见。

沈毅风打量两人一番，意味深长地笑了："你俩住在一起了？"

"没有，就一块儿过个周末。"贺昇不想搭理他，含糊地随便回答了一句。

沈毅风一脸"我都懂"的表情，兴奋地拍大腿："周末好啊，周末时间多充裕啊。"

"……"

于澄在一旁静静地听着，没搭腔，她的确是像沈毅风说的这么想的。

贺昇下台后，酒吧里的气氛被推向了高潮，老板走过来，给他们送果盘、送酒，旁敲侧击地打听，问贺昇考不考虑以后来这儿当驻唱。

"老板你也太不够意思了，我哥们儿这脸当明星都行，来你这儿当驻唱多委屈他啊。"沈毅风"啧"了一声，"你别想了，他不缺钱，刚刚唱歌是在哄他女朋友玩呢。"

老板讪讪地笑了一声。

"抱歉，我暂时没有这种想法。"贺昇松开搂着于澄的手，抬眼礼貌地拒绝了。

老板很豪爽，原本就是过来问问，也不勉强他："行行行，那你们以后常来玩啊，给你们打八折。"

酒吧是交友和找艳遇的地方，有这么个帅哥常来，哪能少了女顾客。女顾客多了，男顾客也会变多，生意哪能不好。

"好好好，以后有机会一定常来。"沈毅风随口应下。

一桌人又玩了几局游戏，杯子里的各种饮品都快要见底了。

贺昇低头翻看手机上的消息，下巴搭在衣领边缘，左手扣在杯口上。趁于澄上卫生间的空隙，沈毅风朝他扑过去。

"吃错什么药了？"贺昇皱眉，扯着他的衣领又把人甩到一边去。

"哟，我憋了一晚上没说，这个天气，于澄穿了条裙子，你怎么穿冲锋衣啊？"沈毅风挤眉弄眼，笑得贱兮兮的，"遮什么呢，这也没遮住啊，耳朵后面还有个印子呢，我都瞅你一晚上了。"

067

见贺昇拉着脸没吭声,沈毅风笑得更放肆,伸手去扯他冲锋衣的拉链:"来,昇哥,你把衣服脱了给我看看,我看看澄妹到底把你啃成什么样了。"

贺昇稍往后躲,面无表情地单手攥着衣领,抬腿踹他,冷声骂了一句:"滚。"

"这就让我滚了?"沈毅风悻悻地摇头叹气,"真小气,看一眼都不让。"

"……"

到了最后,赵炎喝得有点多,他学校离得远,沈毅风拖着他准备给他在附近开间房先睡一晚,走之前还骂骂咧咧的:"别以为你喝醉了就能赖账啊,明早醒了记得把房费转给我。"

"谁会赖账,你真是抠得要死。"

两人互相推搡着出去后,卡座里的人都走空了,只剩下贺昇和于澄。

这个时间点夜生活刚开始,外面街市喧嚣,贺昇扶着于澄走出清吧,看时间还早,开车把于澄带到桥边吹风醒酒。

于澄今晚真的很高兴,没忍住点了杯酒精度数极低的果酒,但她酒量太差了,喝完就开始发蒙。

"昇哥。"于澄靠在他的肩头喊他。

"嗯,怎么了?"他低头看向她。

"你怎么长得这么好看啊?"于澄一动不动地盯着贺昇看,河面上波光粼粼,月光映在她眼中,亮晶晶的。

贺昇勾起嘴角,眼神温柔:"我妈长得好看,我随她。"

"真的?"于澄扬眉问。

"嗯。"他点头。

月光静静笼罩在河面上,过了半晌,于澄盯着河中的轮渡,轻声说:"我还没见过你妈妈呢,你不是说要带我去看她吗?还说要给我养一只比奥特曼乖很多的猫,你都没有做到,骗子。"

不等贺昇回答，于澄继续自顾自地说："奥特曼现在长得可胖了，它变乖了，许琛说是因为它慢慢变老了。"

"我不想养别的猫了，我想陪着奥特曼。"于澄说着说着眼圈就开始泛红，不像是责备他，更像是撒娇，"万一奥特曼死了，你也没回来怎么办？我真的好可怜。"

贺昇静静地听她嘟囔，于澄只有在喝醉的时候才会稍微露出脆弱的一面，像是有说不完的话要说、要问，也不管这话说得有没有意义："你说，我们分开的那段日子，你想过我吗？"

"嗯。"贺昇俯身在她额头上轻轻啄了一下，"很想你，快想死你了。"

于澄满意地点头："好吧，既然你也想我，那我原谅你了。"

贺昇失笑，"嗯"了一声。

风静静地吹，带着河边泥土和水草的气味。

对话就这样结束了，于澄又觉得差点意思，她抬头，目光转向他："那你亲亲我，亲亲我我才能彻底原谅你。"

她鼻尖还是红的，目光迷离，眼角也微红，拽住他的衣摆跟他撒娇，让他亲亲她。贺昇一瞬不瞬地望着她，他女朋友喝多了就乖得不得了。他伸手搂着她的腰，把人往自己怀里带，正要低头，于澄又抬手挡住他。

她这会儿脑子里想一出是一出，不满地皱眉："沈毅风说的话我那会儿都听见了，明明是你啃我啃得多。"

她越说越委屈，急于证明自己说的都是真的，抬手扯住裙子的领口就往下拉。贺昇赶紧拦住她。他们在河边，这种天气最舒服，时不时就有过来散步的情侣、遛狗的大爷，他当然知道自己把她啃成什么样，这怎么看？最起码不能在这儿看。

于澄见领口扯不下来，急得去掰他的手："他们不知道，也没看见过，明明是你更过分！"

"是是是，我过分。"贺昇不自觉地笑起来，左手架在河边护栏上，右手捏住她的领口，心里一阵后悔。

他怎么就把澄姐带到这儿醒酒了？公寓那么大，阳台、书房、客厅、厨房、洗浴间……哪儿不能醒酒？他就非得把澄姐往人这么多的地儿带。

回到公寓后，于澄醉醺醺地倒头就睡，贺昇站在沙发边上看着她无可奈何，只能把人抱去卧室。

昨天熬夜没休息好，今天又喝酒，病刚好就开始放任自己的后果是到了后半夜于澄就开始吐，她以为是因为自己没醒酒，直到贺昇出门买来温度计，于澄一量，体温三十八点七摄氏度。

"好点没？"贺昇帮她顺着后背，"好点了就去换件衣服，我带你去医院。"

于澄漱完口，把散落下来的头发往后撩，擦擦嘴角："我不想去，我就是头有点晕，没有其他的症状。"

"你发着烧呢，澄姐。"贺昇倚在洗手池边，心里不是滋味，"快三十九摄氏度了。"

"没事，我吃两片退烧药就行。"

贺昇没让步："这儿没药给你吃，乖乖跟我去医院检查一下，看看病因是什么，就算有药也不能乱吃。"

"不想去。"于澄执拗得很。

两人僵持着，贺昇无奈，把人拉进自己怀里，轻声问："那你说说，你不去医院，想干什么？"

于澄抬起眼看他："想睡觉。"

"我没不让你睡觉。"贺昇哄她，"到了医院，你躺在病床上也能睡。"

于澄眼巴巴地看着他："周一我就得回宿舍了。"

她预想的周末不是这么过的。

"所以呢？"贺昇故意摆出一副冷淡的样子，"女朋友正发烧，你真当我是禽兽啊。"

于澄点头:"反正不是人。"

"真有你的。"贺昇没跟她再掰扯,拿起外套直接套在她身上,把人拎出了门。

车子一路开到医院,贺昇带着她挂号就诊,于澄老老实实地跟在他身边做了几项检查,诊断结果是细菌感染导致的肠胃炎,需要输液。

凌晨五点医院人不多,配药需要一些时间,于澄在走廊上随便找了个位子坐下来,贺昇坐在她身边,懒懒地靠在灰白色的墙壁上。

"饿吗?"贺昇偏过头问。

昨晚聚会时于澄就没吃什么东西,只吃了几块水果。

"不饿。"于澄摇头,神情恹恹地靠在他肩膀上。

"好。"贺昇捏着她的手心,"等你饿了跟我说,我去给你买早饭。"

"嗯。"

两人安安静静地等着,空气里是消毒水的味道,隔着两米远的走廊上,他们斜对面有个小男孩正在扎针,被三个大人按在座椅上,哭喊声撕心裂肺,折腾半天才好不容易扎好。

"于澄?1076号于澄,在哪儿?"护士拿着输液器和药瓶过来。

"在这儿。"于澄举手。

看着护士走过来,贺昇突然开口问她:"怕吗澄姐?"

"嗯?"于澄纳闷地回过头看他,抬起左手伸出去。

见贺昇不说话,她又把头转回去,面无表情地看着护士的动作。贺昇看着青色的静脉被拍打后凸起,别过她的脸,按到自己肩头,低声说:"别看。"

"我又不是小孩。"于澄忍不住笑起来,闷声闷气地小声道。

"嗯,那也别看。"贺昇说。

眼睛被蒙住的时候,其他感官会更灵敏,本来于澄心里对于打针一点感觉都没有,被贺昇这么一弄,她看不见,真的开始紧张起来。

手背上突然传来像被蚂蚁蜇咬一般的细微刺痛,贺昇偏头在她发间轻轻落下一个吻："好了。"

"唑，真的好痛。"于澄装模作样地说了一句。

"是吧。"贺昇弯起嘴角，"还好有男朋友陪着你。"

于澄抬起头来配合他："嗯，还好有男朋友陪着我。"

这次生病有贺昇盯着，于澄可怜巴巴地被他带着输了三天液才解放，每次到吃药的时间，她还得录个视频发给贺昇打卡。

贺昇：真乖。

于澄回复：呵呵。

某次输液时她打开两人的聊天界面，贺昇正巧看到，问她是不是不爱自己了，为什么备注的名字是冷冰冰的"贺昇"两个字。

于澄不知道怎么反驳，加上他微信的时候还没彻底跟他和好呢，后来又忘了改，当场被他抓住就很尴尬。

"快给我改个备注，现在就改。"贺昇盯着她看。

"你幼不幼稚啊。"于澄边笑边给他改了备注。

"我就幼稚。"贺昇满意地靠着椅背，"幼稚死你。"

"……"

女生宿舍朝南，下午阳光从阳台铺到桌面上，光束中飘浮的细小尘粒清晰可见。

"姐姐，咱们待会儿一起去体育馆啊。"方丁艾火急火燎地推门进来，放下手里的一摞专业书。

"行啊。"于澄看着她急匆匆的样子觉得好笑，点点头。

举办篮球赛是京大每年的传统，分院系组队，上场的大多数人都是篮球社或者体育部的，所以不看院系的话，基本都是篮球社内部的队员参赛。

下午四点之后是社团活动，本周的活动安排就是去观看篮球比赛。方丁艾惦记着看帅哥，激动一整天了。

"对了,你男朋友参加篮球赛吗?"方丁艾边忙活边回头问。

"不清楚。"于澄摇头。她中午听方丁艾说起这事,才知道今天有篮球赛。

"哦。"方丁艾嘴里咬着皮筋,把自己的雾霾蓝头发盘成松松垮垮的丸子头,"那咱们收拾一下就去,到那边先占两个好位子,第一场是金融学院和医学院的人比赛,咱们去支持金融学院,我带你见识一下'京大帅哥天花板'。"

"好。"于澄很给面子地应了一声。

趁着聊天的空隙,于澄低头给贺昇发消息,问他:京大篮球赛你参加吗?

对方秒回:嗯。

于澄:你什么时候上场?

贺日日:今天。

于澄抬头问方丁艾:"今天航天工程学院也参赛?"

"嗯。"方丁艾点头,"不过是在第二场。"

"哦。"于澄了然。

手机上又收到消息:女朋友会来给我加油吗?

于澄勾起嘴角,不怎么正经地回复他:那你投篮姿势要帅一点。

贺日日:你男朋友怎么着都帅。

"你男朋友怎么着都帅",于澄顺着这句话靠在书桌旁想了一下。别人可能是情人眼里出西施,但她男朋友还真没丑过。在附中的时候她就喜欢看贺昇打球,他整个人哪怕汗津津的都带着干净的少年感,穿着球服在球场上奔跑,露出带着力量感的肌肉,黑色碎发被汗水打湿,鲜活又有朝气。

篮球赛下午四点开始,于澄和方丁艾收拾好之后看时间差不多了,就一路往体育馆走。微风吹得树叶沙沙作响,走在路上,身边三三两两的人和她们朝相同的方向走。

"这些人都是去看篮球赛的？"于澄问。

"嗯，京大体育馆能坐下好几千人呢，大家要给自己院系的人加油啊。"方丁艾凑过去小声说，"当然，女生主要还是去看帅哥的，京大的帅哥，场球上最起码能聚集一半。"

于澄赞同地勾勾嘴角。这话她认同，高中时除了贺昇，祁原、赵一钱他们几个天天打球的长得也不赖，她跟许颜没事就喜欢去看他们打球也是有原因的，球场上的帅哥很绝，流着汗投篮的帅哥更绝。

体育馆灯光明亮，于澄跟方丁艾到的时候，看台上已经稀稀拉拉地坐了不少人了。

"坐这儿吧，这儿靠前，视野好。"方丁艾侧着身子往里走。

于澄点头，她坐哪儿都行。她跟着方丁艾随便找了个空座位坐下来。

大屏幕上的电子表显示现在的时间是三点四十五分，离比赛开始还有十五分钟。于澄的手机握在手里，掌心传来几下振动。

她低头解锁屏幕，是贺昇发来的消息：你来了吗？

于澄：嗯。

贺日日：你坐在哪儿？

于澄回过头，看了一眼身后的座位号，把号码发给贺昇：C区5排07座。

贺日日：嗯，比赛结束后我去找你。

于澄：好。

空旷的篮球场传来一声哨声，于澄的注意力被吸引过去。球场两边分别出来一支队伍，左侧的队伍穿红黑色球服，右侧的队伍穿白黑色球服，紧接着于澄就在左侧队伍的末尾，猝不及防地看见了那道她熟悉得不能再熟悉的身影。

队员都是小跑着进入球场，身上的球服颜色鲜明。但贺昇不一样，他上身穿着宽松的灰色卫衣，下身穿着黑色短裤和运动鞋，怀里抱着一个篮球，不紧不慢地跟在最后。他这一身打扮跟球队格格不入，所以格外扎眼。

"看见了吗？看见了吗？金融管理专业那个穿卫衣的，就是我说的那个帅哥学长！"方丁艾兴奋地扯着于澄的手，伸手指给她看。

"嗯？"于澄顺着她指的方向看过去，她分不清哪边是金融学院的人，哪边是医学院的，只好试探地问，"穿灰色卫衣，抱着篮球的那个？"

"对，就是他，'京大帅哥天花板'。"方丁艾肯定地点头。

于澄还没来得及细想贺昇怎么会在金融管理专业，就见计分处跑来一个老师，走到贺昇面前跟他说了什么。

贺昇微微侧过头，没什么表情地听着，听完后犹豫了一会儿，点点头。

吩咐好后老师退场，紧接着在体育馆所有观众的注视下，贺昇放下篮球踩在鞋底，两手交叉握住衣摆向上卷。卫衣卷住球服，露出一截线条清晰的腹肌，看台上响起一阵躁动。

兜头把卫衣脱下之后，贺昇冷着脸，单手把卫衣拎在手里。他身姿挺拔，身上红黑色的球服显眼，整个人意气风发。

于澄来不及细想，就见贺昇拎着卫衣，准备转身回后台的休息处，临了又像是改变了主意，鞋尖换了个朝向。他抬头巡视了看台一圈，找到地方后，直直朝 C 区走过去。全场观众的目光都随着他在动，他一步没停地走到看台下，接着扬手把卫衣朝看台上抛过去，头顶的碎发随之晃动。卫衣抽绳的金属头被灯光折射出亮白的微光，在半空中画出一道漂亮的弧线，落在于澄的腿上。

于澄愣愣地看着他，清淡的薄荷味瞬间萦绕在她身边。方丁艾看着两人，大脑半天都转不过来。

"嘟——嘟嘟——"计分处传来催促的哨声。

贺昇边往后跑着倒退边朝她挥手，声音都带着笑意。

"女朋友，把我的卫衣拿好啊！"

球赛即将开始，于澄看着贺昇跑回队伍，步履从容地站回原位。

看台躁动了一阵过后，安静了下来，在空中回荡的只有运动鞋摩擦地板的声音，两支队伍各自聚拢后喊出口号，然后散开。

贺昇这一举动，让体育馆内的观众原本集中在他身上的注意力，现在大部分转移到了于澄身上。座位前排不时有人回头张望，边看于澄边窃窃私语。于澄神情冷淡，手肘搭在卫衣上，看着贺昇在球场运球防守。

"姐姐，你没有什么要跟我说的吗？"方丁艾望着她，小圆眼里充满不可思议，眼神一直粘在于澄脸上。

一直让她好奇的两对CP原来是一对。她还纳闷于澄惦记了一年多的人到底有多好，能叫她念念不忘，拼死拼活地往京大考。纳闷的同时，她还时刻八卦着"京大帅哥天花板"的女朋友是什么人，风言风语传了一年多也没露过脸，风华正茂的年纪让这么个人心甘情愿地等着她。合着这两对其实是一对！

"抱歉，我不知道你说的'天花板'就是我男朋友。"于澄偏过头，诚心诚意地跟她解释。

"哎，我知道，我没怪你故意瞒着我，我就是有点震惊。"方丁艾不知道该说些什么好，"你男朋友叫什么名字啊？我还不知道呢，成天喊他'天花板'。"

"贺昇，加贝贺，日升昇。"于澄朝她笑了一下，"我一直以为他在航天工程学院，所以你说这人是学金融管理的，我就没往他身上想。"

"噢，没事没事，我理解的。"方丁艾又将眼神转向贺昇，看了半天。

看台下篮球赛正在紧张而激烈地进行着，看台上的骚动也没影响贺昇的发挥，但今天的重头戏显然不在赛事本身，暧昧而刺激的八卦正随着比赛的进行扩散出去。

四十分钟后，第一场比赛结束，金融学院和医学院的队员下场。

今天就比一场，打完就结束了，金融学院晋级。贺昇边退场边抬手把被汗水打湿的黑发往后捋，走到球场边缘，撩起衣服下摆在额头擦了一下。

于澄看着他，眼神都舍不得挪开，这人总能无意识地撩到她心坎里去。后面还有好几场别的学院的比赛，她不感兴趣，准备跟方丁艾说一声提前走，还没开口，就见贺昇抬起手朝她挥着，迈开腿朝她走过来。

看台的每一面都有台阶，贺昇踏上去，身上还带着在球场上的朝气，边走边抬手用手腕上的黑色护腕擦脖颈上的汗，性感得要命。

"怎么了？"于澄抬头，看着他走到自己面前，问。

"没怎么啊。"贺昇居高临下地扯扯嘴角，声音因为刚剧烈运动完还略微有些沙哑，"我不是说了吗，比赛结束后来找你啊。"

"哦对，我忘了。"于澄点头。

看台上座位多，观众稀稀拉拉地坐着。贺昇坐到于澄身边的空位上，偏过头冲她扬眉："怎么样，男朋友打球帅不帅？"

于澄看向他："还行吧。"

"眼光这么高呢，澄姐。"贺昇懒洋洋地勾起嘴角往后靠，"啧"了一声。

看着球场上新上场的两支队伍，贺昇扯着自己背心的衣领，身上的汗仍未消散，还是觉得热烘烘的。他低头，看见于澄脚边放着的矿泉水，拿起来掂了两下，抬眼问："你的？"

"嗯。"于澄点头。

"那我喝了。"贺昇边说边拧开瓶盖，仰起头喉结滚动，大半瓶水被他几口灌下去。他喝完将瓶盖重新拧上，抬起手背擦擦嘴角："热死了。"

方丁艾早就在贺昇走过来的时候溜走了，不好意思当电灯泡在旁边杵着。

"等会儿你还有事吗？"于澄问。

"没有，得先回宿舍洗个澡，一身汗。"贺昇跟她说，"我洗完澡去找你，一块儿去吃饭。"

"好。"于澄点头。

后面的比赛两人没再继续看下去，直接肩并肩一块儿离场，约好晚上六点在女生宿舍楼下见。

回到宿舍，贺昇刚推开门就见江锋和王一佟坐在书桌前，面前是打包的盖浇饭，两人眼睛都不眨地看着他。

"有事？"贺昇顺手把门带上，看着两人问道。

他又套上了那件灰色卫衣，但这人为什么满头大汗还套着卫衣不肯脱，两人刚才在食堂就听说了。

"没什么，就是想问问你，于澄真的是你女朋友？"王一佟率先开口，眼巴巴地看着他。

"嗯。"贺昇点头，没什么表情地打开衣柜，抽出一件长袖T恤搭在椅背上。

"那她什么时候成你女朋友的啊？"两人都很纳闷，他俩前阵子天天在宿舍里讲于澄的事，这人也没插过一句话，怎么就不知不觉地和她在一起了？

"于澄？"贺昇偏头看着两人。

"对。"

贺昇笑着说："她一直都是。"

江锋简直要哭出来："那你们是情侣，你怎么不早说啊？"

还好他跟王一佟没说过于澄的坏话，也没往不三不四的话题上扯，不然他俩这会儿坟头的草都得有一人高。两人想起这件事就一阵后怕。

"怎么说呢，"贺昇一副为人着想的体贴样儿，"我怕你俩伤心啊。"

王一佟生无可恋地往后躺，怅然若失地说："别说了昇哥，我们俩的心已经碎了。"

"没办法，那就碎着吧。"贺昇没搭理两人，背对着他们脱下卫衣，拎着换洗的衣服走进卫生间。

京大宿舍是卫生间和淋浴间一体的设计，贺昇关上门，打开莲蓬头的开关，水流的温度舒适，热气渐渐充满整个空间。

贺昇洗完澡一身清爽，换上长袖 T 恤和运动裤，把头发吹得半干就出了门，到女生宿舍楼底下等着。

女生宿舍楼旁有棵银杏树，树底下有一把长椅，他抬腿走过去，随意地坐下来靠在椅背上，抬眼远远往于澄住的楼层看，嘴里的口香糖轻轻吹起一个泡泡。

天色已经暗下来，女生宿舍零零星星地亮着灯。

过了半天于澄才从宿舍楼大门走出来，一眼就看见坐在长椅上等她的贺昇。

"有点事耽误了，你等多久了？"于澄走到他跟前问。

"没多久，我刚到。"贺昇笑着回答。

"嗯，那就行，走吧。"于澄边说边往前走，回过头发现贺昇还懒懒地靠在长椅上没动。

"怎么了？"她问。

"没劲了，需要女朋友拉我一把。"贺昇稍稍侧过头，耷拉着眼皮，朝她伸出一只手。

于澄无可奈何地握住他的手："你真的很幼稚。"

"嗯。"贺昇闷声笑着，"怎么办？就想跟你幼稚。"

"……"

趁着天色昏暗，于澄装模作样地把贺昇拉起来，顺势扯着人一路走到银杏树后。

这棵银杏树是棵老树，枝干粗壮，枝繁叶茂，树下的暗影足够遮住两人。

"干吗啊，澄姐？"贺昇背靠树干，明知故问。

于澄看着他，鼻尖萦绕着贺昇身上好闻的薄荷味。她没回答他，踮起脚开始在他脖子上窸窸窣窣地亲起来。

贺昇单手搭在她身上，仰着头，模样清冷地垂眼看着于澄一个劲儿亲他。时间慢慢过去，他觉得差不多了才将胳膊收紧，把人往跟前带，俯身吻住她那张嘴。

……

树影外不时有人走过，传来细碎的脚步声和交谈声。于澄闭着眼仰起头，两只胳膊都挂在他的脖颈上，被动地被贺昇带着走，躲在暗处亲热的刺激感一下子到达顶峰。

除了风吹树叶的声响，空气里还不时响起亲吻声，两人在暗处亲了好半天才松开对方，气喘吁吁地对视。贺昇扬手把她脸颊边的发丝撩到耳后，弯腰又在她嘴角轻轻啄了一下。

清凉的夜风迎面吹来，于澄看了一眼贺昇，挺不争气地在这种暧昧的时候觉得腿软。可能是被吻的，也可能是没吃晚饭。

"那个……我突然有点饿了。"

约会的安排都随便她，贺昇笑着问："你想吃什么？"

"没想好，但我想吃点辣的。"于澄舔舔唇道，"生病这几天都没吃。"

贺昇点头："行，那你少吃一点。离这儿不远有家私房菜，他家做川菜不错，我开车带你过去。"

"好。"

两人一路驱车过去，这家私房菜在闹市中的独栋洋楼里。贺昇把车停到楼下的花园里，带着于澄一道进去。

前面有服务员引路，店里环境清幽，透出质朴的古韵，厅堂有几个被山水屏风挡着的雅座，楼上设有几间包厢。

"这儿真有川菜？"于澄侧目看了他一眼，觉得贺昇在逗她玩，整栋洋楼里半点辣椒味都闻不到。

"嗯，这家店的老板早年在四川发家，后来才来到京北，所以川菜做得很好。"贺昇跟她解释，"不过他一般不做，也没什么人知道这事，但他的手艺确实很好。"

两人跟随服务员一道去到二楼，坐在竹木窗台旁的中年人突然抬头，站起来说："哟，什么风把你吹来了？"

"宋叔。"贺昇微微点了一下头,算是打了招呼。

"嗯,你爷爷最近身体还好吧?"宋幸余问。他扫了一眼贺昇,又打量起他身边站着的姑娘。

贺昇不动声色地搂住于澄,轻轻扯了一下嘴角:"嗯,挺好的,我上次回家,他还惦记着跟您一块儿去听曲。"

"那就好,等我有时间就去,我最近忙着筹拍新电影。"宋幸余笑笑,朝贺昇使了个眼色,"这位是?"

"我女朋友。"贺昇介绍。

宋幸余了然,点点头:"噢,前两天听人说过,没承想今天就见到了。"

两人谈话的时候,于澄也看了宋幸余好几眼。

这人她知道,名扬国内外的大导演,四十多岁,有家室,却隔三岔五地跟一些女明星传出绯闻,是娱乐头条的常客。捕风捉影的事,是真是假谁也不知道。

"您好,我是于澄。"于澄礼貌地点点头。

自从有一次她回家,在许琛的房间里看见付浓后,她就对这些事看淡了。娱乐圈的事也没什么好唏嘘的,红遍各大杂志的模特也被她哥追到手了。

"你好,我是宋幸余,你跟着阿昇喊我宋叔就行。"宋幸余还在打量她,他太过炙热的眼神让于澄不自觉地轻轻皱起眉头。

贺昇微微侧过身体,帮于澄挡住他的视线:"怎么了宋叔,又缺演员了?"

"对,是这回事。"宋幸余笑得眯起眼,"你既然这么说,那我就直接问了。丫头,你有没有兴趣拍电影啊?"

话音刚落,连留点悬念的时间都没有,于澄就开口了:"没有。"

"你别跟他学啊。"宋幸余不放弃,"你这条件,不拍电影太可惜了,我保证你拍完一部电影就能大红大紫。"

"我才上大一，要大红大紫干什么？"于澄笑了一下，态度不冷不热，分寸把握得刚好。

"吃这碗饭就是要趁早，钱权名利，哪个不是好东西？"宋幸余不知道她的家底，但除了这几天她在贺昇身边露了几面，他在京北也没听说过这号人，京北没有哪个大户姓于。

"谢谢，不过不用了，我不缺钱。"于澄礼貌地拒绝。

宋幸余笑了一声，觉得这姑娘目光短浅："不缺钱跟有钱，是差着十万八千里的。"

"……"

于澄听出他有点瞧不起自己的意思，这下连最基本的礼貌也懒得维持："确实。但假设我妈现在撒手不干了，家里的老底也够我挥霍十辈子的，我想拍电影，从娘胎里出来就能拍，我妈就是我最大的金主，用不着等到现在。"

宋幸余皱眉，看向贺昇："什么意思？"

贺昇笑笑，浑不懔地开口："就是字面意思。宋叔，实不相瞒，我在傍富婆。"

"成成成，不拍就不拍，等你改变主意了再来找我也行。"宋幸余摊开手里的折扇扇了两下："说说，你来找我有什么事啊？"

贺昇抬头，手搭在后脖颈上摸了两下："来你这儿吃饭啊，还能是什么事。"

"真有你的。吃什么？说吧，老爷子这两天身体不好，是家里的大厨代他掌勺。"宋幸余合上扇子，"我准备把他这私房菜关了，以后你想吃也吃不到了，赶紧点菜吧。"

"那不太好办，我们想吃川菜，你家厨子好像是京北本地的，做不来。"

宋幸余像见到鬼一样看着他："那你是什么意思，想让我去给你做？"

贺昇涎皮赖脸地点头："嗯。"

宋幸余："……"

点完菜后，两人上楼进了包厢，这边私密性高，隔音也好。于澄神情怏怏地坐在长桌前，半天不想说话。

"澄姐，你怎么不高兴了啊？"贺昇扯过她的手，握在手里，"他人虽然不太行，但做菜有两下子，等会儿你尝尝，真的好吃。"

于澄看他一眼，避重就轻地说："好吃有什么用，马上就要关门了。"

"没事。"贺昇笑着说，"我带你去他们家吃。"

"……"

望着长桌尽头摆着的文竹，于澄在心里叹气。其实她没什么不高兴的，就觉得这些人多少有点自负，跟离开京北这地方就没有有本事的人了一样。

她从小在南城长大，只有寒暑假偶尔会回京北玩一段时间。她回京北真的只是玩，江眉颜从来不带她露脸，忙的时候就把她放在江家。

江家小辈比较多，于澄小时候巴不得天天待在外公外婆那儿，有一帮人带着她玩。江眉颜离婚之后，于澄的性格变得冷漠了不少，也不怎么爱回去了。所以在此之前她都没接触过京北这个圈子里的人，也不清楚江眉颜的人脉关系是怎么样的。但她对这圈子没什么想法，接触下来更没想法。

"别不高兴了。"贺昇捧着她的脸哄她，"澄姐，他没什么恶意的，就是习惯这样说话了。"

"嗯，我知道。"于澄点头，又挑起一侧眉梢问，"昇哥，你怎么不这样啊？"

她觉得贺昇的背景可能比这些人都厉害，照这样看，他应该更自负。但跟贺昇接触过的人都知道，不论别人是什么身份，是他的同学、朋友，还是陌生人，在他身上永远看不到自负。

"嗯？"贺昇懒懒地趴在手臂上，稍稍侧目，抬头看她，"也不是，我小时候其实挺浑蛋的。"

他边说边回忆："宋幸余跟我妈是朋友,我小时候在他家,拿着那种自制的炮仗,把他家厨房给炸了。"

"炸得好。"于澄勾起嘴角,心想这人现在也挺浑蛋的。

"嗯。"贺昇笑起来,"这是调皮的事情,也干过其他不怎么好的事,但我当时太小了,意识不到自己有错。我妈恰好那段时间忙完了工作,回来知道我做了什么事之后,让我跪在自省室,拿藤条抽了我十下。"

贺昇靠在椅背上,耷拉着眼皮,神情有些清冷。他那会儿几岁来着?应该是六岁吧,个子才跟书桌腿差不多高。他小时候被罚过很多次在自省室跪着,但只有这一次是李青枝罚的,十下藤条抽在他身上,在背上留下好几道血痕。他咬着牙犯倔,没掉一滴眼泪,李青枝打完,撂下藤条就把他抱在怀里哭,端庄优雅的旗袍弄了一身褶皱。她哭什么呢?哭着说对不起他,不该把他一个人放在这里。

贺昇当时就觉得生气,理解不了李青枝,他只是闲着没事把花匠大叔的假肢弄坏,让大叔第二天只能一瘸一拐地出门,为什么要这样打他?他当时不懂,现在回头看,他知道李青枝为什么会伤心到那种地步,因为她在自己的儿子身上看不到一点同理心,她没法接受自己的孩子长成这样,她愧疚、自责,又感到害怕。

"然后呢?"于澄问。

"她怕我以后长歪,就推掉了很多工作,大部分时间都留在国内带我。"贺昇笑了一下,"她教会我很多东西,是个很好的妈妈。"

于澄看着他,神情不自觉地变得温柔:"她真的把你教得很好。"

"嗯。"贺昇颤着眼睫,在她额头印下一吻,轻声道,"澄姐,下个月是她忌日,我想带你去见她。"

于澄静静地和他对视,明显感觉到他握在自己手腕上的那只手正不自觉地收紧,掌心微微出汗。

"好啊。"她眼睛弯起来,"我会化个好看的妆去见她的。"

不谈其他的，宋幸余的手艺确实不错，吃饭的时候于澄头都没舍得抬起来几次，嘴巴被辣得红通通的。

于澄吃完，心满意足地擦擦嘴角："以后真能再去他们家吃？"

"嗯。"

"他不让我们进怎么办？"

贺昇不正经地笑笑："那我就把他们家大门炸了。"

"……"

贺昇面前就两道清炒，他也没怎么动筷子，于澄点的水煮鱼他一下都没碰。看着他那副样子，于澄突然凑过去，用带着辣味的嘴巴亲他。

"辣不辣？"于澄眼里闪着狡黠的光。

"辣。"贺昇没什么表情地点头，装模作样地端起白开水喝了一口。说实话，刚刚他压根儿没尝到辣味，只是于澄的唇比平时更软一些，带着热意。

于澄得逞地笑起来："那我要再亲一次，辣死你。"

"辣死我？我好怕啊。"贺昇勾起嘴角大剌剌地往后靠，觉得好笑，看着于澄站起来坐到他的腿上，低头去够他的唇。

空气是静谧的，只有衣服摩擦的窸窸窣窣声。于澄一下一下地啄着，用自己被辣得有些肿的嘴使劲地蹭来蹭去。贺昇托着她的腰，看着于澄努力的样子，差点没绷住笑出来。他女朋友怎么这么好骗？

"你还好吗？"亲了一会儿，于澄望着他，体贴地送上一杯水。

"有点受不了，太辣了。"贺昇垂下眼睫，抬手接过那杯水，送到嘴边仰起头咕咚咕咚往下灌，喉结随着动作剧烈地滚动。为了让演戏的效果逼真，那杯水贺昇喝得有点急，喝下最后一口后，他侧过头不受控制地咳了两声，眼角泛红。

"昇哥，你这样好可怜啊，"于澄眼睛都不眨地盯着他看，像是发现了新大陆，缓缓地说，"我好喜欢。"

"……"

于澄伸出手拿过贺昇手里的杯子,侧身放回桌面,转回去用两只胳膊钩着他的脖子,又开始胡乱地亲起来。

贺昇藏住眼中的笑意,懒洋洋地往后靠,松开揽着她的那只手,随意地垂在身侧。

亲了一会儿后,于澄抬起眼,仔细地看着贺昇。他肤色真的很白,高中时的升旗仪式上,他穿着校服站在操场上,阳光照着他,或是在体育馆打球时头顶的吊灯灯光一打,他简直白到能发光。

看了一会儿,于澄伸手把他的衣服往下拽了一点,露出清晰凸显的漂亮的锁骨。她忍不住吞咽了一下,抬头看他:"昇哥。"

"嗯,怎么了?"贺昇轻声问。

"我想在你锁骨上种个草莓,行吗?"于澄一双小鹿眼直勾勾地看着他,眼尾微扬,因为亲吻,她的唇色比刚才还鲜艳,"特别想。"

她想起以前夏天的时候,T恤的领口都比较大,贺昇给她讲题时,她老是走神,不自觉地把注意力全放在他身上,看着他骨节分明的手握住签字笔,在洁白的草稿纸上快速地写出解题过程,偏低的声线在她耳边响起,耐心地给她讲解。

贺昇应该不知道,他给她讲题时总是会无意识地低下头,领口就会下滑,露出那截漂亮的锁骨。

于澄在脑子里这么想着,嘴巴也无意识地说了出来。她真的觊觎了好久。

没等贺昇回答,于澄就将唇贴了上去,温热的唇碰上微凉的皮肤,贺昇的眼睫抑制不住地轻颤。

他的记忆也被带回到在附中的那段时间。刚入夏的时候,南城的天气就会开始燥热,午间阳光刺得人睁不开眼,教学楼下的梧桐树叶以一种疯狂的速度肆意生长,在阳光下泛着新绿。

附中中午有一个半小时的午饭和午休时间,在这一个半小时的时间里,于澄经常会去八班找他。高三的节奏很快,压力也大,每天的午休是学生们能适当松口气的宝贵时间,所以往往最后二十分钟,教室里才会有同学陆陆续续地回来,很多时候,空旷的教室里都只有他们两个人。

春末夏初的时候,人最容易在这个时间点犯困,于澄那个时候也是,经常在听他讲题时由坐着变成趴着,然后趁贺昇不注意把眼睛闭上,睡起午觉来。

那年年后开始,于澄就特别努力,几乎每天都是凌晨两点过后才睡,所以贺昇从来没有喊过她,就让她趁着中午的时候多休息一会儿。

于澄趴在那儿安安静静睡着的时候,贺昇就支肘靠在窗台边看她。女孩子睡着的时候会显得特别柔软,蓝白色校服松松垮垮地套在她身上,黑发轻轻地散落在课桌上,铺满整张试卷。

于澄睡着的时候喜欢把脸埋在臂弯里,只露出半边脖颈。贺昇会垂眼打量她耳垂下方那一块,她流畅的下颌线连接着耳朵后侧,皮肤白得隐约能看见淡青色的血管,在光线的照射下还能看到一层柔软的细细的绒毛。

很多时候他只是静静地看着,在于澄快要醒过来的时候,再把视线转回去。

热风卷起教室里淡蓝色的窗帘,吹拂着少年那颗炙热的心。

……

"砰!"身后的门突然被人用力推开,于澄惊得回过头。

周秋山站在门口看着贴在一块儿的两人,傻眼了:"就算宋叔这儿隔音好,你俩也不能在这儿亲热吧。"

于澄:"……"

"你犯病了?"贺昇的脸色难看得吓人,眼神冷冷地盯着周秋山看。

"不是啊。"周秋山解释,"我突然想来看看这儿有没有什么新出的菜,宋叔说你在,我就来了啊!我怎么知道你俩在干吗!谁吃饭时还能搂搂抱抱亲个没完?我要是知道,我才不来……"

他的话没能说完,贺昇把于澄从自己腿上抱下来后就直接朝他走了过去，一手薅住周秋山的领子就把人往外拖，还顺带帮于澄关上门。

"别别别，哥，你干吗？别打脸啊！我真不是故意的……"

贺昇把他甩在墙上，这边环境安静，周秋山的号叫声就显得特别有穿透力。

"给你三秒钟的时间闭嘴，不然让你今晚都喊不出来。"贺昇面无表情地看着他，眼神充满不耐烦。

周秋山瞬间就把嘴巴闭上了。小时候有一回他就被这么警告过，他没当真，继续犯贱，之后贺昇直接把他按在地板上，骑在他身上三两下就把他下巴卸了，然后他真的一句话都说不出来。他一路哭着回到家，他爸先是扇了他一巴掌，才帮他把下巴重新安回去。那种感觉很酸爽，他这辈子都不想体验第二回。

包厢是一横排相邻的，两人正对峙着，走廊尽头的包厢门被人拉开，从里面走出两个人，一男一女。男的大腹便便，个头一米七五左右，女的亲密地挽着他的手，在一旁笑着。

周秋山愣愣地看着那两个人，赵晗也发现了他们，嘴角的笑容蓦地僵住。

三人都像是互相不认识对方那样，目不转睛地擦肩而过。直到人走远了，周秋山才讪讪地开口："老赵她现在怎么混成这样了啊？"

赵晗打扮得一身风尘味，那男的他没见过，看样子是个暴发户。一年多以前因为那件事，赵晗被踢出了他们这个圈子，周秋山也没怎么再见过她。

赵家几年前就断断续续地出现财务问题，谁沾上他们家就得惹一身腥，所以赵晗才一个劲儿地想和贺昇在一起。贺昇是独生子，哪怕没到法定的结婚年龄，但只要他和赵晗订婚，有个婚约在，贺家都会出手帮他们一把。

说实在的，周秋山没有那么强的道德观，而且不是那件事的当事人，对赵晗没有什么特别的情绪。但贺昇不好糊弄，他得表态，于情于理，或是出于私心，他都得站在贺昇这边。

贺昇收回手，只撂下一句："路都是她自己选的。"

周秋山点头，这话没错。哪怕赵家倒了，赵晗也不可能过得太差，她家的关系在这儿，人脉也在这儿，想做什么都能从头再来。他相信如果有一天他遇到难事，贺昇一定会帮他，反过来也是一样的。但赵晗偏偏选了最令人不齿的一种方式，把他们这些年的交情磨得一干二净。

回到包厢后，贺昇就直接带着于澄回去了。于澄靠在车窗边吹风，看着夜景，感觉这条路跟来时的路不太一样，转过头问他："去哪儿啊？"

贺昇握着方向盘，手背上青筋明显，似笑非笑地看了她一眼："回公寓啊。吃了顿饭吃傻了？"

"哦。"于澄点头，心跳开始加快，很懂事地问他，"你今天刚打完球赛，还能行吗？"

贺昇："……"

第二天清早，于澄咬着牙也没能爬起来，撑着胳膊在床上蒙了半天，干脆自暴自弃地重新躺下，把脸埋进枕头里，黑发随意地散开。她真的太困了，昨晚前半夜没睡，后半夜也没睡好。

她今早有课，方丁艾在宿舍没等到她，就打了个电话过来，于澄直接托她帮忙请个病假。

"好，那你好好休息啊，你生病才好了没几天呢。"方丁艾在那头担心地说，"嗓子哑成这样，是不是扁桃体发炎了？去医院了吗？"

于澄眯着眼，舔舔发干的唇："没有，休息一会儿再去。"

她声音都是嘶哑的，听上去跟感冒的症状差不多。

"行，那我先去上课了，你好好休息，需要帮忙的话再给我打电话。"

于澄的声音不自觉地带上笑意："嗯，谢谢。"

电话挂断，于澄把手机扔到一边，平躺在床上，睁眼看着吊顶上的灯。放空了一会儿后，她偏头朝右侧看。

贺昇已经不在了,身侧的位置空空荡荡的。她懒得管他一大早去了哪里,是去上厕所了还是回学校了,反正她得继续睡。

于澄昏昏沉沉的,戴着眼罩一觉睡到中午才慢慢清醒过来,起来穿上拖鞋去洗漱。

主卧里就有洗漱间,她站在镜子面前,把头发绾成一个低低的发髻,掬起一捧凉水拍在脸上才觉得彻底回神。收拾好之后,她抬脚走到客厅。

从阳台直射过来的阳光晃眼,贺昇正坐在方桌前,鼻梁上架着一副防蓝光的眼镜,桌面上摆着一台笔记本电脑,他身上穿着冲锋衣,看样子是出去过一趟。

"睡醒了?"贺昇听到动静,抬起头看她。

"嗯。"于澄点头,问,"你怎么没去上课?"

"请假了。"贺昇道,"不放心你一个人在这儿。"

"这有什么不放心的?"她淡淡地垂眸看他。

"怕你生病什么的。你睡得这么沉,自己也发现不了。"贺昇伸手推了一下眼镜,边打量她边说。

于澄倚靠在墙边,抱着双臂,穿着柔软的白色棉麻睡裙,长度刚到膝盖上方,露出线条漂亮的双腿。一觉睡足,除了嗓子还是哑的,她已经恢复精力了。

"我又不是三岁小孩,怎么可能动不动就生病。"撂下这句话,她转身有些心虚地溜回房间。

两人简单地吃完午饭后,于澄就开始忙活自己的事情。她今天不准备回学校了,反正也请了一天的假,打算趁这会儿把上次撂在这儿的半幅画完成。

太阳西移,一下午的时间,贺昇接了好几个电话。于澄盘腿坐在沙发旁的地毯上,看着他靠在阳台上,屈肘搭着护栏的身影。

阳台的移门是开着的,于澄听见贺昇有时说中文,有时掺杂着几句英文，大概还有法语。但她不确定，她只在去国外看展、参展的时候听过几句法语，觉得发音熟悉而已。

最后一通电话打得格外久，贺昇在阳台抽了两支烟还没谈完。

画板上的画已经进行到最后一步，于澄放下手里的画笔，光脚走过去，把他刚点上的第三支烟从他唇边拿下来。贺昇边跟那边说着英文，边别过脸低头在她脸颊上亲了一口。又等了十几分钟，双方应该谈得很好，他说最后一句话时语气明显很愉快。

"你事情好多。"于澄皱眉，有些不高兴地看着他。

天都黑了，一下午什么都没干，光听他打电话了。

"家里有点事我得出面，已经谈妥了，辛苦女朋友等我。"贺昇把手机收进兜里，嘴角微勾，把人搂在怀里亲了好几下才松开。于澄轻哂一声，偏过头不理他。

明早就得回学校上课，还得把今天落下的课补回来。两人一块儿回到客厅，拿了一些零食，找了一部科幻片看起来。电影才播放了五分之一，于澄就枕在贺昇肩膀上睡着了，直到电影快要结束，一行人通过黑洞回到地球时她才睁眼。

"困了就去床上睡。"贺昇轻轻拍她。

"嗯。"于澄揉揉眼，像猫一样伸了个懒腰才站起来往卫生间走。

贺昇也跟着她站起来，活动了一下被她枕得酸麻的肩膀，拿上换洗的睡衣去洗澡。

夜深人静，这种天气最舒服，不用开冷气，盖着一床薄被刚刚好。

凉风吹进来，卷起淡白色的窗帘，贺昇穿着睡衣，黑发半湿地靠坐在床头，看着于澄闭眼躺在他身边。

"贺昇。"于澄闷声喊他。

"怎么了？"他问。

于澄睁开眼，看着他笑了一下："你唱首歌给我听吧。"

"行啊，那你想听什么？"贺昇笑着问，"给女朋友点歌的特权。"

她仔细想想,也不知道到底要听什么,她只是想听贺昇唱:"不知道,都行,你随便唱一首吧。"

"好。"贺昇点头。

于澄舒适地裹在被子里,片刻后,她听见身边低缓微哑的声音轻声吟唱,是一首情歌。

旋律动人,低低的嗓音像是钩子钩着人的心,贺昇左手隔着一层薄被轻轻搂着她,右手的指尖打着节拍。窗户是开着的,有风吹进来,带着桂花和月季的香味,混杂着一室的薄荷味。

"贺昇。"

"嗯?"

于澄大概是把歌词听进去了,不自觉地轻声问:"你爱我吗?"

话刚问出口她就觉得有些突兀,又意识到他们这个年纪谈爱有点傻,又改了个说法:"你喜欢我吗?"

"嗯。"贺昇点头,嘴角挂着一丝笑,表情坦荡,"喜欢,也爱。"

他回答得太认真,于澄有些惶然,"爱"这个字对她来说有些落不到实处。

怕被他看出来自己的情绪,她毫不停顿地继续开口问:"要是你这会儿还没找到我,你要怎么办?"

就像是恋爱的时候女孩子总喜欢问男孩到底爱不爱自己一样,因为两人分开过,于澄对这个问题执念很深,比上一个问题还深。

"会一直找你。"贺昇的眼神落在她脸上,语气笃定。

"那要是我已经有男朋友了呢?"于澄笑起来,紧追不舍地问。

"这事我还没想过。"贺昇也跟着笑了一下,"那就让他绿成一道光吧。"

不愧是他。

"你好自信啊,昇哥。"于澄睁开眼睛看了他一眼,"一点道德感都没有。"

贺昇没接这茬儿，哼笑了一声，把这个道德问题抛给她，像看透她一样似笑非笑地说："于澄，你拒绝不了我的。"

要么正大光明地跟他谈恋爱，要么一块儿暗地里"狼狈为奸"。

于澄嘟囔着翻了个身，懒得跟他计较。是吗，她拒绝不了他？可能吧，在他身上她的确有太多的例外。

大脑太混沌，很多片段走马观花地闪过，于澄没思考太多就沉沉地睡过去了，就当是一物降一物吧。

中午回到宿舍，于澄见桌面上放着一个大牌奢侈品的新包，之前方丁艾就背过这个包，同款同色。她随口问道："你又买了一个？"

"不是。"方丁艾抬起手挠挠头，有点不好意思，"别人送的。"

"嗯？"于澄翘起嘴角，"你谈恋爱了？"

"嗯嗯。"她笑嘻嘻地点头，"我男朋友也是你们美院的，叫李子然，不知道你认不认识。"

"李子然？"于澄回过头看她一眼，走到书架前，把自己的文件夹打开，拿出之前乘风唐给的那两张资料表，"是他吗？"

方丁艾拿过来，看了一眼后确定地点头："嗯嗯，姐姐你认识？"

"巧了。"于澄笑了，"不认识，但正准备认识。"

"嗯？什么意思？"

"没什么。"于澄打开包翻出一张名片递给她，"我待的那家工作室想签他，既然他是你男朋友，你帮我问问，他要是有意向的话，直接打上面的电话就行。"

"好。"方丁艾点头，捧着脸想了一会儿，又问，"姐姐，你说我给他回个什么礼物呢，球鞋？还是电脑什么的？"

没等于澄开口，她又叹了一口气："他会不会觉得我斤斤计较啊，刚送我一个礼物，我又还回去。要不等他过生日还是其他节日的时候，我再送他吧。"

"行啊,都行。"于澄笑着点头。

她最佩服方丁艾这姑娘的一点就是她丧归丧,嘴上说着再也不相信爱了,下一回遇着喜欢的人,还是照样往前冲,一点不厌。

用方丁艾自己的话说,就是"这个年纪,就该做个为爱冲锋的勇士"。

乘风唐交代的事情解决好之后,于澄绝大部分时间都留在学校。不打球赛的时候,贺昇就陪她一块儿去学校图书馆,帮她把落下的课补上。

"好难啊。"于澄一看草稿纸上密密麻麻的公式就头疼,高中的数学跟大学的数学完全是两种不同的东西。

"那就先休息一会儿。"贺昇伸手按住那张纸,把她面前的草稿纸滑到自己面前来。

于澄叹了一口气,撑着下巴看着他写字:"贺老师。"

"嗯?"贺昇抬头。

"我现在能亲你一口吗?"于澄问。

"怎么了?"贺昇抬手屈肘,撑着下巴要笑不笑地看着她,"怎么突然要亲我。"

于澄眨眨眼:"感觉你认真做题的样子好帅。"

"嗯?只有做题的时候帅吗?我难道不是一直都很帅。"贺昇看着她,唇角向上弯起。

"是是是,男朋友最帅,那你让我亲一口。"

看着她那上钩的样,贺昇扯扯嘴角:"不给亲,等你学完了再说。"

"……"

两人泡在图书馆里,桌上放着一杯奶茶和一杯咖啡。只要没课,两人就一块儿待在这里。

连着学了一个星期,今天的学习内容少,结束得早,于澄出了图书馆就拉着贺昇一路走到河边。

头顶是黄澄澄的银杏叶,贺昇坐在长椅上,头低着,脖颈靠前,懒洋洋地看着于澄蹲在河边拿着一个小渔网捞鱼。

"捞着没有?"

"没呢。"

"你这样捞不着的。"

"捞不着都是因为鱼被你的说话声吓跑了。"

"刚才没人说话,你也没捞着。"

"……"

于澄气得一把扔掉小渔网,扭头走了,一点都不想搭理他。

"我错了,我错了。"贺昇从她身后追上来,"能捞到,我马上给你捞十条。"

"十条?"于澄抬眼看他,"这条河里都不知道有没有十条鱼,你上哪儿捞到十条?"

她说的是实话,这条河是死水,不是京大银杏湖里分流出来的,她只在前天路过的时候,看到里面有一条小鱼苗摇着尾巴闪过,第二天就拿着小渔网来蹲守,蹲了两天,一条鱼都没看着。

"那就去花鸟鱼市场买吧。"贺昇左手抱着书,眼里带着笑意,捏住她的下巴,"买十条,放阳台养着,或者放卧室的飘窗上养着也行。"

"……"

按照她想要的东西的十倍来哄她,是贺昇这半个月的重大发现。

于澄的东西太多,而且喜欢乱放,比如书架上有一排指甲油,床头柜有一抽屉口红,没准睡觉前她还能从被窝里拿出一个粉饼盒。直到有一次,贺昇早起到厨房倒牛奶,关上冰箱门的时候劲大了一些,冰箱有些晃动,紧接着就从顶上掉下来一瓶爽肤水。

他真不是故意的,但他看见四分五裂的玻璃瓶的瞬间还是蒙了,嘴里的一口牛奶咽也不是,吐也不是。

"怎么了?"于澄闻声从卫生间赶过来,看到一地狼藉后,挑眉看着他,等着他解释。

他靠在厨台门上咽下那口牛奶,两条腿不知道该怎么放,舔了舔唇上沾的奶渍才开口:"我赔,赔十瓶。"

于澄靠在门边没说话,脑子里不知道在想什么,盯着贺昇看了一会儿就转身走了。

没想到两天后,她手机上收到了一个快递通知,拿到快递拆开一看,里面真的是十瓶一模一样的爽肤水。

……

天气已经逐渐转凉,成群的蓝曼龙鱼在水箱里游着。

在这两件事上尝到甜头后,贺昇觉得自己拿捏了摆平于澄的方法,对待她那堆东西也渐渐越来越大胆起来。

他第一个下手的是那些口红。

理科生,特别是头脑好、思维敏捷的男生,天生好奇心就特别重。趁着于澄今天去工作室,贺昇把那些口红拿到书房里琢磨起来。

他随便挑了一根,在手里掂了两下,转了一会儿才拔开盖子,开始认真研究红色为什么可以细分成那么多种颜色,关键他女朋友涂起来还都那么好看。

研究了一下午,在于澄回来前他原封不动地把那些口红放回去,觉得自己这事办得神不知鬼不觉。

于澄晚上回来,冲完澡坐在镜子前。她跟方丁艾约好等会儿去逛大学城的夜市,准备化个妆就出门。她把装口红的盒子拿过来,然后得到了一盒膏体全都顶盖的口红。

"你干的?"于澄冷冷地瞧着他。

"……可能是吧。"

他默默地看着桌上那堆口红,现在才知道自己打开口红的步骤错了,应该先拔盖再转动,他是先转动才拔盖。

因为打开的第一根口红就是顶盖的,后面的几十根他就没怀疑自己,照着同样的方法打开的。他研究时还吐槽了设计师,怎么就不能给口红做得利索点,看着难受死了。

两人沉默地对视着,赶在于澄开口说第二句话之前,贺昇一言不发下了床。他扯着卫衣套上,把摊在于澄面前的口红盒合起来,抱着它到京北的几个商场里转了好几圈,找柜姐一根根核对,准备一样买十根,一根不落地给她补上。

盒子里的口红多,但基本都是同一个品牌的,有的色号这里断货,有的数量不够,店长急匆匆地打电话从别的店里调货。

等沈毅风赶到的时候,贺昇正坐在柜台前的高脚椅上,两条腿大刺刺地敞着,低着头刷手机,表情清冷。旁边有两个柜姐站在他身边,眼神像是在看财神爷。

"你干吗呢,不是说好晚上一块儿去打球吗?"沈毅风走过去问他。

听见他的声音,贺昇抬眼看过去,语气淡漠:"于澄的口红被我弄坏了,我买完再去打。"

"口红?"沈毅风的眼神瞟向那个盒子,看到里面那一堆口红,"这些全都是被你弄坏的?"

"嗯。"

沈毅风乐了:"厉害啊,能弄坏这么多根也不简单。"

他也拽过来一把高脚椅,坐到贺昇的身边:"还得等多久?"

"不知道。"

商场灯光明亮,贺昇伸手虚虚地抓了一把,懒散地往后靠:"等口红到了我得先送回去一趟,再去球场。"

"行啊。"沈毅风点头,"你那儿我又不是没去过。哦不对,你换地方住了,那等会儿我跟你一块儿走。"

"嗯。"

闲着没事,两人开了一局游戏,面前摆着柜姐送来的茶点。一局游戏结束,贺昇看着他手腕上的粉色皮筋,忍不住问:"你手上戴的是什么?"

"这个？"沈毅风举起来给他看，得意地挑眉，"女朋友送的。嘿，没跟你说呢，有个学妹最近在追我，也是南城的，以前是三中的，可爱死了。"

"哦。"贺昇对他那点事根本不感兴趣，抬起眼看他，"那她为什么送你这个？"

"因为这是——"

沈毅风话没说完就停住了，凑近贺昇，左右两边换着看他。就算这人面无表情，他也知道这人恋爱脑的劲儿又上来了。据他了解，贺昇买的手机、卫衣、球鞋、棒球服，还有其他零零碎碎的东西，都是成对成对的，只要他和于澄一块儿出去，八十岁的老奶奶都能看出他俩是情侣。反正别人处对象有的，他都得安排上，事多得不行。

沈毅风这次扬眉吐气了，贱兮兮地故意逗他："这你都不知道，男女朋友谈对象都搞这个，这会儿流行着呢。女生送男生一根小皮筋，男生戴在手上，别人一看就知道这个男生有对象了。"

"我没有。"贺昇轻轻皱了一下眉，盯着那根小皮筋，开口问，"她怎么没给我一根？"

沈毅风傻乐："你问我干吗？你问于澄去，你找她要啊。"

"……"

问就问。贺昇重新从兜里掏出手机，试探地给她发消息：是不是谈恋爱之后，女生会送给男生一根小皮筋，表明他的身份？

于澄正好在夜市掏手机付钱，直接给他回复：嗯，怎么了？

贺日日：那我为什么没有？

于澄无语。

贺昇等了半天，上一句话发出去之后，对面再也没回复。

贺昇面无表情地收起手机放回兜里，眼皮耷拉着，多少有点不爽。

"她怎么说啊？"沈毅风问。

"她不知道这事。"贺昇垂着眼，平静地回答他。

"哦，我就说嘛。没事儿，也确实不是人人都知道这事的。"沈毅风安慰他。

贺昇眼睛都不眨地看着沈毅风手腕上的小皮筋，冷淡地点头，"嗯"了一声。

有种她今晚别回来找他。

坐在柜台旁等了半天，店长一脸歉意地走过来，告诉贺昇今晚没办法把货全部调过来，问他能不能留个联系方式，等货配齐后亲自给他送上门。

贺昇点头，觉得无所谓，接过纸和笔留下一串号码，就跟沈毅风走了。

一路走到球场，两人抱着球随便找了一支球队加入。这里是公园体育馆的球场，周围都是大学，球场上基本都是附近的大学生。

跟外面不认识的人打球讲究尺度，得打得开心又和气。但不知道贺昇今晚憋着什么火，一上来就给人家盖了两次帽。他不小心被别人盖了一回，脸色直接冷下来，沈毅风寸步不离，生怕一扭头的工夫他就跟人家打起来了。

"你怎么回事啊？没买到口红也不至于这样吧。"沈毅风过去拍拍他的肩，边擦汗边小声问了一句。

"没什么。"贺昇拍了两下球，往前面的人身边投过去，"接着打吧。"

球场上都是呼名唤姓的喊声和鞋底摩擦地面的吱吱声。又打完半场，沈毅风实在是不敢打了，拉着贺昇到一旁供人休息的椅子上坐下来。

"喊我下来干吗？"贺昇拎着水送到嘴边喝了一口，冷眼看着他。

沈毅风骂他："你看到对面的人看你的眼神了吗？再不喊你下场，当心你这两天走路被人套麻袋。"

篮球在半空被抛来抛去，贺昇把视线移回去，默不作声，不想搭理他。

"你知不知道大学城的夜市在哪儿？"贺昇突然问了一句。

"知道啊，就在南边，我上星期刚陪人去逛过，挺好玩的，还有好多学生没事的时候在那儿摆摊。"沈毅风偏过头看他，"怎么了，你要去？"

"嗯。"贺昇点头。

沈毅风站起来："行啊，那这会儿就去吧，快到晚上九点了，正好是最热闹的时候。"

休息椅在球场中间，两人一块儿走到球场边缘的时候，两个姑娘走过来想找贺昇要联系方式。

沈毅风跟贺昇认识好几年了，这种场面他也见怪不怪了。他以前也经常被人要微信，但基本上跟这人走在一块儿的时候，这事就没他的份儿了。

他正准备帮他拒绝，没想到贺昇从裤兜里掏出手机，翻了几下，直接把屏幕朝向两人，耷拉着眼皮，表情冷淡地说："加吧。"

沈毅风："……"

等人走了，沈毅风才皱着眉抬手捶他两下："怎么回事啊你，你要绿澄妹？"

"没有。"贺昇收回手机，"我给的是你的微信。"

"你会干人事怎么不早干。"沈毅风睁大眼睛，"我都有女朋友了，你还给个什么劲儿，直接拒绝不就行了，费这劲干吗？"

贺昇抬脚往前走："拒绝什么，直接拒绝多不给别人面子。"

沈毅风刚想说"你什么时候给过别人面子"，就听他淡淡地说了一句："我又没有小皮筋，人家也不知道我有对象啊。"

"……"他是真服了贺昇。

夜风带着凉意，但两人刚打完球身上都热烘烘的。他们一块儿晃悠到夜市入口，贺昇站在路边，掏出手机给于澄打电话。还好铃声在响了快半分钟之后，对方接了电话。

"你在哪儿呢？"他出声问。

附近有点吵,于澄捂着手机说:"做美甲呢,怎么了?"

"噢,没什么,我过去找你。"

"你也来了?"

贺昇:"嗯。"

"那你得往里走走。"于澄回过头看了一圈,"这边有好几个美甲摊,你走到这边就能看到我。"

"成,我这会儿就过去。"

贺昇挂断电话,放下手机跟着沈毅风一块儿往里走,走了十几分钟,在连成片的美甲摊旁边看见了于澄的身影,摊主正捏着她的手打磨她的指甲。

"哟,勤工俭学美甲摊。"沈毅风乐不可支,瞧着贺昇一脸吃醋的样儿,打趣道,"摊主挺帅啊,细皮嫩肉的,还戴着一副眼镜,一看就是干这种精细活的。瞧瞧,这么多摊位,就这个摊位前有人,男大学生真是到哪儿都吃香。"

"……"

贺昇看着前面美甲摊旁边的于澄,她边挑款式边不时跟摊主笑着说两句话。她身上穿着卫衣和水洗蓝牛仔裤,坐在塑料椅上随意地跷着腿,一双腿又直又匀称。

那件卫衣还是他买的,情侣款的,侧面有一半黑色桃心,另外一半白色桃心在他身上。怪不得她在微信上装死,原来在这儿跟别人聊着呢。

挑完款式,于澄重新把手搭到垫子上,说道:"就做这款酒红色满钻的。"

"成,你们俩都做,我给你们打八折。"摊主笑嘻嘻地说。

"你挑好了吗?"于澄偏过头问方丁艾。

"嗯嗯,我做这款蓝色带钻的。"她指了一下图片给于澄看。

"挺好看的,和你的发色相衬。"

"那可不。"方丁艾开心地笑着,"做完我就是这条街上最蓝的仔。"

"是挺蓝。"于澄眯着眼点头，回头的时候余光瞥见旁边有个人影，觉得熟悉，又把头转回去看了一眼。

周边人来人往，人声鼎沸，卖鲜花的网红摊子前氛围灯一下一下地闪着。贺昇抱着球站在旁边，穿着黑卫衣、灰色运动裤，脑门汗津津的，几绺湿发支棱着，正一动不动地瞧着她，不知道看了多久。

见于澄看见自己了，贺昇直接抬脚走过去。

"做什么颜色的美甲？"他走到她身边，在板凳上坐下来问她。

"酒红色。"于澄说。

"噢。"贺昇点头，看着摊主拿着甲油胶开始往于澄手上涂，白色透着点粉的指甲被刷上一层亮亮的薄油。

贺昇抬眼问摊主："她做这款要多少钱？"

"两百八十块钱。"摊主回答他。

"噢。"贺昇掏出手机，扫了二维码付款。

"我付过了。"于澄看向他说。

"嗯，我知道。"贺昇调整了一下坐姿，坐到于澄斜对面去，"我做。"

于澄闻言挑眉，觉得不可思议："你做？"

"嗯，是我给你做。"

他刚说完话，就从摊主手里拿过甲油胶，眼神又看向于澄："把手伸直。"

摊主能看出来这两人是一对情侣，他望着于澄，不知道怎么办才好，征求她的意见。

"算了，钱我们照付，让他来吧。"于澄用空闲的那只手捧着脸，睨着贺昇，等着他下一步动作。

"噢噢，行行行。"听到她说钱照付，摊主放下心来，随便他俩怎么折腾，还跟贺昇嘱咐每一步该怎么做，跟他说不懂的话可以问自己。

男人不服输的劲儿这个时候就体现出来了，贺昇用手机找了一个美甲教学视频，从头到尾跟着学，没搭理摊主。

等到做完，于澄把手放到灯光下，又伸到面前看了一眼，觉得他做得还挺像那回事的。

"手艺不错啊，贺老师。"

贺昇不冷不热地"嗯"了一声。

今晚他们原本就是想聚一聚，除了方丁艾要回学校找李子然，其他三人一块儿点了烧烤和啤酒回了公寓。

几人这么凑到一起，像是又回到高三偶尔在出租房里小聚的那段日子。

"这地儿大啊。"沈毅风进门看了一圈，"比之前的大。"

他边说边把手里的吃的放到茶几上，往沙发上一躺："真舒服，我今晚能不走吗？"

"不能。"贺昇冷淡地拒绝他。

"高中就没在你那儿住过，到了大学还不行？"

贺昇："嗯，这儿就一张床。"

"我睡沙发也成。"沈毅风看着他，死皮赖脸地说，"我没醉就回去，醉了就在这儿躺一晚上，你也懒得大半夜还得把我往学校送吧。"

"……随你吧。"

今晚贺昇情绪低落，难得现在好说话。

沙发一共围了三侧，沈毅风在旁边躺着，于澄坐在正中间，正常情况下，贺昇肯定跟于澄坐在一起，但这人冲完澡，收拾好之后，直接坐到了沙发的另一侧，两人之间的距离比织女和牛郎还远，仿佛中间有一条银河。

沈毅风闲着没事干，开了一罐啤酒，默默地瞅着两人。这别扭的气氛持续一个晚上了，也不知道这俩人怎么着了，闹成这样。打死他他也想不到，导火索是一根小皮筋。

过了半天，三人一句话没说地坐在那儿，只有沈毅风偶尔吃烧烤的咂嘴声和喝啤酒的声音，另外两人一个比一个沉默，过了一会儿贺昇才动手，抬起胳膊拎过来一罐啤酒，食指钩起拉环"咔嚓"一声打开，送到唇边喝了几口。

沈毅风实在是受不了了，站起来走到电视机前转悠了一圈。他心想，一起看部电影也成啊，好歹这屋里能有点声音，再这么下去他都要被逼疯了。

他拉开电视柜，有了意外发现："欸，你家的电视能连接话筒？"

"可能是吧。"贺昇回答他。他也没用过，装修是别人负责的。

"我来试试。"沈毅风激动地蹲在地上，开始摆弄起来。大概过了十分钟，沈毅风拍拍话筒，高兴地冲两人道："好了。"

"嗯。"贺昇应了一声。

沈毅风选择了电视机的KTV功能，按捺不住地开始选歌："我先唱一首吧，就唱周董的《青花瓷》。"说完他就打开伴奏，旋律响起，一瞬间像是把人带到天青色等烟雨的江南。

他唱歌很投入，脑袋微晃，是真的带着感情地在唱这首歌。

贺昇低头垂眼，晃着手里的啤酒。于澄靠在沙发上，望着大屏幕上的MV，脑子里只有一个念头——沈毅风是怎么把《青花瓷》唱得这么难听的？

一曲唱完，沈毅风因为太过认真，唱得有点累。他把话筒抛给贺昇，冲着贺昇挑眉，笑着说："唱一首啊？你可是情歌小王子，上次在酒吧唱得多好啊。"

贺昇冷冷地接过话筒，一句话也不说，用手拍了两下话筒试音，就开始在屏幕上选歌。

第一首：《修炼爱情》。

第二首：《我们的爱》。

贺昇的音色本来就偏低，这会儿又有点哑，唱到最后真有点撕心裂肺的意思。

两首歌唱完，于澄看向他："你喜欢林俊杰？"

贺昇放下话筒，音响里响起一声磕碰声。他微抬下巴，眼里没什么情绪地看向她："你就听出来这个？"

这句话问出口之后，于澄没搭话，就静静地坐在沙发上跟他对视。

片刻后，贺昇收回视线，站起来冷声道："你们唱吧，我先回书房待一会儿。"

气氛一瞬间降到冰点，客厅里安静得落针可闻。

沈毅风抻着脖子看着贺昇，他离开之后，于澄也紧跟着站起来，一句话没说就往书房走。

身后的门"咔嚓"一声被打开，贺昇转身就看见于澄站在门口，她的眼神落在他身上，走进来之后顺手把门关上。

于澄背靠着门看了他一会儿，贺昇就站在那儿不动，一句话也不说。她低头瞟了一眼微信，贺昇还把微信头像换成了一张黑色的图片，够能作妖的。

"你刚刚唱那两首歌，是想告诉我什么？"于澄朝他走过去，轻声问。

"告诉我好不好？"她仰头和他对视，踮脚在他下巴上亲了一口。

"自己想。"贺昇看着她说。

"我想不出来。"于澄笑笑，"怎么办？"

这下贺昇真不说话了，就这么看着她。

一墙之隔的沈毅风还在客厅里撕心裂肺地号，于澄踮着脚，把贺昇摁到书桌前，吻着他的唇，伸手搂住他的腰。两人的距离拉近，衣服贴着衣服。

贺昇冷淡地靠在桌边，一点回应也没给她。

没管他是怎么回事，于澄自顾自地亲了一会儿他的唇后，就开始去亲他的脖子。

一下又一下，轻柔的触感像是羽毛拂过他的脖子，女孩温热的气息洒在颈窝，贺昇微微往后仰，喉结微动。就这么亲了一会儿后，于澄视线上移，对上贺昇那双眼睛，踮着脚又在他唇角吻了一下，她勾起唇角，眼睛不眨地看着他。

一种暧昧的氛围在两人之间升起。

"想认错？"贺昇声音低沉。

"你说呢？"两人对望着，于澄不自觉地吞咽了一下，心跳得很快，贴着书架一动不动。

门突然被"哗啦"一声推开，沈毅风看着贴在一起的两人，愣住了："你俩干吗呢，打架了？"

于澄侧过头，也愣住了。沈毅风还在继续念叨："别啊，贺昇你这不是欺负人吗？"

"……"

两人迟迟没说话。过了半晌，贺昇开口："你先出去，我跟她有事要说。"

"噢，好。"沈毅风迟疑地开口，边说边往后退，"那你好好说，不能打架啊，咱们男同胞不能跟女同志动手。"

"……"

门被重新关上，书房里只剩下两人。

贺昇松开手，垂眼望着她："你想做什么？"

"我……"于澄垂下睫毛，移开视线。她好意思直接做，但不好意思说出那个字。

外面夜色正浓，客厅里又响起沈毅风哭天抢地的歌声。

等了半天，贺昇也没听于澄说出个所以然来，外面客人还没走，他们只好作罢。

两人一前一后回到客厅，伴奏还在继续播放，沈毅风自己唱了半天，觉得没劲，见两人出来了，他把话筒撂下："你俩倒是来唱一首啊，就我一个人唱多没劲，我又不是来开演唱会的。"

贺昇觉得好笑，抬眼看他："你开演唱会？"

"欸，"沈毅风抓抓耳后的短发，"最多没人买票呗。"

"还挺有自知之明。"

两人正聊着,搁在桌面上的话筒被人拿起来,贺昇和沈毅风转过头,一块儿看向于澄。

"怎么了?"于澄挑眉,边拍话筒边问。

"没事。"沈毅风乐了,"我还没听过你唱歌呢。"

"嗯,我很少唱歌。"于澄边说边看向贺昇。

他也没听过。

两人看着于澄选歌,弄不清她想唱什么。贺昇眼神瞟向她,意有所指地冷声道:"敢骂我你就死定了。"

于澄"喊"了一声:"谁跟你一样?幼稚。"

"……"

欢快又甜蜜的伴奏响起,贺昇看见歌曲名后就不想搭理沈毅风了,静静地听着女朋友给他唱歌。

> Ho baby 情话多说一点,
> 想我就多看一眼,
> 表现多一点点,
> 让我能真的看见。
> Oh bye 少说一点,
> 想陪你不止一天,
> 多一点,
> 让我心甘情愿,
> 爱你……

沈毅风躺在那儿,嘴里叼着一根烧烤扦,心里一阵发酸。他怎么没把他女朋友带来呢?只能在这儿干吃这一对情侣的狗粮。

甜妹偶尔跩一下,挠得人心痒痒。像于澄这种酷姐,甜起来才真的要命啊。看贺昇一脸春风得意的样儿,什么德行!

一曲唱完,于澄撂下话筒,坐到贺昇身边的位子,朝他靠过去,眼尾略微上扬:"还生气吗,男朋友?"

贺昇垂眼看向她,闷笑着说:"不气了。"

"嗯。"

屏幕上的光打在两人身上,迷离又梦幻。于澄点头,在他脸上亲了一口:"真乖。"

贺昇往她身上靠,在心里默默地叹了一口气。做人不能不识好歹,把澄姐惹急了还得他来哄。

电视上的歌曲库界面换成了一部最近被翻拍的电影,剧情牵动人心。桌面上的烧烤和啤酒渐渐见底,贺昇翻着手机上的群消息,开口道:"社团的人相约下个月一块儿去爬山,你去吗?"

"嗯?"于澄看向他,"我还没参加过社团活动呢,都不认识他们。"

于澄最近忙着补课,在社团里就跟挂名一样,一次活动也没参加过。除了方丁艾跟他,社团里她也没有其他认识的人。

贺昇笑着看她:"没事啊,他们认识你。"

"嗯?"

"澄姐,你在京大很有名的,再说爬山是下个月的事,那些人你慢慢就认识了。"他浑不懔地扯扯嘴角,"社团里有好几个人是我们专业的,还有我舍友,知道你是我女朋友之后,骂了我好几天。"

"行吧。"于澄点头,看向他,"我还没说你呢,你不是说报航天工程学院吗,怎么跑去学金融管理了?"

沈毅风诧异地看向贺昇,后者一脸平静,还是那副嘴角带笑的样子,看不出任何端倪。

贺昇:"没什么,想改就改了呗。"

"啧。"于澄挑眉,勾着唇笑,"航天工程学院的平均颜值可比你们院的高多了。"她男朋友在金融学院算是一枝独秀。

"想什么呢,"贺昇把人拉进怀里,捏住她的脸,笑着说,"整个京大都没有比你男朋友帅的人,你还不知足?"

"行行行,知足,知足。"于澄敷衍地应付他。

电影看完之后,于澄随便吃了两口东西,就起身回屋里画画了。这边有三四个空房间,她特意腾了一间出来作为画室。夜晚是她灵感最充沛的时候,不能浪费时间。

于澄一走,客厅里就只剩贺昇跟沈毅风,贺昇拿着遥控器,靠在沙发上重新挑电影。沈毅风又拿过来一罐啤酒,打开喝了几口之后才斟酌着问:"于澄还不知道你为什么改志愿?"

"嗯。"贺昇盯着屏幕,头都懒得回,点了一下头。

沈毅风皱眉:"你没跟她说?"

"矫情吧啦的。"贺昇抬眼朝他看过去,眼神平静,"让她知道做什么,让她难受?"

"我不是这意思。"沈毅风说。

"我知道。"贺昇笑着说,眼睫轻颤,"志愿是我自己要改的,我说的话也没错,想改就改了呗,她没必要知道这些。"

沈毅风躺在那儿看着他,不再提起这茬儿。

去年贺昇回南城找他打听于澄的时候,他还不知道两人之间有这么多波折,怪贺昇回京北之后也不和他说一声,手机打不通,发消息也不回。于澄两个月前也找过他,他也联系不到贺昇,没过两天他就听说于澄转学走了。

还有二十天就高考,于澄还转学了,他就觉得贺昇这事做得挺不地道,好好的,非得来一招失联,把人家姑娘弄得这么伤心,学都不想上了。

后来了解了一些事,他才知道贺昇不容易,两个多月被人看着不让出门,算是被软禁了。他以前只知道贺昇钱多,是个富二代,但不知道他家情况复杂,家庭背景是普通人这辈子都难接触和想象到的。光听贺昇自己三言两语地讲出来，他都觉得云里雾里的。

之后大学快要开学，知道贺昇改了志愿后，他都没忍住为这人掉了两滴眼泪。为什么哭呢？因为他觉得贺昇真的太难了。

从两人认识开始，沈毅风就知道贺昇以后想干什么。这人没同桌，所以旁边的空位都被他占着，桌上是一堆教辅资料，桌子里是一堆火箭模型。十七八岁的少年都有梦想，想在未来的几十年活出个人样，靠着这股劲儿往前冲。大家想当警察、律师、老板、医生，或者是像贺昇这样的，想做航天飞行工程师。

有人没有实现梦想的能力，但贺昇不是那种人，他脑子好使，也肯用功，什么大学、什么专业都随便他挑，以后工作了也会是这样。他明明有翱翔的资本，志愿一改，就算是折断了他的翅膀。

他甚至不敢站在贺昇的角度去仔细想这件事。既然到头来结果都一样，那这些年没日没夜地学习又算什么呢，怎么能甘心呢？

当时于澄人在哪儿他都不知道，说不准他俩也就是对方生命里的过客，情深缘浅，再难忘，时间一长感情也就淡了，就算后来真的又在一起了，那也不影响他造火箭。干吗要闹到这种地步？他当下顾好自己才是最重要的。

但贺昇只说了四个字——"没她重要"。

万一澄姐就是考来京北了呢？贺昇不敢赌，他一个人无所谓，但拉上于澄他就不敢赌了。老爷子可以认同他们在一起，但需要他让步。

沈毅风说得不错，他确实有能力，但这么跟家里对着干下去，到后面老爷子也不会站在他这边。就算贺昇从京大毕业，他们也有能力让他穷困潦倒，连口饭都吃不上。他占便宜就占在他妈只生了他一个，后面也没再有孩子，所以只要他够犟，他们迟早有一天会妥协的，他会回到贺家，属于他的东西一点都不会少。但他跟家里对抗的时间可能是三年、五年，也可能是十年。这些苦他可以吃，但他不能让于澄跟着自己受累。

沈毅风为这事难受，但贺昇一点也不觉得遗憾，这辈子要做选择的事有很多，不可能都两全其美，他明白这个道理，也心甘情愿这么做。

知道于澄考来京大的时候，他就觉得自己这辈子从没这么圆满过。下一回他再这么觉得，就该是他拉着澄姐的手去民政局领证的时候了。

钟表上的时针已经走过零点，沈毅风喝多了，四仰八叉地躺在沙发上打着呼噜，贺昇拿过来一条毛毯盖到他身上，转身朝画室走去。

画室有一整面落地窗，风景好，弯月高挂在苍穹之上。

于澄安静地坐在窗户边，目光柔和，画板上是一幅夜景图，下半部分是未画完的废弃球场，是他们在南城遇见那晚的场景。盘子里的颜料被她调得乱七八糟，挺有艺术家的范儿。

他靠在门边看了一会儿。于澄画得太投入，没注意到他进来，贺昇伸手关上门，顺带反锁上。

"怎么了？"于澄听见声音，抬头看向他。

"来看看你啊。"贺昇靠在桌子边上，"马上快凌晨一点了，还不睡？"

"嗯？"于澄揉揉眼，拿起放在一旁的手机看了一眼，"我以为也就不到十二点，时间怎么过得这么快。"

于澄嘟囔完，放下笔刷，站起来走到一旁的水池边把手上的颜料洗掉。贺昇抬脚走过去，从身后环抱住她。淡淡的薄荷味传到她的鼻尖，让人心安，又让人心动。

打上洗手液的手滑滑的、软软的，手上有一层细密的泡沫。他把双手覆在她的手上，十指交叉在一块儿揉搓。颈间有温热的呼吸喷洒过来，于澄瞬间就蔫了，看着自己的手被洗干净后，又被他带着放到水龙头下冲洗。

……

直到一个多小时后，贺昇才重新打开画室的门走出来，眼神正经得像是什么都没发生一样，身上的T恤皱巴巴的，腰间的运动裤松松垮垮。他出来之后贴心地顺手将门带上。

灯光昏暗，他抬脚往厨房走，路过客厅的时候顺便往沙发上看了一眼，发现原本躺在上面打呼噜的沈毅风已经不见了。

这人之前还醉着，贺昇怕他梦游从楼上跳下去，从裤兜里掏出手机给他打电话，心想万一打不通就打110，把这人交给警察叔叔。

手机屏幕亮起，他电话还没拨出去，就见微信上沈毅风发来了十几条消息，应该是刚醒酒，语气阴阳怪气的。

沈毅风：哥，注意身体。

沈毅风：你们俩把日子过好比什么都重要。

贺昇："……"

沈毅风：我走了，我再也不来了，以后再来你这儿我倒立着走。

过了十几分钟，沈毅风又发来消息：我现在在出租车上，现在是凌晨两点，如果我一个男大学生出了什么事，跟你脱不了干系。要不是因为你，我也不至于半夜还得往学校赶。

后面的消息贺昇就没怎么看了，反正全是骂他的。

睡觉之前，于澄闭上眼，强撑着困意缩到贺昇怀里，闷声道："我没故意不理你，我给你挑了一根最好看的小皮筋，上面还挂着一个小橙子。"

"嗯。"贺昇吻了她一下，"我看见了。"

第八章

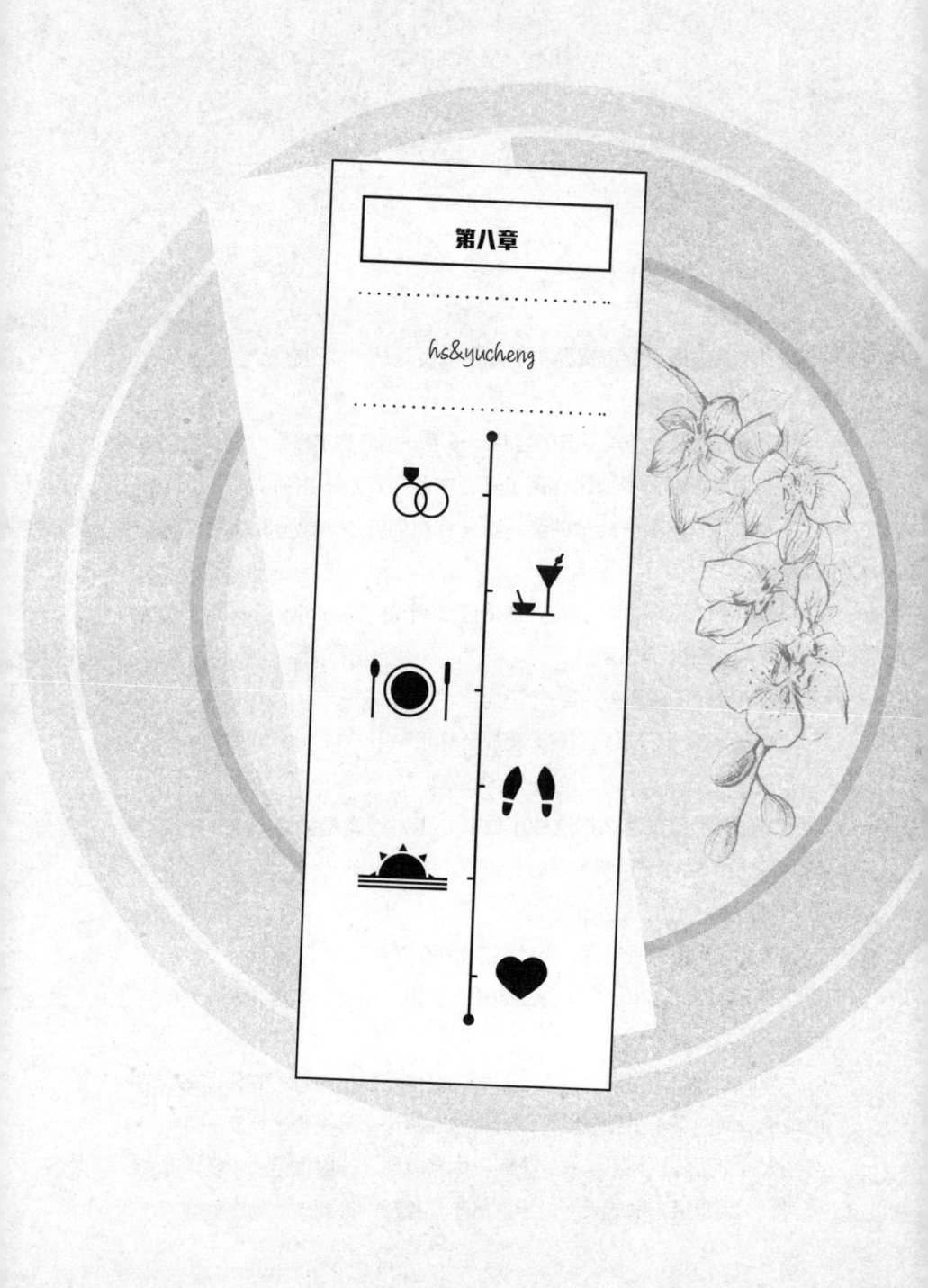

hs&yucheng

原本京大的人觉得贺昇和于澄在一块儿是"梦幻联动"，后面见得多了，也就习惯了。

学校里的课补得差不多了之后，于澄开始回到工作室忙活。之前有幅画被乘风唐拿去参加比赛获了奖，在业内算是不小的奖项，也是她迄今为止得到的最有分量的奖，唯一麻烦的就是颁奖典礼需要于澄亲自参加。

"我坐几号的飞机？我得提前请假。"于澄坐在书桌前，捧着脸翻看日程表，边翻边打电话。

乘风唐在电话那头笑笑："下周三。"

"周三？"于澄抬眼望着天花板，算了一下，"知道了。"

"嗯。"

"好。"于澄没怎么把这件事放在心上，她就是去领个奖，走个过场，"需要的东西你帮我准备好，我下周三再回来。"

"嗯。"

她交代完便挂断电话。天气逐渐转凉，现在已经是深秋，于澄看着窗外淅淅沥沥的小雨，脱下身上的睡衣，换上一身针织裙。她今天得回江眉颜那儿一趟。

外面的细雨下得很急，天气不好的时候路况也跟着不好，过高架桥时她被后面的车不小心追尾，举着伞站在路边，等交警来处理。风刮得有些大，伞都险些握不稳，这个路段本来就堵，一时催促的喇叭声此起彼伏。不到十摄氏度的天气，于澄出了一身汗，等到事故彻底处理好之后,雨都停了。

车子一路开到京郊,于澄穿过回廊,正厅里江眉颜正坐在沙发上看时政新闻,一个白白胖胖的小孩坐在沙发旁铺着的垫子上玩玩具。

"许小胖。"于澄勾着唇喊她。

小孩放下玩具,眼睛骨碌骨碌地转,抬头看向她,嘴里咿咿呀呀的。

江眉颜闻声回过头,轻柔地笑了一下:"回来啦?"

"嗯。"于澄点头,洗完手又折回来,坐到垫子上拿过许惜手里的飞机:"澄姐给你买的洋娃娃呢,怎么就知道玩许琛给你买的飞机。"

"惜惜挺喜欢的,让她玩吧。"江眉颜笑着说。

许惜还没生下来时,许琛就希望自己能有个弟弟。跟别人怕弟弟会和自己争家产的脑回路不一样,他单纯就是觉得有于澄这一个妹妹就够自己受的了,再来一个妹妹他得被折磨疯。

还是弟弟好,男孩子皮实,养几年,大一点的时候就能在他练拳击的时候当沙包。还好这孩子自己争气,逃脱了被人当沙包的命运。

"你哥哥今天也回来了,在楼上的书房里。"江眉颜告诉她。

"嗯。"于澄点头,"等会儿我再去找他。"

门窗紧闭,室内很温暖,于澄觉得身上的针织裙有些厚。她抬手拿过江眉颜的一个抓发夹,把搭在肩头的长发绾起。

她刚把头发绾起来,江眉颜就看见了于澄脖颈侧面的两处吻痕,边缘还用遮瑕膏刻意遮盖过,已经模糊了,应该是出了汗或不小心蹭到才没遮住。

"谈恋爱了?"江眉颜移开视线,明知故问。

"嗯。"于澄并不打算隐瞒,诚实地点头。

江眉颜轻轻抬手,替她将稍乱的发丝整理好,斟酌着开口问:"还是那个男孩子吗?"

"嗯?"于澄微愣,眼尾微挑,侧过头看她,"你还记得?"

"妈妈的记性没那么差。"江眉颜淡淡地笑了一下,"就是因为他你才非得考京大吧？我听你哥哥说了，哪天让他来家里吃顿饭吧。"

"再说吧。"于澄敷衍道。

"只是简单地吃一顿饭。"看出她的抗拒，江眉颜很平静地告诉她，"妈妈尊重你的想法，但见父母、订婚、结婚，这是大多数人谈恋爱之后都会依次经历的事。"

她知道于澄怕什么，她在这些事情上对她没有要求，但她也不希望女儿辜负别人。不管那孩子怎么想，她都希望于澄可以正常地去看待这些事情。

"我没想过这么多事。"于澄打断她的话，垂眼看着自己的脚尖，"现在这样挺好的。"

爱和婚姻是两码事，不结婚的爱情未必不能白头到老，结了婚也不一定能好好地在一起一辈子。江眉颜和于炜就是最好的例子。

"那他呢？"江眉颜反问。

"……"

他？于澄皱眉。她没问过贺昇这些，而且他们现在年纪都太小了，她过完生日才满二十岁，根本谈不上这些。但一想到贺昇，她突然对这个问题心里没底，没来由地一阵烦躁。

"我先上去了。"于澄神色疲倦地说。

"嗯。"

书房在三楼，看着于澄上楼的身影，江眉颜把视线收回来，在心底叹了一口气，心疼又无奈。

她那段失败的婚姻对于澄还是有影响的。不仅如此，让她操心的事还有于澄的外公和外婆。最近这段时间，江家二老隔三岔五地打电话过来，问她跟贺家那孩子谈恋爱的人是不是于澄，是同名同姓还是怎么着。

她没回应，推脱自己太忙挂了电话。要是真让二老知道，单凭他们对贺家的偏见，就得闹翻天。

深棕色的书房门没关,屋里光线柔和,绿植在角落里被养护得很好。于澄抬脚进去转了一圈,没见到人,正准备走,回头就看见许琛站在门口。他肩宽腰窄,穿得很休闲,鼻梁上架着一副金边眼镜。

"我刚想说你人去哪儿了。"于澄见人来了又折回来,拉出椅子坐下。

"去拿了个东西。"许琛把手里的文件放下,回过头,视线刚落到于澄身上,就发现了她脖子上的痕迹。

许琛冷笑了一声:"你的大学生活挺丰富多彩啊。"

"嗯?"于澄以为许琛是发自内心地感慨,配合地点了一下头,"确实挺丰富多彩的,除此之外还有工作室的事要忙,每天行程排得满满的,都没时间回来。"

"说说,你脖子上的印子哪儿来的?你不是才去上学一个月?"许琛冷眼看着她,想不出他的妹妹是怎么做到速度这么快的。

"我脖子怎么了?"于澄拿出手机,打开前置摄像头看了一眼,看到镜头里的暗红色痕迹,这才后知后觉。怪不得江眉颜看她的眼神有些不自在。

"关你什么事。"她懒得跟他掰扯,"蚊子咬的。"

许琛:"是吗?"

"这蚊子可真够大的,一口咬下去红了这么一片。"许琛冷嗤一声,"我跟你嫂子认识两三年的时候也只牵了手。"

于澄:"……"

她直白地看过去:"你没牵,那是因为人家不想牵,就算认识了两三年,你那会儿也才高中毕业。"

看着许琛摊开文件夹不想搭理她的样子,于澄心里很舒畅。

从她知道这两人的关系开始,就以为他们是在工作中相识的,比如律师事务所帮模特处理合同纠纷,于是许琛趁机勾搭人家。

她会这么想也算合理。直到有一天,她无意间在许琛的一本书里看到一组照片,许琛穿着校服跟另一名男生互相勾着肩,朝着镜头比

"耶"，而第二张照片就是他和付浓的合照。

他长个儿比较晚，上高中之后才像抽条一样迅速往上长，照片上他就只比付浓高出小半颗脑袋。那时候的付浓还带着些稚气，按时间来看还没正式进入模特圈。两人身后是喷泉，折射着晃眼的阳光。

大概因为心动，许琛的样子明显要比第一张照片局促很多，手抓着校服外套的下摆不知道该往哪儿放，僵硬地朝着镜头扯出笑容。

这张照片背面还有两行小字：

开学第一天和同桌的姐姐合影。
好想知道姐姐的名字。

夜晚，于澄躺在卧室的床上，翻来覆去地睡不着，索性爬起来走到露台，看着外面的夜景，心里升起一阵烦意。

她正望着远处朦胧的山脊，随手放在圆桌上的手机突然响起。于澄抬手拿起来，是贺昇打来的视频电话。

"怎么啦？"于澄扯出一个笑容，看着手机镜头里的他问。

"想你了呗。"镜头从下而上扫过，贺昇嘴角轻弯，视线透过屏幕淡淡地落在她身上。

于澄弯起眼睛："我也想你。"

其实两人也就三天没见。

"成。"贺昇抬手抓抓碎发，身子往后靠，大半张脸藏在暗处，笑道，"看在你也想我的分儿上，男朋友允许你许一个愿望。"

"许愿啊？"男朋友三天两头玩这些恋爱的小把戏。于澄勾着唇，托着腮看他，"你让我想想。"

"嗯，现在是晚上八点二十分，你在八点半之前想出来。"贺昇的嗓音透着股懒劲儿，边看时间边说。

时间再晚的话，他赶过去于澄也睡着了。

"那……我想看烟花。"于澄笑笑,她想不出什么愿望,但她很久没看过烟花了,上一次看烟花还是和祁原他们高二跨年的时候。

这两年烟花爆竹的管制越来越严,平常很难买到。

"行,等着吧。"贺昇应下来。

"嗯,我等着。"于澄点头,看着熄灭的屏幕,不自觉地笑了。

于澄没管他,单手搭在栏杆上翻看消息。十一月中旬天气已经变冷,她裹紧身上的风衣。

乘风唐下午才跟她说了颁奖仪式的行程,这会儿又告诉她因为主办方的原因,日期从原本的二十号推迟到二十六号。

于澄回复了他一句:好的。

二十六号就二十六号吧,拿个奖回来正好过二十岁生日。

风将她身后的头发扬起,兜里的手机紧贴在身侧,传来一阵阵振动。她拿出来接听:"怎么了?"

一阵杂音过去,电话里才模糊地传来贺昇的声音:"澄姐,往天上看。"

噪声太大,于澄甚至都不确定自己听到的是不是这句话,但她还是下意识地跟着感觉抬起头,往夜空看。

"砰"的一声,远处有一道白光从黑色的地平线上升起,在夜空中绽放出一朵绚丽的烟花,噼里啪啦的,照亮这一片夜空。

一朵还未燃尽,火星即将消失之前,黑夜中还残留着星星点点的光,第二束白光直冲云霄,比第一束更加璀璨。

于澄想起初中时化学老师做的实验,镁在空气中燃烧,在教室里释放出纯净耀眼的火焰,就像是今晚的烟花。

通话一直持续着,两人都没再说话,一起抬头看着这场烟火。这场给于澄一个人放的烟火盛大又绚烂,足足持续了二十分钟之久。

等到最后一朵烟花落下,夜空重归寂静。贺昇搓搓冻得有些僵的手,声音带着笑意,开口问:"好看吗?"

他开车绕了大半个京北也没买到想要的这种烟花，普通的红色、绿色、紫色的烟花不行，太俗，配不上他女朋友。后来一家店的老板告诉他城东有一家烟花工厂，没准会有他想要的，他又驱车往那边赶，跟老板挑挑拣拣，搬了一后备厢才过来。

"嗯。"于澄还在望着烟花消逝的方向，笑着说，"好看，我从来都没看过这么好看的烟花。"

她男朋友真是玩浪漫的高手，她现在心动死了，小鹿都没她的心这么能蹦。

"你在哪儿？"于澄轻声问，"我下去找你。"

"外面太冷了，你别下来了。"贺昇说，"我在你家宅子外面，能看见你。"

"可是我看不见你啊。"她说。

"那你往西边看，我给你打双闪灯。"

"好。"

"看见了。"于澄声音里带着笑意，"闪了五下。"

"又闪了两下。"她补充道。

"知道这是什么意思吗？"贺昇问。

"嗯？"

"五下、两下，之后没有了，就是零。"他轻笑一声，"是'我爱你'的意思啊。"

"男朋友。"于澄喊他，嘴角翘起来，"我想亲你，就现在。"

电话那头传来一阵笑声："那你下来吧，多穿点衣服，我就在这儿。"

宅院里只有秋虫细微的叫声，下午下过雨，傍晚开始放晴，夜朗星疏，连月光也温柔。

半山腰上只坐落着零零散散的几幢别墅，于澄从大门出来，抬头就见停在路边的奔驰。车里开着灯，贺昇坐在驾驶座上跟她隔着朦胧的夜色对视，她走过去拉开副驾驶室的门。

两人一句话也没说,她把他压在方向盘上亲吻,封闭的空间内只有窸窸窣窣的暧昧的声响,感觉被无限放大,连最平常不过的接吻也诱人至极。

　　"昇哥。"于澄左手撑在他腰侧,垂眸看着他,眼里闪烁着笑意,"我不想回去了,你带我走吧。"

　　贺昇笑了一声,维持着躺在座椅上的姿势,抬手捏住她的下巴:"那你想去哪儿?"

　　"去燕京山。"于澄开口,"去最高的那座山峰,我想去看星星。"

　　"好。"

　　两人又亲了一会儿,于澄在座位上坐好,降下车窗,任由风吹进来,吹散车里的温度。

　　从这边去燕京山比从市区过去近,车子往西开,二十多分钟就能到。贺昇偏过头朝她看过去。

　　于澄穿着墨绿色风衣,黑色针织裙,左耳上明晃晃地戴着两颗耳钉,右耳有三颗。贺昇甚至摸不清于澄究竟打了几个耳洞,她戴起耳钉来一向随心所欲。只要身上的裙子风格温柔一些,她就要把耳钉多戴几颗,怎么打扮都是一副不好惹的样子。素未谋面的人迎面碰上她,都能看出来这姑娘不好对付。

　　车一路开到山头,于澄下车。这边也是这座山峰赛道的终点,有一小排看台,上高三那年贺昇就带着她来过。

　　看台后是一堵墙,墙面留存着爬山虎的枯枝,依稀能看出夏日时的生机勃勃。两人坐在背风处,抬眼望着星空,半晌无言。

　　"昇哥。"于澄点了一支烟,有一搭没一搭地抽了几口才继续说,"我谈恋爱被我妈发现了,她说让你有时间去我家吃顿饭。"

　　"嗯?"贺昇侧过头看她。

　　"啧。"她笑了一声,眼里却没有笑意,红唇挑起一个弧度,说不清是真心实意还是微微嘲讽,"她操心过头了,满打满算我也才二十岁。"

这件事情她已经想了一下午，江女士再雷厉风行也是个不能免俗的母亲。不管观念上的差异，有一点她提醒得没错，谈恋爱是两个人的事情，没法不顾另一方的想法。这件事情她越想越无解，心烦意乱一下午了，索性直接说出来。

"澄姐，你谈恋爱怎么还需要被人发现啊？"贺昇垂眼看着她，"啧"了一声，"我身边的人早都知道你了。"他有点委屈，还有点撒娇的意思。

于澄移开视线："咱俩不是才在一起一个月？"

"不是一个月。"贺昇微微往后仰，难得认真地纠正她，"是从高三毕业到现在。"

那些不能见面的日子也算。

于澄轻笑："那你是怎么想的，去吗？"

"那得看阿姨是什么意思。"贺昇拽着拉链拉到顶端，一副涎皮赖脸的模样，"她要是想见未来女婿，那我就去；要是打算甩给我一张支票让我滚，那可不行。"

"……"

话音刚落，他自己就乐起来："万一阿姨真是这样，我能再甩一张支票还回去吗？"

"你好烦。"于澄嘴上这么说，眼角眉梢却都是笑意。

两人坐着无聊，光吹冷风了，贺昇从车里拿出两罐啤酒和饮料，打开后递给她。

夜深露重，两人大半夜过去也一点困意都没有，于澄喝了两口饮料后，假装不经意地问了一句："你对结婚这事怎么看？"

贺昇一愣："怎么突然问这个？"

"不能问？"于澄嘴角淡淡地勾起一丝弧度，"问你呢，你想吗？"

"嗯，可惜我才二十岁。"他毫不犹豫地点头。

法定结婚年龄，女性二十岁，男性二十二岁。

于澄心里像是被塞了一团棉花，又酸又麻，不知道该说些什么。

"万一我不想呢？"她垂下眼，自然而然地问出来，"你会跟我分手吗？"

"想什么呢澄姐？"贺昇嘴角扯出一丝笑，"我不是想结婚，是想跟你结婚，没遇见你之前我都没想过这事。"

于澄转过脸看他，开口问："那你为什么想结婚？"

她想问问原因。

"就是想啊。"他笑起来，整个人都懒洋洋的，"别人有根小皮筋我都挺羡慕的，别说结婚证了。"

说完，贺昇有点不好意思地抬手摸摸后脖颈，也觉察出于澄的状态有点不对劲儿。

风将他的碎发扬起，贺昇望着她继续道："但在我这儿，咱俩多这一步不多，少这一步也不少，你别瞎想，不结婚就不结婚，谈一辈子恋爱也行。"

他不问原因，直接给出一个满分答案。

于澄轻轻扯了一下嘴角："有点原则行吗，昇哥？"

"不行。"贺昇把人搂过来，俯身亲了她一口，"原则没女朋友重要。"

于澄笑了，她认栽，反正这辈子都得栽在这人手里："那你想结婚的时候记得先求婚，没有这一步我不会答应的。"

"嗯。"贺昇点头，装模作样地钩起于澄的小拇指，"来，拉钩，说好了的，我求婚了你就得答应，不能欺骗纯情男大学生的感情。"

于澄："……"

她这话好像也不是这个意思。真烦，说不了两句就得被他绕进去。

两人一块儿回到车里，于澄掏出手机看了一眼，凌晨四点了。

她惬意地往后躺，懒懒地靠在车窗上望向窗外："别回去了，咱俩一块儿看日出吧，我还没看过呢。"

"好。"贺昇笑着看她，随她怎么折腾。

离日出还有点时间,除了他们,宽阔的场地空无一人,车辆隐匿在树影下,影随风动。贺昇点开手机的蓝牙,问她:"你想听什么歌?"

于澄拎起一罐啤酒,食指屈起拉开铝环:"蓝调。"

贺昇点头,从歌单里找了一首歌。

她喝了酒,虽然就喝了两口,但也足以使她兴奋。于澄跟着节奏哼唱,摇下车窗,过了一会儿又觉得不过瘾,直接推开车门下去,踩在草地上,把音响的音量调到最大,把酒举过头顶跟着节奏尽兴地跳着。

天边渐渐泛白,贺昇倚在车门上注视着她。

于澄没疯太久就笑着朝他跑过来。她弯着红唇,黑发被清晨的微风吹得扬起,那股妖精劲儿又冒出来了。

贺昇安安静静地看着她,喉结滚动,一句话都没说。

见他不动了,于澄不太高兴,主动亲上去。他们比之前还要热烈,贺昇在她肩头落下一个吻,于澄手肘撑在他身侧,看着他身上穿的那件黑色衬衫,扣子扣到第二颗,只露出喉结。

她伸出手,指尖拽住他的领口,用力一扯,扣子随着她的动作崩掉,滚落到座椅底下,没人弯腰去捡。

"这还差不多。"于澄眯着眼,满意了一些。

他女朋友真是一点亏都不肯吃。贺昇停住动作,靠在那儿,等着看于澄下一步动作。

于澄拿过脱下的风衣,从口袋里掏出一根细管口红,用牙咬住,拔开口红盖,就这样在嘴里叼着,弯下腰用口红在贺昇锁骨下方写上"YC"两个字母。

于澄把口红盖合上,黑发垂落在他颈侧,跟小孩一样闹脾气:"写上名字就是我的了。"

"当然是你的。"贺昇看着她。

落叶被风卷起,于澄俯身,贴着他在他唇上落下一吻:"昇哥。"

"嗯。"贺昇揽着她的腰,回应着她吻回去,"怎么了?"

她的心跳得很快,因为熬夜眼睛微红,但大脑异常活跃,说不清是酒精作祟还是躁动的荷尔蒙使然。望见橙红色的朝阳从地平线喷薄而出的时候,于澄浑浑噩噩的脑子里只有一个念头——她男朋友真棒。

京北的十一月几乎都是在下雨中度过的,社团原定的爬山活动也因此取消,社长不好意思地通知大家下次活动估计要等到冬天了。

于澄无所谓,她到今天还是一次社团活动都没去过,只在群里回复了一句"收到"。

几天时间一晃而过,颁奖典礼是在南方的一座海滨城市,乘风唐也跟着过去。两人坐早上的飞机,晚上去参加颁奖典礼。

最近太忙了,光工作室那点破事都忙得她脚不沾地,还得兼顾课业,连男朋友也顾不上。

昨天于澄就没压住脾气,冲着乘风唐发了一顿火,知道情况的人清楚她是兢兢业业的二老板,不知道的还以为她是跟他签了卖身契,给他当牛做马来了。

下了飞机之后,两人就分道扬镳。祁原在这座城市上学,知道于澄来了,他非要来接机。

她几乎是卡着点收到了某人日常关心她的短信。

贺日日:到了吗?

于澄笑着回复:嗯。

每天这种"吃了吗""睡了吗"的消息,贺昇能给她发十几条,于澄也习惯他这种腻歪死人的相处模式了,她觉得就连空气都是甜的。昇哥在外是跩哥,在她这儿就是个甜心小宝贝。

机场里人来人往,于澄收起手机往前走。

刚下飞机的一瞬间于澄就觉得温度像是从冬季变成了夏季,她脱下风衣,只穿着里面的高领背心,拖着行李箱往出口的方向走,刚过闸口就看见了戴着墨镜的祁原,在人群里出挑得很。

125

"于大美女,好久不见啊。"祁原笑着,露出小虎牙,拿下墨镜别在T恤领口,自然地伸手接过于澄的行李箱。

"又帅了啊你。"于澄笑着打量他。

"那当然。"祁原痞气地勾起嘴角,推着行李箱带着她往前走,"你坐的是一大早的飞机,估计早饭还没吃。先吃饭吧,吃完送你回酒店。"

"好。"于澄点头。

两人上一回见面是在暑假,也没隔太久。

这座城市四季如春,十一月也气候宜人,蓝天白云。于澄坐在祁原的法拉利里,车子在沿海公路上加速,她望着有海浪涌起的礁石海岸,恍如春风拂面。

"高中那些同学里,除了出国的,就你跑得最远了吧?"于澄开口,随意地跟他聊着。

"别说,还真不是只有我一个。"祁原懒散地笑道,"去年寒假回南城的时候,在机场遇到咱们班班长了,就是齐荚,你还记得吗?"

于澄"嗯"了一声:"当然记得,陈宏书那会儿不天天说她是沧海遗珠吗?年级前五十名的成绩,也不知道是怎么回事就混到咱们班了。"

"确实。不过也挺谢谢她的,要是没她,咱们几个还不知道得多挨多少次骂。"

于澄点头:"她现在在哪儿读书啊?"

"不知道。"祁原摇头,看着公路上的指示牌,"我没问。"

"哦,有老同学在这儿还挺好的,没事还能聚聚。"

祁原不怎么在意地挑眉,告诉她:"就在机场见过她一次,后来她还去找过我,开学的时候一块儿回来的,没特意聚过。"

于澄靠在车窗上点了一下头,没再多问。两人没扯几句,又换了一个话题。

颁奖典礼晚上七点开始,下午还要换礼服、做造型。乘风唐没过几分钟就提醒她一回,让她别忘了时间,于澄忍无可忍,直接把这人的微信拉黑了。

"这么忙啊?"餐桌上,祁原看着她一会儿回复一条消息,还挺感慨的。

"是有点。"于澄叹气,放下手里的刀叉往后仰,"没完没了地催我,烦死了。"

祁原善解人意地瞧她一眼:"没事,你要是忙就先过去,晚上领完奖我再去接你,时间多的话可以留在这儿玩几天。"

"好。"于澄点头。

她匆匆吃完饭就往乘风唐发给她的地址赶。

这家酒店是承办方订的,参加颁奖典礼的人几乎都在这儿落脚。

"是这儿吗?"祁原问。

"嗯。"于澄点头,解开安全带下车。

"等等。"祁原出声喊她,跟着走下来,绕到车后面从后备厢里拿出一大束红得像火的玫瑰送到于澄怀里,"拿好了,这可是我一枝枝亲手剪的。"

于澄一愣:"送我花干什么?"

"祝贺你得奖呗。"祁原咧嘴笑笑,抬手在她头顶揉了一把,"厉害啊澄子。"

"哦,吓死我了。"于澄呼出一口气,看着怀里的玫瑰笑起来,"哪有人祝贺别人得奖送玫瑰的?"

"我又不懂,想送就送了。"

祁原也笑了,下巴微抬,催她:"赶紧去吧,化妆师等你呢。"

"嗯,那我走了。"于澄朝他挥手,笑容明媚,"记得看颁奖典礼啊,我等会儿把直播链接分享到咱们群里。"

"知道,回去就搬个板凳坐到电视机前等着。"祁原笑着看她走进酒店大门后,才把墨镜重新戴上,一踩油门把车开走了。

套房里,乘风唐坐在沙发上看手机,姿态放松,化妆师在一侧等

127

着。看着于澄抱着比人还宽的玫瑰花束进来的时候,他饶有趣味地推了一下眼镜。

"谁送的?"他问。

于澄随手把玫瑰放到长桌上,说道:"朋友。"

"朋友?"乘风唐弯起唇角,"怎么送玫瑰?"

于澄坐到化妆镜前的高脚椅上,转头瞥他一眼:"想送就送,你怎么管这么多。"

乘风唐笑而不语,随手拍了张照片分享到朋友圈。

于澄赶时间,闭上眼任由化妆师打扮。她这张脸说纯也纯,说欲也欲,可塑性很强,但她本人的气场太有特点,冷艳凌人。化妆师不敢过多下手,只是正常地打上一层薄薄的粉底液,给她化了雾眉,勾了妖气横生的眼线,涂了红唇。

礼服是她自己挑的,是一条基础款的黑色长裙,胸口至锁骨上方是镂空设计,一字肩,露出大半个光洁的后背。化妆师询问她需不需要把右肩上的文身遮挡一下,于澄摇头。

化妆镜上的灯全开着,于澄抬手把包里的耳钉拿出来,慢慢地一颗颗戴到耳骨上,一共七颗。

乘风唐问过她这些耳钉是什么意思,于澄每次在重要的场合都得全部戴上。

她说,敬神明,敬天地,敬父母,敬自由,敬远方,敬理想。

她原本有六颗耳钉,拿到京大录取通知书的时候,她又去打了一个耳洞,买了一颗耳钉。

这颗耳钉敬爱情。

七颗,一颗都不能少。

临到现场,于澄才知道这场颁奖典礼还有部分娱乐圈的当红小花、小生在场,乘风唐拐着弯地把她带过来,就是要让她蹚这潭水,好让她的画和工作室跟着水涨船高。于澄骂他不要脸，利欲熏心。乘风唐淡定自若地告诉她人要学会利用自身优势。

车缓缓驶进会场大门，乘风唐预估得没错，当于澄从他的宾利上下来的时候，吸引了大部分镜头，闪光灯此起彼伏地闪烁在红毯之外。

"天才画家"的头衔，一张陌生却足够惊艳众人的脸，并且人是由乘风唐亲自领着来的，他的地位在业内首屈一指，自然而然地吸引了全场的目光。

灯火通明的会场上方，夜空蓝到发紫。海滨城市风大，会场也靠海，咸湿的海风一阵阵吹来，吹起她的裙角，露出细白的脚踝。

于澄挽着乘风唐走完红毯，冷艳地站在签名墙下，临结束前才大发善心地冲着镜头稍微勾了一下唇角。

不管外人怎么看，乘风唐对她的表现很满意，他要的就是于澄这种不可一世的劲儿，谁都复制不了。独一无二的才是最难求的。

签完名后，两人一块儿入座，因为有乘风唐在，于澄也跟着他坐在第一排，身后是某个刚因网剧而小火了一把的流量小生。

一直等到后面的嘉宾陆续入场，典礼才正式拉开序幕。

还没到于澄上台的环节，领奖之后需要致辞，乘风唐给她发了一份稿子，让她趁这段时间看看。于澄看了一眼就收起来了，那一大堆感谢词，她实在是背不下去。

台上主持人已经走完了好几个流程，于澄捧着脸坐在那儿，神情恹恹，吊着一口气勉强打起精神。迷迷糊糊间，手机振动了好几次，于澄隐蔽地伸个懒腰，才伸手从包里拿出手机，发现许颜、方丁艾还有其他熟人给她打了二十多个电话。这群人怎么都给她打电话？祝贺她也得晚点啊，奖杯这会儿还没到手呢。

"我出去回个电话。"于澄耷拉着眼皮，把跷着的腿放下来，起身欲走。

"不用了。"乘风唐抬眼看向她，眼神像看戏一般，"你自己打开手机看一看热搜就知道了。"

"热搜？什么意思？"于澄虽然一头雾水，但还是先坐下来，打开手机照着他说的点进热搜词条。

热搜是实时更新的，于澄参加的这个颁奖典礼的名字也在上面，不过是在末尾的位置。

"第九条。"乘风唐好心地提醒她。

于澄顺着他说的往上看，映入眼帘的是"李青枝私生子首曝光"几个大字。她皱着眉点进去，这一秒她还弄不清楚这条热搜跟自己有什么关系，直到她看到这篇娱乐报道里那张在墓地前拍的模糊的照片。

李青枝影迷众多，虽然她的作品很少，但都十分经典，广为人知的墓地只是一座衣冠冢，真正的墓地在这里。镜头离得很远，焦距拉到底才勉强拍到这个画面，但于澄一眼就认出来那人是贺昇。他身上穿着他们俩同款的蓝黑色棒球服，戴着一顶鸭舌帽，遮住大半张脸，怀里捧着一束栀子花，站在墓地前，抬手轻抚墓碑。

李青枝的逝世日期是十一月二十六日，就在今天。贺昇跟她说过，他妈妈的忌日也在二十六日，因为和她参加颁奖典礼的档期撞了，准备下星期再带于澄一起去看她。于澄那会儿没多想，但这会儿脑子里的那些信息瞬间串联成一条线。

顺着这篇报道往下翻，讨论区一片乌烟瘴气。李青枝当年被爆出隐婚生子，这个消息并不全面，她到离世的那一刻户籍上都是未婚的状态，但孩子是真的存在，所以这篇报道里，用的是"私生子"这三个字。

豪门和女明星的恩怨纠葛，是大家乐此不疲讨论的话题之一，于李青枝短暂但令人仰慕的一生来说，这孩子也不是一个光彩的存在。事情发酵到现在，贺昇的各项信息被泄露，包括优异的成绩、保送京大的经历、神秘的家庭背景，以及几张被不知名网友泄露出来的正面照。

天之骄子与私生子，风光霁月与污泥满身。

这个话题比单纯的豪门狗血恩怨还让人兴奋，评论区有人吃瓜、有人辱骂、有人猜测，甚至有人P出不雅观的照片。

室内的温度有二十摄氏度,于澄只觉得喉间发涩,血液逆流,从头到脚都蔓延着一股冰凉感。她试着给贺昇打电话,显示无人接听。这人三个小时前还在问她吃没吃饭,这会儿突然间联系不上了,她抑制不住地心慌。

"你去哪儿?"乘风唐看她站起来,问道。

于澄整理了一下裙子,抬脚,看了他一眼道:"回去找他。"

乘风唐攥住她的手腕,拉住她。嘉宾席只有他们两人是站着的,在一群人里十分显眼。很快就有人注意到他们,连台上的主持人都忍不住多看了他们两眼。

"还有半小时就要颁发你的奖项。"乘风唐缓缓开口,"你不在,谁领?"

于澄努力挣脱他的手:"谁爱领谁领。"

"呵。"乘风唐毫无情绪起伏地说,"你不如先坐下来冷静一下,这会儿去找他也没用。"

"随便吧,反正我得去陪他。"于澄眼神冰冷,跟他对峙着,"松手。"

两人谁都不肯让步。过了半晌,乘风唐嘴角忽然扯出一丝笑来:"于澄,你知道你这会儿从会场直接走人去找他,我会发什么样的通稿吗?"

于澄冷笑了一声:"什么样的?"

乘风唐一副运筹帷幄的姿态,缓缓地告诉她:"你会火遍半边天的。"

他不可能放过这个机会。

"你爱怎么发就怎么发。"于澄甩开他的手,冷声道,"但现在,把车借我,我要赶晚上十一点的那班飞机。"

"好。"

乘风唐大方地把钥匙抛给她,看着她头也不回地离场。

缺席一场颁奖典礼而已,换一个炙手可热的明日新星,值了。

记者蹲守在场外，原本需要等到晚上十二点散场时才能再次捕捉到话题和热点，但此时此刻，从铺着红毯的台阶上走下来一个人，步履匆匆。他们记得这张脸，这人叫于澄，也是今晚颁奖典礼的热门人物之一，只要稍微嗅到资本的风向，他们就会立马铺天盖地地将手里的新闻发出去。

　　有人架起相机拍她，于澄偏过头冷淡地看了一眼，然后收回视线，目不斜视地往前走。

　　那辆宾利就停在台阶下，夜晚的风有些大。

　　于澄的黑发微扬，走到车前扶着车身，膝盖微屈，弯腰用食指钩了一下鞋上的细带，轻轻一甩将脚上的细高跟鞋踢走，拉开后车门，拿出备用的平底鞋穿上。

　　换好鞋子后她拉开驾驶座的门，直接一踩油门轰地将车开走了，留下一群弄不清事情原委的媒体。

　　场馆内，领奖台上，乘风唐站在话筒前，任由台下的嘉宾左右互望。

　　"抱歉了，各位。"半分钟过去，台下坐着的人开始骚动，乘风唐推推眼镜，才缓缓开口，低沉的声音透过话筒传到会场的每一个角落。

　　"首先，恭喜我的学生于澄可以得到这份荣誉，也预祝她未来可以更上一层楼。她今天也来到了现场，相信很多人都见到了。但她现在急着去见一个很重要的人，所以这份荣誉，只能由我来代她领取。"

　　拿到奖杯，乘风唐弯腰致敬，简单表达了一下谢意后就下了台。他在台上说得含蓄，但做事雷厉风行。早在于澄离场的那一秒，他就已经通知了手里大大小小的营销号，以颁奖典礼为契机发通稿。和于澄相关的信息渐渐在互联网上涌出，在最短的时间内吊起一部分网民的胃口后，于澄这个名字突然间开始和贺昇这个名字连在一起，这场颁奖典礼的热度也开始持续攀升。

　　踩着油门一路赶到机场后，于澄什么都没想，坐在大厅里焦灼地等着。她是卡着点到的，偏偏事不遂人愿，飞机晚点了。于澄坐在候机厅里，茫然地看着手机，随后决心再给贺昇打一通电话。跟刚才没人接的状态不同，这次电话几秒后就被接通，贺昇的声音带着刚睡醒的沙哑，轻声问她："奖杯拿到手了？"

"没有。你刚才怎么不接电话啊？担心死我了。"于澄吸吸鼻子，差点哭出来，"你还好吗？"

"抱歉啊，刚刚睡着了。"对方沉默了两秒，大概也知道于澄突然打这个电话是因为什么，语气平常得像是问她今晚吃饭了没有，"看到消息了？"

"嗯。"于澄点头，觉得心里难受死了，小声地告诉他，"我现在在机场，回京北的飞机晚点了，大概明天早上才能到。"

"我没事，过两天热度下去了就好了。"贺昇推开门站在阳台边上，将烟灰轻轻磕在烟灰缸里，才笑着开口，"奖杯都没拿到手就急着往回赶啊，澄姐。"

"嗯。"于澄看着大屏幕上的航班信息，自己那班飞机晚点四十分钟，"奖杯没男朋友重要。"

"怎么这么乖啊，澄姐。"贺昇站在那头，四周传来风声，他的声音慵懒又勾人，"好想亲亲你。"

"嗯，等会儿给你亲。"于澄舔了一下嘴唇，垂着眼问，"你现在在哪儿？"

"就在公寓。"

"嗯，等我下了飞机过去找你。"

对方安静了一会儿，声音才继续通过话筒传过来："你先别过来。"

于澄："怎么了？"

"楼下有狗仔呢，过两天再说。"

"昇哥。"于澄轻声喊他，眼圈微红，"随便他们吧，我现在就想过去找你，我想见你。"

她只是匆匆看了几眼评论区，就觉得难以入眼。他们说这孩子不过是李青枝拿来绑住富豪的工具，但对方不认，所以她才没嫁进去，赔了夫人又折兵。还有人发表代孕的言论，因为李青枝生子这事当年一点苗头都没有。甚至有人直言，这孩子的生父是另一位男明星，因为当年李青枝出车祸身亡，一同出事的还有另一位华裔男明星。出事的时间在凌晨，谁都不知道孤男寡女大半夜坐的这辆车是要朝哪儿开，没准这人也不是他生父，他的生父另有其人。

最多的说法是说贺昇自导自演，博眼球，博热度，不然沉寂这么多年的事情怎么会突然被曝出来，这孩子那张脸长得确实不错，没准在为自己进军娱乐圈做铺垫，踩着自己的母亲上位。

他们随意中伤的女明星是她男朋友的母亲，不谈李青枝在影视界的成就，那也是一位三观端正、宠辱不惊、把她男朋友教育得很好的令人尊重的女士，更何况这孩子是她的男朋友，是她喜欢的人。

网络上的那些恶意言论她看了都觉得难受得喘不过气来，那贺昇看了呢？他那么优秀，从头到脚挑不出一点毛病来，他明明比任何人都有放纵的资本，但他没有放任自己。

他一步都没走错过，一步一个脚印地成长为现在这样一个光明坦荡、意气风发的少年。设身处地想一想，于澄根本做不到像他这样。她走错过路，只是比其他走错的人更幸运一些，有人把她拉了回来。

所以她男朋友真的很棒。她得过去陪贺昇，见到他她才安心，待在他身边陪他说说话、发发呆也好，就像高三那年贺昇坚定不移地站在她身边一样。

"你怎么不早告诉我你妈妈是大明星啊？"于澄看着脚尖，帆布鞋被她踩得留了一些黑印。她把话题往轻松的方向带："怪不得你长得这么好看呢。"

贺昇低笑了一声，他女朋友淡定得令他刮目相看："我不是说过吗，我长得像我妈。"

"嗯，我小时候看过阿姨演的好几部电影呢。"于澄"啧"了一声，

"这事真跟做梦一样。"

两人有一搭没一搭地聊着天,感觉贺昇的状态没有明显的变化,于澄稍微安心了一些。

"澄姐。"贺昇喊了她一声,看着手机上的信息,突然不正经地笑出声来,"我这条还没下去呢,你怎么也跑热搜上待着了?"

"乘风唐干的。"于澄不怎么在意,已经平静地接受了,"这个速度,八成是花钱砸上去的,这老男人成天想着让我帮他赚钱都想疯了,蹭你热度呢。"

两人又随便聊了几句,才挂断电话。

飞机起飞离开地面,一点点上升到青云之上。

互联网高速发展的时代,信息也是爆炸式地传播。有资本操控,很快,李青枝和贺昇绑定的词条,渐渐被与贺昇、于澄有关的信息替代。

附中曾经的学子几乎是一夜未眠,亢奋地盯着这些消息,谁能想到自己曾经朝夕相处的同学有这么带劲儿的背景。

仿佛他们也跟着厉害起来。

救命,我以前是分部的,分部的举个手!我要把这牛吹给身边的每一个人听!

来了老弟,我是总部、分部合并第一年2018届的毕业生,有幸见证过这两人爱情的开始。

吃瓜来的,大家能简单讲一下这两个人的故事吗?

指路微博@摘月亮了吗,我刚看完,写得挺好的,对他俩高中时期的事感兴趣的可以看一下。

许多慕名而来的人点进去,这本来是篇少女简单倾诉感情的文章,一下子被大量转发。

@摘月亮了吗：

2019.11.26

刚从实验室出来,就在曾经的班级群里看见了这个消息,心中感慨万千。

以前就觉得他很遥远,现在更加遥不可及。他是我高中的同班同学,我也是暗恋他的人之一,这个微博账号是我高二时注册的,那个时候暗恋他,觉得他像天上的月亮一样,所以才有了这个ID名。

摘月亮了吗?

月亮有人摘,但那个人不是我。

仔细回想了一下,毫不夸张地说,我们班有十五个女生,最起码有十个心思都在他身上。

他是高一上学期中途转学过来的,一开始很多女孩子就是觉得他长得帅,我也这么觉得,于是不自觉地开始关注他。直到第一次期中考试他考了年级第一,因为太出挑,本部找他碴儿的人不少,但都被他收拾了。

就是字面意思,被他收拾了,所以后面没人敢在明面上惹他。

也就是分部合并过来之后,有几个刺头敢明晃晃地招惹他,于澄就是那几个刺头里的一个。

那个时候的女孩子感情都是内敛的,也有大胆的人。高一的时候有个暗恋他的高二学姐在球场碰了他的水杯,他当着人家的面就把杯子扔进垃圾桶里了,是那种一点面子都懒得给你的人。

所以暗恋他的人很多,但真正敢行动的人很少。

我是他的同学,哪怕三年都没有跟他说过几句话,也对他足够了解。

我至今还记得那个晚自习下课后的夜晚,于澄第一次走进我们班,趴在他的桌子上逗他。

那个场景很平常,但那一瞬间我就知道,他俩的关系不会简单地到此为止。

因为除了她，高中这三年，没有第二个女生在他那张桌子上趴过。

后来我只能说，女孩子的第六感真的很准，他们开始一起上学、放学，偶尔课间也会聚在一起。某一次大课间，我偷偷拍下了这张照片，就放在这里吧，就当是和自己的那段青春告别了。

不怕大家笑话，我拍这张照片的本意是想去举报他俩早恋的，我是不能见光的暗恋者，我承认自己有过卑鄙的想法。

祝他们一切都好。

我的月亮，和他的女孩。

于澄看到这篇小作文的时候已经下了飞机，她取了乘风唐提前帮她停在机场的车，在去贺昇公寓的路上了。

清晨带着一些寒意，她坐在车里，趁着等红绿灯的间隙点开那张照片。那是她和贺昇靠在走廊栏杆上聊天时被抓拍的背影照，两人身上还是附中的蓝白色校服，是那种接近黑色的藏蓝色，衬得少年更加利落挺拔。

南城冬日的阳光透过梧桐的枝丫温暖地落在两人身上。于澄偏过头朝贺昇笑，贺昇左手放在校服口袋里，右手屈肘搭在栏杆上，脑袋微侧，目光落在她脸上，嘴角带着似有若无的弧度。

昇哥到底是什么时候开始对她有意思的啊？

见绿灯亮起，于澄发动车子，嘴角不自觉地勾起，她等会儿得好好问问他。

开过这个路口，不到十分钟于澄就到了贺昇家楼下。她身上穿的还是昨晚的礼服，黑色长裙，帆布鞋，戴着七颗耳钉。她出现在这个地方的一瞬间，楼下聚在一起的几个人就朝她看过去，旁边的凉亭里还坐着几个，马路边上还蹲着几个，众人都是按捺不住兴奋的状态。

于澄没管那些人，掏出手机拨通贺昇的电话。

"早啊，女朋友。"贺昇在电话那头笑着说，微哑的嗓音很性感。

"嗯。"于澄的眼神往楼上看过去，"你起床了吗？"

"起了。"

"行，你穿好衣服下来吧，我到楼下了，还没吃早饭呢。"

对方愣了一瞬，随即说道："好，你等我一会儿。"

"嗯。"

于澄靠在车身上转着手机，她没等太久，抬头就见玻璃门自动打开，贺昇戴着一顶棒球帽，穿着黑色冲锋衣，正迈着步子从门里不急不缓地走出来，垂着眼，目光冷淡。

于澄走过去一把抱住他，仰起头看他，眨眨眼："想我了吗，男朋友？"

"嗯。"贺昇笑笑，摘下棒球帽扣在她头上，俯身亲了她一口，"当然想。"

周围蹲守了一个晚上的狗仔们立马拿出相机对着两人一通拍。贺昇搂住她，压着棒球帽，把人带着往前走。

两人一左一右地拉开车门上车，贺昇启动车子，偏过头问她："吃什么？"

"小馄饨吧。"于澄不假思索地说道。

"好。"

这边是死路，车开出去需要掉头，贺昇转着方向盘掉转车头。就在他们离开小区之际，于澄突然摇下车窗，用嘴里嚼着的口香糖悠闲地吹出一个泡泡，冷冷地看了一眼狗仔。

众人猝不及防，但专业素养使他们立马按下快门，一秒都没耽搁，把拍下的照片在第一时间发布出去。

传播最广的照片是贺昇按压着女孩头顶的黑色棒球帽往前走的侧面抓拍照，他自己的脸完全暴露在镜头之下，坦坦荡荡，毫不畏惧。

而第二张是降下一半的车窗内，于澄头顶的棒球帽遮盖住大半张脸,只露出一截流畅的下颌线和一只眼尾上扬、冷艳感十足的眼,她懒洋洋地吹出一个泡泡,让看到照片的人隔着屏幕都能感觉到她的嚣张。

敢这么跟狗仔正面刚的,几十年来都找不出几个人。

因为这两张照片,好不容易降下来一点热度的热搜词条,开始以一种不可思议、无法阻挡的势头往上冲,直到定格在第一的位置,词条后紧跟着一个"爆"字。

吃完早饭,于澄带着贺昇到自己的住所。他的公寓楼下现在还有狗仔蹲守,想彻底清净得过一段时间。

这边的房子是江眉颜很早就帮她准备好了的,离学校和工作室都很近,但自从来京大之后,她几乎都在贺昇那儿住,这栋房子压根儿没住过几次,还好每周都有人定期来打扫。

进门后,于澄干的第一件事就是洗澡。坐了这么久的飞机,她全身都难受。刚洗完,正巧江眉颜打电话过来,问她怎么处理这件事,于澄让她先别管。

她身上就系了条浴巾,靠在阳台边跟她妈有一搭没一搭地聊着天。

二十岁生日原本是要回江家过的,但她闹出这么大的新闻,于澄也懒得明天回去给外公外婆添堵,跟江眉颜说生日就在这边自己过了。

"好。"临挂电话前,江眉颜不放心,又叮嘱她,"需要帮忙的时候,一定要告诉妈妈。"

"嗯。"于澄乖巧地答应。

她这会儿还用不着家里出面,她烦透了回回跟在贺昇身边时别人看她的表情。

烧吧,这把火烧得越旺越好。

烧到整个京北都得知道她于澄是谁。

过了一会儿,于澄切换到微信界面,跟乘风唐简单聊了聊后续工作的安排。直到身后传来细微的声响,她才回头看。

玻璃门被推开，一只骨节分明的手按在深色铝制门框上。见她洗完澡半天还没回去，贺昇走过来从身后抱住她，下巴搭在她的肩窝上轻轻蹭着："洗完澡站在这儿干吗呢？"

"跟我妈打个电话。"于澄回过头亲了他一下。

她坐飞机赶过来，一晚上没睡，这会儿却也没有睡意，睁着眼干熬。

正午阳光耀眼，但室外的气温只有五六摄氏度。

回到房间内，电视屏幕上在播放着什么电视剧，于澄没注意看。她换了件T恤枕在贺昇的腿上，晃着自己的脚。

"澄姐。"贺昇低头，俯身在她额头上亲了一口，心跳加快，有一丝不易察觉的紧张，"我跟你说说我妈妈吧。"

他不在乎别人怎么看，但他不想让澄姐误会，虽然他女朋友可能压根儿不在乎这件事。

于澄点头，惬意地微微眯起眼，翻了个身。

"我妈和……"贺昇想了半天，才想出一个合适的称呼，"和他不是别人想的那样。"

他一边拿着干毛巾一点点擦着于澄微潮的黑发，一边慢慢地细讲。

李青枝和贺云越是自由恋爱，踏入这个圈子的初衷是为了追求自己向往的艺术，跟财力、权力无关，这段感情的开始也只是因为两个年轻人互相吸引。

贺昇翻过他们的纪念相册，那段时间李青枝无疑是开心且幸福的，发现自己有了他后，她毫不犹豫地选择把他生下来。

后来李青枝才慢慢发现，贺云越对待感情的态度以及生活观念和她天差地别，她对感情所要求的忠诚和专一也是贺云越无法理解的，于是两人从此分道扬镳。

"所以是你妈妈不愿意嫁给你爸爸？"于澄好奇地问。

"嗯。"贺昇点头，后脑勺抵着沙发，继续慢悠悠地说，"她想带我走，但我爷爷不同意，只能把我留在这儿，后来她偶尔抽空从国外飞回来看我,又实在放心不下,之后就直接回国内定居了好几年,把大部分精力放在我身上。这件事情我跟你说过。"

他那会儿虽然小,但记忆中也曾听老爷子劝说过她好几次,希望她可以成为这个家的女主人。只是李青枝每回都拒绝,语气温柔但态度坚定。

她不缺财富,也有自己的立场和信仰,回来单纯是为了自己的孩子,并不想再跟贺云越这个人有任何牵连。

"网上传的那些可真离谱。"于澄发出一声感慨。

除了现在知道李青枝是她男朋友的妈妈,于澄之前就知道李青枝这个人,她不仅对影视行业有贡献,在社会上也有巨大的影响力,因为她是最早开始为女性发声的一批公众人物。在刚流行穿吊带裙、牛仔裤的年代,李青枝就有女性穿衣自由的言论,诸如此类的事有很多,所以她至今都有相当多的影迷。

"不说这个了。"贺昇抬手轻捏于澄的脸,把她脸颊上的肉捏得微鼓,低头在她脑门上印下一吻,"明天是你二十岁生日,想要什么礼物?"

"礼物?"于澄眨眨眼,毫不犹豫地开口,"想要你,行吗?"

"行啊。"贺昇下意识地答应,反应过来后又愣了半分钟,不知道在想些什么,嘴角轻轻扯了一下,"那就把我自己送给你。"

"送吧。"于澄翻了个身,心想看你怎么送。

他最好买十套制服穿给她看。她希望男朋友在这方面可以自觉一些,不要浪费这张脸和这个身材,让她主动提要求还是有点不好意思。

一整夜没睡,困意来得突然,刚说完这句话于澄就不吱声了,躺在沙发上平缓地呼吸着,T恤被卷上去一截,露出一段细腰。

"说睡就睡啊。"贺昇轻轻地叹了一口气,没辙,抱起她抬腿踢开卧室的门,把人轻轻放在床上。

"别烦我。"于澄嘟囔着,往被子里缩。

"……"贺昇居高临下地睨她一眼,帮她盖好被子后,左看右看,还是没忍住轻轻亲了她一口,"小没良心的。"

卧室挺冷的,他站起身,将空调调到合适的温度,套上外套、戴上棒球帽就出门了。

网络上一片乌烟瘴气,但贺昇对这事其实没有太多感觉。好的坏的言论,这几年他都习惯了,不过就是突然被更多的人知道了而已,除了生活被人打扰,其他的事照旧。

道路上车辆熙攘,贺昇把着方向盘,食指无意识地轻敲着。他这会儿得赶紧给澄姐准备二十岁的生日礼物去,之前准备过了,但澄姐说想要他,那这个愿望他得满足她。

还记得上回去看日出,澄姐撒酒疯时跟他说:"写上名字就是我的了。"

那就写一个吧,送给她。

一觉睡得很好,被窝柔软舒适,等于澄睡醒,已经是深夜了。

屋子里静悄悄的,她撑着胳膊起床,拿起手机翻看消息,没想到这一觉直接从中午睡到夜晚十一点多。她下床穿上拖鞋,推开卧室的门,入眼便是一片火红。

于澄停住脚步,呆滞地看着前方。

灯光昏黄温暖,客厅到阳台,餐桌上、木架上,目之所及之处,能放置物品的空间都被摆上了玫瑰,娇艳欲滴,花瓣上带着水珠,连接着翠绿色的枝叶和花盆。空气里蔓延着玫瑰的清香,像一片会流动的火红色丝绒海洋。

"嘎吱"一声,储藏室的门被推开,贺昇低头拿着一把带着新鲜泥巴的小铲子从里面走出来,抬头就望见于澄靠在沙发边上看他。

"那个……刚挖过来,还没收拾好。"他开口解释。

于澄抱着双臂,脸上还带着刚起床的茫然,笑着问他:"你这是挖了多少啊?"

"嗯……"贺昇抬手摸了两下后脖颈,回过头看着这一片,有点不好意思地说,"九百九十九朵。"

"怎么挖了这么多?"于澄自然地问出来。

"你还问我呢,乘风唐发的那条朋友圈我看见了,周秋山特意截图给我看的。"贺昇抬起眼皮看她,眼神冷淡,又带着一丝哀怨。

小没良心的,随随便便就收人家送的花。

"我数了,那束玫瑰有九十九朵,我送你的是九百九十九朵,比他多。"

"男朋友。"于澄静静看着他,有种难以言喻的感觉涌上心头,"你怎么这么可爱啊。"

这人到底是怎么同时做到又贱又可爱的。

贺昇偏过头移开视线,不自然地咳嗽了一声,耳郭微红:"还成吧。"

说完,他抬脚走到卫生间,打开水龙头将手上的泥冲洗干净。

满室都是玫瑰花香和新鲜泥土的味道。

"这么多玫瑰你从哪儿挖的啊?"于澄弯下腰,抬手轻轻触碰玫瑰花瓣,她记得这一片没有花圃。

"家里的花园。"贺昇回答她。

洗手台前,贺昇打上洗手液,一点点地从手腕洗到指尖,补充道:"是以前我妈让人种的,还好种得多,不然真不够我折腾的。"

这回是有人送给她九十九朵玫瑰,万一下次也有人送她九百九十九朵,那他就得送九千九百九十九朵,那座玫瑰园就真不剩下什么了。

于澄诧异地看向他,笑出声来:"你不怕你妈妈知道了会生气?"

"不怕。"贺昇拖着长调,吊儿郎当地站在那儿,抽出纸巾将手上的水擦干净,"她一定会觉得她儿子厉害坏了。"

"……"

手上的水擦干净后,贺昇走到沙发旁坐下,举起一罐饮料仰头喝起来。

143

想起来白天看到的小作文,于澄打开手机举到贺昇的面前,一副得逞的模样:"昇哥,说说,你是从什么时候开始对我有意思的?"

"嗯?"贺昇放下饮料,接过手机,一目十行地看下去。看着别人给他写的暗恋小作文,他从头到尾连表情都没变一下。

看着贺昇面无表情的冷淡样儿,于澄轻捏他的脸:"没想到男朋友藏得这么深啊,你到底是从什么时候开始喜欢我的?"

她边说边眨眼,摆出一副蹬鼻子上脸的架势。

"什么时候?"贺昇把人揽到自己怀里,将手机塞给她,"自己想。"

"想不出来。"于澄站起来,转身抬腿跨坐到贺昇的腿上,微微歪着头打量他,在他下巴上落下一吻,"知道我最可惜的事情是什么吗?"

贺昇配合地反问一句:"是什么?"

她叹了一口气,一双眼睛认真地看着他:"没能在你穿校服的时候多看看你。"

她今天看到那张他穿着校服的背影照,真的心动死了,那会儿昇哥多嫩啊,跟小白杨一样。虽然现在她男朋友依旧帅气逼人,但她就是对穿着校服的贺昇有种别样的执念。

贺昇往后靠,揽着她的腰似笑非笑地说:"挺会想啊澄姐。"

"嗯。"于澄扬眉,"你不是一直都知道吗?"

"这倒是。"贺昇瞧着她。

他女朋友确实敢想,虽然他和于澄半斤八两,但也的确是被澄姐一路钓过来的,她撩起他来从不手软。

"昇哥。"于澄突然靠近,发丝轻轻擦过他的脸,带来一种微痒的触感。

"怎么了?"贺昇问。

"你的附中校服还在吗?"于澄蹭着他的脖子,趴上去曝了两下,轻声说,"我想看你穿它。"

"……校服?放在老宅了。"贺昇摸摸她的头,搂着她亲了一口,笑着说,"你先下来,我去洗个澡,刚刚出了一身汗。"

"哦,行吧。"于澄点头,意犹未尽地从他身上下来,半靠在软垫上,看着贺昇转过身拉下拉链脱掉外套,随手把外套搭在椅背上。

外套被脱下后,贺昇只穿一件黑色的宽松背心,肌肉线条隐约可见。

他背对着她往浴室走,于澄捧着脸,视线掠过他的小腿、腰、肩胛骨。看到他的右肩时,她忽然怔住。

贺昇身上,跟她右肩文身所在的位置相同的地方,多出一个黑色的花体字母文身,周围还是红肿的,刚文完不久。

文身左半边的图案被背心挡住,右边是"yucheng"。

于澄,她的名字。

浴室的门被推开,贺昇换上干净的 T 恤,脖子上挂着一条干毛巾,碎发湿答答的,从里面走出来,边走边抬手随意地擦了两下头发。

"怎么了?"贺昇停下脚步,看着于澄问,"这么看着我干什么?"

"文身……什么时候文的?"她开口问。昏黄的光线下,她眼神专注地看着他。

贺昇偏过头看向右肩,因为要洗澡,上面贴了一块防水敷贴:"下午去文的。"

"怎么突然想起来去文身了?"

"送你的生日礼物啊。"贺昇俯身亲她一口,倚着墙笑着说,"写了名字,就是你的了。"

"这个地方很明显的。"于澄仰着头静静凝视着他,"你以后打篮球,穿背心都会露出来。"

"嗯。"贺昇坐到沙发上,伸手把人拽到怀里,埋头在她脖子上轻轻咬了一口,"露出来就露出来,不是正合你意?"

有 T 恤遮挡,衣服后领口只露出一角防水敷贴,于澄靠在贺昇怀里往他肩后看,缓缓开口:"你知道吗,如果换别人干这事,我会骂他傻,谁这会儿文身会直接文名字,分手了还得洗,随便文个字母或者图案,以后还好编借口。"

于澄的视线粘在贺昇肩膀上就没移开过。听了这话,贺昇捏住她的脖子把她的脸扳过来,另一只手把人按住,皮笑肉不笑地说:"怎么着,你还想着要跟我分手?"

"没有。"于澄弯起眼睛笑了,"我就是突然觉得,昇哥,你是不是恋爱脑啊?"

"不是。"贺昇一口否定,耷拉着眼皮看着她,"你什么时候见过智商这么高的恋爱脑?"

"你啊。"于澄越琢磨越想笑,趴在他肩头笑个不停,"有谁会因为一根小皮筋跟女朋友赌气一晚上?还有这玫瑰花,谁送的都不知道,还一个劲儿地跟人家比,一般人真干不出来这事。"

"……"

于澄笑完,撩起他 T 恤的下摆,从腰部一直卷到肩头,想清楚地看一下整个文身图案。

文身上的文字是"hs&yucheng"。

于澄抬起眼悠悠地看他,眼神意味深长:"你不是说写了我的名字吗,怎么还把自己的名字也带上了?"

贺昇后背抵着沙发,低头笑着说:"自私了一把。"

"嗯?"于澄没听懂。

"因为不仅我是你的,我也希望你是我的。"贺昇的神情认真又虔诚,低头在她脸上亲了一口,"生日快乐啊澄姐,错过了你的十九岁,但我希望以后年年都能陪着你。"

"好啊。"于澄抬手摸着他的脸,轻笑一声,"希望以后年年都有男朋友陪着我。"

不仅是二十岁,还有四十岁、六十岁、八十岁、一百岁,最好下辈子他也能陪着自己。

两人的事在网络上轰轰烈烈地闹了几天后,一夜之间所有消息突然被抹净了,什么都搜不到,仿佛他俩这次就是特意在全国人民面前露个脸,被大家认识一下就过去了。

连乘风唐都是后知后觉地回过味来,这次的事情热度如此之高还能这么快被压下去,是因为出手的不仅有贺家,还有江家——于澄竟然是江家的!

周秋山知道这件事后打电话给贺昇:"我小时候我妈还说要给我跟江家的孩子定娃娃亲呢,没准就是于澄,年龄对得上,可惜我没同意。要不你这会儿把她让给我?"

"滚。"贺昇直接挂断电话,把这人的号码拉黑处理。

秋去冬来,两人正常上课、下课,每天两点一线。直到一个月后,事情都翻篇了,贺昇才知道自己被曝光不是意外。之所以突然被推到风口浪尖,是因为贺云越在国外醉酒肇事,并且逃逸未遂,事故造成一死一伤。事情闹得太大不好压,他是被老爷子拉出来挡枪的,这也是这次贺家会任由舆论发酵,一直到一周之后才动手的原因。

知道事情的来龙去脉之后,贺昇也没说什么,挂断电话后一个人在阳台吹了半宿风。

这一年京北雪下得特别早,从十一月末跨到二〇二〇年,短短一个月下了三场雪。万物银装素裹,泛白的月光映在雪地上。

于澄站在客厅,也没睡。看着他孤寂的背影,她过去从身后环抱住他,把脸贴在他平阔的脊背上,试着给他一点安慰。

"澄姐。"贺昇转过身来,扯着嘴角,说不上是在笑还是在自嘲,"我第一次觉得自己好可怜。"

昏暗的灯光下,贺昇眼睫轻垂,落下一小片阴影,神情落寞,眼圈泛红。

他这人总是冷冷淡淡的,带着践劲儿,或者没个正形儿,于澄都差点忘了,她男朋友也只是个大男孩啊,遇到难过的事情也会忍不住偷偷地哭鼻子。

于澄抬头望着他,难受得像是心脏被一块石头死死压住。

"抱抱我。"贺昇张开双臂,把指尖夹着的烟摁灭,笑着看她,像三岁小孩一样耍赖。

于澄仰起头和他对视:"抱着呢。"

"嗯,还好有澄姐抱着我,不然我真不知道该怎么办了。"贺昇闭上眼,头靠在她的颈窝,声音发哽,"你说,我是不是太幼稚了,不然怎么每次都会被这样对待呢。"

小时候被留在贺家是,高三那年是,这次也是。爷爷明明答应过他,会帮他把这个秘密藏住,但爷爷还是食言了。原来说好的事也会变,甚至把他推出去的时候,都没有问过他一句。他再习惯这些,也不代表每一次被揭开伤疤的时候都不会痛苦,李青枝去世这么多年了,还得被拖出来给这个浑蛋挡枪。

明明他也努力了,但什么用都没有,跟个笑话一样。

"昇哥,你不幼稚。"于澄偏过头,在他耳侧轻轻吻了一下,"是他们不好。"

"确实不好。"贺昇把脸埋在于澄的肩头,眼睫湿润,眼睛发热而干涩,"我要快点长大才行,小奥特曼打不过大怪兽。"

窗外传来呼啸而过的风声,于澄心脏发紧,手轻轻拍着贺昇的后背。她男朋友已经很优秀了,究竟要成长到什么地步才够呢?

屋外的雪映着月光,天上繁星点点,远处不时响起一声缥缈的喇叭声。

两人一夜无眠,于澄倚在阳台上,陪着贺昇谈天说地,什么高兴聊什么,从非洲大草原动物的迁徙规律,到安博塞利的雪山、肯尼亚的狂野动物,再到可可西里粗粝的风。

"那会儿我都要回国了,我一个人偷偷跑出去玩,结果被大象顶了，在床上养了一个多月，我妈也被迫留在那儿陪我，整个动物援助团队的人没事干的时候，就盯着我光着屁股换药，导致我后来一看到大象就跑。"

"真的啊？"于澄笑脸盈盈地听着他讲小时候的经历。

"嗯，真的，我都有阴影了。"贺昇扯着嘴角，望着天边初升的朝阳，"我那会儿都上一年级了，丢死人了，这辈子都不想再往非洲跑。"

于澄笑得腰都直不起来："别说了昇哥，我都有画面了。"

"什么画面？"

"你光着屁股被一群叔叔阿姨围观啊。"她乐不可支，笑得小肚子疼，"没准他们边看还边评头论足，这孩子长得挺白净，就是虎不拉几的，被大象顶得在地上连滚十几圈，是十几圈欸，不是一圈两圈。你当时怎么不去申请个吉尼斯纪录啊？"

贺昇："……"

笑什么笑，到底是她哄他还是他哄她啊。

热点事件每天都会更新，除了原本就认识他俩的人，这件事情渐渐被大众遗忘了，两人的生活重归平静，只是在各自的圈子里更加出名。

江家两个老人知道于澄跟贺昇谈恋爱的事情后死活不同意，觉得从贺昇他爷爷到他爸爸，一家子都乌烟瘴气的，两人不合适。

于澄坐在那儿听他俩念叨，左耳朵进，右耳朵出。不同意就不同意吧，她从小到大也没干过几件让他俩同意的事。江家往上数三代，都没有她这么离经叛道的。

出了厅堂，于澄呼着白气一路走到门口，拉开车门上车。车内暖气很足，她将领子拉下来一些。

江眉颜看着于澄一句话都不想说的模样，轻声问："你外公又发火了？"

"嗯，火还发得挺大，你不用担心他的身体了。"于澄不冷不热地说道。

149

装病骗她回来，也亏他这个七十多岁的人能干得出来。

"慢慢来吧，你外公执拗大半辈子了。"江眉颜看着前面拥挤的路段，无可奈何地摇摇头。

当年他就执拗地撮合她和于炜，弄得她半辈子的感情之路都坎坷曲折。所以在子女恋爱这事上她不是开明，只是因为自己在这方面摔过跟头，不想让孩子重蹈覆辙。

什么叫合适？不走到那一步，谁也不知道。

车子一路往前开，过年的氛围还没散去，路边的店铺都张灯结彩，挂着红红火火的灯笼。

"你回南城是坐明天下午的飞机？"江眉颜问。

"嗯。"于澄靠在车窗上，想起这事恢复了一点精神。

高三十八班的同学年前就决定组织一场同学聚会，赵炎每天在微信上提醒她八百回，让她一定要去。前年那场同学聚会就缺她一个人，这次说什么也不能缺席。

江眉颜笑笑："好，回去吧，你也好久没回去了，趁着放寒假多待几天。"

"嗯。"于澄点头答应。

原本于澄是决定自己回去的，晚上跟贺昇腻歪了半天才肯睡觉。

一想到好长一段时间见不到女朋友，贺昇心里怎么都不是滋味，怅然若失地在沙发上干坐了半晌，晚上收拾好了行李，决定跟她一块儿回去。

下飞机时，南城的雪刚停不久，贺昇拉着行李箱在前，于澄跟在他身后。

两人刚出机场，一阵凛冽的寒风刮过来，于澄忍不住打了个寒战。南城的气候和京北差异很大，冬天是湿冷的，冷到骨头缝里的那种。

叫的车还没到，这里又是个风口，贺昇解开脖子上的围巾拢在她身上,又敞开大衣衣襟,把人揽进怀里,轻声问:"暖和点没?"

"暖和点了。"于澄把脸贴在他的羊毛衫上,嗅着衣物上的薄荷味,吸吸鼻子,仰起脑袋,"怎么感觉南城比京北还冷啊。"

"这是因为——"贺昇一本正经地耐心跟她解释,"京北是暖温带半湿润半干旱季风气候,南城是亚热带季风气候,你刚回来肯定不适应啊。"

于澄:"……"

她男朋友是读书读傻了吧。

车没几分钟就到了,于澄站在车前,看着贺昇帮师傅把行李箱抬到后备厢里,问他:"你真的不着急赶回去?"

那件事过去之后贺昇就变得忙碌起来,除了必修的专业课,大部分时间都不在学校。

他具体在做什么于澄不清楚,只能隐约觉察到贺昇开始接手家里的事情,或者还有更多额外的事,有时他在书房跟别人开视频会议,一开就是一下午。

"真不用。"贺昇拍拍手上的灰尘,略微挑眉,瞧着她笑,"放寒假呢,大学生还不至于连陪女朋友的时间都没有。"

"那行吧。"于澄拉住他的手,笑起来,"那你这几天就好好陪我吧。"

"嗯。"

"那咱们去哪儿啊,你要去我那儿住吗?"于澄问他。看着车窗外熟悉的街景,遍地都是老梧桐,等到五月份,枝叶就会遮天蔽日地连成一片。

她又回来了啊,这次是和男朋友一起。

于澄陡然生出一种落不到实处的唏嘘,还有心潮澎湃的感觉。

"回出租房吧。"贺昇把她的手握住,轻捏她的食指,"前年回南城的时候,我把它买下来了,里面的陈设什么都没变。"

书还放在书架上,指甲油过期了他也没舍得扔,一人一半的小冰箱也还能正常运作。

于澄点头,头靠在他肩上,闭上眼休息。

"等会儿想吃什么?"过了一会儿贺昇问她。这会儿已经晚上七点了,两人还没吃晚饭。

"牛肉蛋花粥。"于澄笑着说,"我想吃那家店的,你快带我去,我真找不到。"

"好。"

把行李箱放回出租房后,两人重新叫了一辆车过去。这座城市新旧交替,老城的街道开始翻建,不少道路旁边还放着施工材料,等过完年工人回来,才会继续开工。

巷口窄,不好掉头,车只能停在路口。于澄把手塞进贺昇大衣的口袋里,里面有暖宝宝,于澄怕冷,又懒得装,只好让他带着。

地上的积雪混着车轱辘的印子,跟两年前相比,这边的路被修过,最起码不再坑坑洼洼,除了鞋尖沾上一些雪水,一路走过来还算顺利。

路灯昏黄,两人一左一右地走着,影子往后延伸了很长。于澄偏过头朝他看,贺昇穿着驼色大衣,身姿颀长,养眼极了。

"就是这家吗?"于澄看着屋顶蓝色的塑料招牌问。卷帘门在上头摇摇晃晃地挂着,她开始操心这玩意儿会不会突然掉下来砸到人。

"嗯。"贺昇牵着她的手走进店里,老板正在炉灶前忙活,红色的火苗舔舐着锅底,映得人脸都红通通的。

今天是大年初六,上学的还没回学校,要远行的还没出门,街边和巷口有小孩子在打闹,手里拿着三三两两的烟花棒,一排小店在他们的衬托下显得格外热闹。

"来两碗牛肉蛋花粥。"贺昇开口,又补充了一句,"就在这儿吃。"

"好嘞,等会儿啊。"老板手上动作不停,抽空抬头看了两人一眼。

"哟,小帅哥,好久没来了。"老板惊奇地看着他,又打量起站在他身边的于澄,"这就是你媳妇啊?"

贺昇眨了一下眼，反应过来，忙不迭地厚着脸皮点头："嗯，对，这就是我媳妇。"

老板乐呵呵地夸她："长得真俊。"

贺昇闷声笑着，瞥了于澄一眼，把人搂着："是吧，我也觉得我媳妇长得可俊了。"

年还没过完，店里没有其他人，于澄一脸茫然地看着两人聊天，半天都在状况外。她伸手扯了一下贺昇的袖子，这人也不搭理她，自顾自地和老板聊着，越聊越起劲儿。

"怪不得你俩一毕业就结婚了呢。"老板利索地拿出两只砂锅，开火，视线停留在两人身上，"感情真好，孩子一岁多了吧？"

"嗯。"贺昇扯了一下高领毛衣，把下巴缩进领子里，憋笑憋得耳郭都微红了，"那可不，都会喊爸爸了。"

"噢，那还挺聪明的，我家儿子两岁时才能含含糊糊地喊人。"

"是吧，是挺聪明的，别人都夸呢，孩子智商这方面随我。"

于澄："……"

"男孩还是女孩啊？"老板又问。

贺昇舔了一下嘴唇，手轻轻捏着于澄的腰："女孩，长得随她妈。"

"那好啊，孩子也长得俊吧？"

"嗯，可好看了，抱出去玩，都没见过比她还好看的。"

老板笑着看了贺昇一眼，眼神不自觉地往于澄肚子上瞟："那你们什么时候要二胎啊？我准备开春了晚上去医院门口支个摊，到时候你来买粥还方便点。"

"不知道呢。"贺昇抱着于澄，憋笑憋得整个人都在抖，还装得人模狗样地继续和老板聊着，"这得看我媳妇，她说要就要。"

于澄："……"

这两人到底在聊什么啊？

153

等粥做好的间隙，天空又飘起小雪，于澄在路灯下仰着头看，一片片清冷的雪花从夜空飘落下来。

贺昇走到门口的一张桌子前，拿出纸巾将桌子细细地擦了一遍，才让于澄坐下。

远处传来孩童的吵闹声，老板将粥端上来。于澄拿起勺子，轻轻吹了几下之后把粥送进嘴里，竖起大拇指："好吃。"

"那咱们这几天多来吃几次。"贺昇又站起来，把旁边的遮阳伞往这边挪，"回京北就吃不到了。"

"那当然，这粥我想了快两年。"粥很烫，有雪花落进去于澄也不在意，边搅动砂锅里的粥边小声问贺昇，"不过刚刚你们在聊什么？什么媳妇、二胎的。"

"你猜。"贺昇打开遮阳伞，遮在于澄头顶上，非得卖关子，"猜对了就告诉你。"

"哦。"于澄就真的开始瞎猜起来，"你劈腿了？"

贺昇抬手轻轻拍了一下她的后脑勺，感觉他女朋友的脑回路实在是有点跳脱："想什么呢你。"

"那你哪儿来的二胎啊？"于澄边说边往下面瞟，"小伙子身体挺好啊，才二十岁就准备要二胎啊。"

撑好伞后，贺昇重新坐好，他不着急吃，准备等粥凉得差不多了再动手，就趁着这会儿使劲儿逗于澄。

"男大学生的身体当然好啊。"桌子底下，他隐蔽地伸腿踢了一下她的脚尖，带着暗示的意味。

于澄嘴里的一口粥差点喷出来。

"这都能呛着。"贺昇递过去一瓶水，似笑非笑地看看她，"脸皮怎么变薄了啊，澄姐？"

于澄不说话，喝了两口水压下咳嗽，狠狠地拧上瓶盖，"嘭"的一声把那瓶水放到桌子上，推到他面前，眼睛直白又犀利地看过去。

"我错了,我错了。"贺昇能屈能伸。

于澄:"……"

眼看于澄不搭理他了,吊足她的胃口之后,贺昇才把原委讲给她听。

"昇哥,你真的很不要脸。"于澄捧着脸看他,半天只憋出来这么一句。

高三就瞎扯自己有媳妇了,还说得这么自然。

"没办法啊。"贺昇笑着看向她,"还不是因为我媳妇非要吃这个。"

于澄:"……"

行吧,他爱怎么说就怎么说吧。

这场夜晚才下的小雪没持续多久,两人回去的路上夜空就变得干净了,隐约能瞧见几颗星星。

知道于澄今天回南城,许颜一个星期前就开始约她,于澄刚回到出租房就又接到了许颜打来的电话。

她拿上手机推开玻璃门,走到阳台接听。

"怎么啦?"她问。

"出来玩啊,澄子。"许颜的声音兴奋不已,"明晚 BOOM 庆祝开业三周年,办了个校服派对,除了咱们这些老同学,十七中那帮以前玩乐队的弟弟也过来。"

BOOM 是这一片最有名的酒吧,消费高,帅哥美女多,算是一个网红打卡地。

"十七中?"于澄垂眸回想了一下,十七中她好像不认识什么人。

许颜点头:"对啊,就是谈屹臣他们啊。"

于澄的脑海里瞬间浮现出一张脸,纳闷地问:"他们都已经毕业了?"

"弟弟们也就比咱们小一届,现在上大一呢。"许颜继续说,"来呗来呗,我都想死你了。"

"我想想。"

话虽这么说，但于澄只犹豫了一秒，就决定遵从自己的内心："去。"

毕竟除了沈毅风在京北，其余的附中的老同学们她都好久没见了，有机会就得多聚聚。

许颜有些得意："我就知道你会来。祁原他这两天有事，在南方还没回来呢，除了他，我们几个都去。"

"好，那明晚见。"于澄的声音忍不住带上笑意。

"明晚见！"

跟许颜约好后，于澄挂断电话，闷闷不乐地想了一天这件事，不知道该怎么开口跟贺昇说。

毕竟跟朋友去玩带着男朋友过去多少有点不得劲儿，但贺昇要是想去，她也不能不带着他。她正不知道该找个什么理由应付贺昇，中午吃饭时，贺昇就顺嘴说起他晚上想跟沈毅风、陈秉他们出去打球。于澄巴不得他今晚都别回来，让他好好打，打得尽兴一点。

傍晚，夕阳西下，屋顶还留存着残余的积雪。贺昇抱着篮球出门，于澄回到卧室，从衣柜翻出来他之前留在这儿的一套校服。

裤子对她来说太长，她弯腰把裤腿卷起好几道才合适。她上身就穿了一件贴身的黑色背心，把外套随便搭在身上，套了一件羽绒服就出门了。

于澄下了车，刚进 BOOM，就听见山崩地裂的呼喊声："澄子！"

于澄循声望去，视线穿过稀稀拉拉的人群，看到许颜站在卡座旁跟她打招呼。于澄朝她挥了几下手，抬脚走过去。

"澄子你知道吗？你穿着黑色背心、拎着外套站在门口的时候，我差点以为自己回到附中了。"许颜扎着丸子头，眨着眼，有些激动地打量她，"美死我了，又酷又美。"

校服是派对的主题，为了纪念自己青春年少的那段时光，大家基本都会尽量还原高中时的形象。于澄久违地只戴了一颗耳钉，低调又惹眼。

"行了。"她笑笑，许颜夸她的话来来回回就这几个字。她坐过去，扫视了一圈："他们人呢？"

"还没到，派对晚上八点半才开始，这会儿才七点多，早着呢。"

于澄轻轻点了下头。

这会儿酒吧的气氛还不热闹，人也不多，她们来得确实早了点。于澄坐在那儿，点了一杯柠檬气泡水，转过头就见许颜眼睛都不眨地看着她胸前。

"怎么了？"于澄被她看得有点不自在，拿过校服外套挡住，轻轻勾起嘴角，"看什么呢？你没有啊。"

"有，但我不如你身材好啊。"许颜不好意思地咽了一下口水，脸上的梨涡越发明显。

于澄笑着往后撤，抓住她的手压到沙发上，边闹边笑。

两人打打闹闹间，酒吧里人渐渐多起来，虽然是校服派对，但也有不少单纯来凑热闹的。

于澄闲着没事，拿起啤酒桶旁的流程单看。

开场曲《夏日漱石》——白焰乐队。

"想不到啊，谈屹臣都毕业了。"于澄有些感慨。

"说得像是你比人家大多少似的，你也就比人家大一岁，现在跟他一届。"

"是哦，主要是我对他初中那会儿印象太深刻了。"于澄边说边回忆，表情痛苦，"去网吧五次，三次都能撞见他妈揪着他的耳朵把他拽出来。"

"你不提这茬儿我都忘了。"许颜趴在沙发上笑得起不来，"弟弟长大了，给他留点面子吧，人家都交女朋友了呢。"

"是吗？"

"嗯，我来得早，看到他女朋友在旁边的休息室里写论文呢。"

于澄抬头朝休息室的方向看过去，门关着，什么都看不着。

"那谈屹臣呢？"于澄看了一圈没见到人，问许颜。

"排练去了。"许颜指着她旁边的空位说道，"对了，这是他的位子，等会儿帮他占着，别被人坐了。"

"好。"于澄点头。

酒吧空中撒了一圈金纸又撒了一圈红纸，等到台下的人坐得差不多的时候，派对才正式开始。

主持人在台上简单说了两句开场白，几名穿着淡蓝色夏季校服的少年便从台下缓缓登场，聚光灯打在他们头上，立马引起一阵骚动。

"谈屹臣真是越长越帅啊。"于澄勾起嘴角看得津津有味，"算是乐队的门面担当了。"

"那是必须的。"许颜赞同地点点头，"弟弟就是小时候的黑历史多了点，颜值确实没得说。"

两人有一搭没一搭地闲聊，听着开场曲响起，鼓点一下比一下有力。

门口依旧有稀稀拉拉闻声赶过来的人，很快二楼看台都要被站满了。贺昇就是在这时候赶到的。

"谈屹臣！"

"谈屹臣！谈屹臣！"

……

踏进 BOOM 的第一秒，贺昇差点以为自己误入了某个不合法的神秘组织，耳边的呐喊声震耳欲聋，铿锵又富有节奏。

台上打架子鼓的少年穿着淡蓝色校服、翻领 T 恤，人群里有好多人穿着同款校服。

外面天寒地冻，酒吧里的气氛高涨，大家仿佛真被这个少年带到盛夏的海边，只差踩进被烈日晒得滚烫的海水里——真就是一脚踢出整个夏天。

贺昇拨开人群，视线扫视了好几圈，才在令人头晕目眩的灯光中看见他的女朋友。于澄这会儿正跟许颜勾肩搭背,右臂抬起,跟着少年打架子鼓的节奏在半空中打着节拍。

不仅如此,以他女朋友为首的几个姑娘还有自己独特的应援口号——

"臣臣,姐姐爱你!"

贺昇:"……"

"爱谁啊?"于澄正喊得上头,身后传来一道阴恻恻的声音。

她抬起下巴下意识地回头,见贺昇抱臂倚在铁丝网边上,脑门上的碎发微湿,球服外面套着黑色长款羽绒服,沈毅风、陈秉两人站在他身后,一副看戏的架势。

"你怎么来了?"于澄回过神来,极其自然地开口,一点都不心虚。

"嘿,我要来的。"沈毅风煞有介事地挑眉,"你也不想想,这种事我能错过吗?"

"有道理。"于澄笑着看向几人。

沈毅风和陈秉识趣,到旁边找到两个位子坐下了,只留贺昇坐在于澄旁边。

"台上敲架子鼓的就是臣臣?"贺昇面无表情地拿起她的气泡水,放到嘴边喝了一口,眼神看向舞台。

"嗯。"于澄点头,还好心地抬手帮他指了一下。

这首歌惊艳的地方就在于鼓点伴奏,台上棕灰色头发的少年敲击的每一个鼓点都精准且带有力量,他不是主唱,风头却明显比主唱更胜一筹。

"这哪是敲架子鼓,"贺昇冷淡地看了她一眼,"这是敲到你心上了吧,澄姐?"

于澄:"……"

沈毅风回到二楼,靠在栏杆边跟贺昇挥手。贺昇坐在皮质沙发上,模样清冷,收回视线。

今晚他被沈毅风放了鸽子,对方压根儿就没去球场,打电话临时喊他们换场子。贺昇跟另外几人想着去都去了，打了会儿球才一块儿过来。他人还没离开球场，沈毅风就发消息说于澄也在这儿。

酒吧中央空调的温度高，贺昇脱下羽绒服搭到一旁，感觉像是有人直接拎了一桶醋兜头往下浇。

"一会儿叫日日，一会儿叫臣臣，以前怎么没发现你这么喜欢用叠词呢。"

这边光线暗，贺昇扳过于澄的脸，把她的身子拧过来，左手控制住她的双手，反剪到身后，右手捏住她的下巴，咬牙切齿地说："怎么着，有我一个不够，还想再找个年纪小的？"

出来玩就出来玩呗，一口一个"爱"的，这个字她都没跟他说过。

"怎么会呢。"于澄眨巴着眼，两人僵持了半天。

于澄了解贺昇的脾性，正要开口解释，好好哄哄他，余光瞥见一道黑影压过来。

"起来，这是我的座位。"这话是冲着贺昇说的。

听见声音，贺昇抬起眼皮朝上方看过去。

开场曲结束，谈屹臣不知道什么时候从台上下来了，单手插兜，肩膀平直，状态虽然放松，但又像时刻绷着一根弦，不至于让人觉得他吊儿郎当的。

他站在贺昇面前，垂眼看着他，下巴微抬，浑身上下都透露出一种"爷很跩"的气势。

见人没反应，谈屹臣语气不咸不淡地开口："新来的？坐下之前不知道问问？"

四周的人皆是一愣，有人说了个脏字，好整以暇地等着看戏。

大家不约而同地察觉出这两人的气场不对付。

不是一方被另一方压制，不是打太极般地试探，而是——直白的、直接的、实实在在的碰撞，燃起一点火星子就能立马炸起来。

这一片的气氛突然冷下来。

两个人四目相对，谁也不让着谁。

于澄觉得贺昇是理智的，不会跟弟弟一般见识，更何况本来就是他坐了别人的位子，虽然他本人并不知道。但昇哥是恋爱脑，这会儿带着醋劲儿，她就没那么敢保证了。

两人视线撞在一起，都没急着开口说第二句话。

对峙片刻，谈屹臣没多少耐心，下巴微抬，抬腿往他脚边踢了一下："问你话呢，听不见？"他带着一种盛气凌人的气势。

"听见了。"贺昇左手还搭在于澄的腰间，眼神锐利，朝谈屹臣刚刚踢过来的脚看，"但我不想动，怎么办呢？"

谈屹臣刚想骂这人是不是有病，于澄赶紧把两人分开："这是我男朋友，贺昇。"

"这是谈屹臣。"她简单地给两人互相介绍。

照这样的形势下去，这两人交锋不过三句话铁定能当场打起来。

一圈人都等着看戏，贺昇坐在那儿还是那个表情，脑袋微歪，两条长腿伸到沙发两侧，模样清冷散漫。

听到于澄说"男朋友"这三个字，谈屹臣挑眉，眼神略微惊讶，把他从头到脚打量了一遍，随口问："你就是热搜上的那个？"

"……"

"既然你俩是一对儿，那你坐着吧。"谈屹臣眼神在两人身上扫了一圈，大度地说。

他没再多说什么，拿过之前放在这边的外套，转过身抬脚往休息室走。

还是弟弟懂事。于澄在心里叹了一口气。

见弟弟拉开休息室的门进去，又反手把门合上，于澄的目光才再次看向贺昇："生气了？"

"没有。"贺昇垂眼拿过桌面上的酒，神情恹恹地回答她。

于澄笑出来："还能再明显点吗，男朋友？"

161

他就差把"我很不爽"写在脸上了。

"这有什么好生气的。"贺昇拿过酒桌上的一张扑克牌，在指尖随意地旋转了两圈，"不过就是女朋友找了个弟弟，这弟弟还想让我给他让位。"

"……"

没管他这会儿是什么想法，于澄结结实实地趴在贺昇身上笑了好一会儿才直起腰来，然后和他解释。

解释了好一会儿，贺昇才再次开口："他真有女朋友？"

话一问出口，他都觉得自己够卑微的。

以于澄的表现，他都不指望她能有多自觉，还得指望别人。

"嗯。"于澄朝他眨眼，往休息室指，"他女朋友在里面写论文呢，他刚才也进去了。要不你这会儿过去看看，看看他俩在干吗。"

"……"

确定完这件事，贺昇放下心来，整个人懒洋洋地往后靠："我没那种癖好。"

舞台上的表演全部结束，时针指向十二点，BOOM迎来最高潮的时刻，两帮人聚在一起，酒瓶子摆了满桌。

举酒碰杯的过程中，好几个人的手机响起此起彼伏的铃声，全是对象打来查岗的。

"连沈毅风都有对象了，这又什么时候的事啊？上次见面他不还单身吗？"赵炎瞪着眼看他。

"哎，这话说的，我有对象怎么了？"沈毅风用力地在他身上捶了一拳，龇牙咧嘴地嘚瑟，"瞧不起我啊。"

许颜笑个不停："没事，王炀、祁原他们都还单身呢，你不是唯一的一个。"

"王炀？王炀不用提，他天天钻研计算机，祁哥好歹曾经风光过。就我，母胎单身到现在。"赵炎把于澄拉起来，作势朝她哭诉："哎，澄子，你说说，是因为我长得丑吗？我怎么老是找不着对象啊？"

162

"不丑。"于澄捏捏他的腱子肉,"田径一哥,帅着呢。"

"这事也靠玄学,缘分到了就找着了。"沈毅风拍拍他的肩,作为吃着贺昇撒的狗粮一路走来的人,他特理解赵炎这种感觉,天天被别人虐,自己只能眼巴巴地羡慕。

于澄笑着看一群人东扯西扯,侧目看到躺在一旁醉得不轻的贺昇。

这是两人在一起后,贺昇第一次跟这一大帮人聚在一块儿,早在他先前酸得慌出去透气的时候,几人就坐在于澄旁边,光明正大地商量着怎么灌趴他,沈毅风还是帮凶。

"昇哥,走吗?"于澄伸手推他,轻轻地勾起嘴角。

她连推好几下,沙发上的人才有反应。

"他们灌我。"贺昇抱着靠枕不肯撒手,眼睛微眯,"好烦。"

"那我们走。"

"嗯。"贺昇把脑袋埋在于澄肩头,碎碎念,"澄姐她都不知道帮我,还跟他们一起灌我。"

"行了,知道了。"于澄哭笑不得,跟其他人说了一声,就把贺昇带走了。

外面街道上已经没什么人了,街边路灯上挂着一串串小红灯笼。贺昇醉得走路都摇摇晃晃,竟然还能凭记忆找到自己的车停在哪儿。

"你要开车?"

于澄站在车边,看着贺昇进去坐在驾驶座上,一副说走就走的架势。

"这不是车。"贺昇眼神高傲,"这是火箭发射控制器。"

于澄:"……"

他在车里左按右按,于澄靠在车门上静静看着。车钥匙在她兜里,她一点都不担心。

远处空寂的马路边隐约传来玩摔炮的声音,连续不断,好一会儿才消停。不知道是熊孩子半夜不睡觉跑出来玩,还是酒蒙子喝多了瞎搞。

过了半晌,车里的人没停手,也没让开驾驶座。于澄把脸缩进羽绒服领口,笑着说:"你这么喜欢火箭,学什么金融啊。"

她就这么随口一说,哪知车里的人突然像是被按下暂停键,泄气地靠在座椅上,一动不动。

"怎么不玩了?"于澄跟看三岁小孩一样。

贺昇低下头,小声地说:"爷爷说,火箭和澄姐,只能选一个。"

脑子里仿佛有什么东西被炸开,于澄一愣,睫毛轻颤:"什么意思?"

贺昇垂下眼,眼圈发红:"我当然选澄姐啊。"

第九章

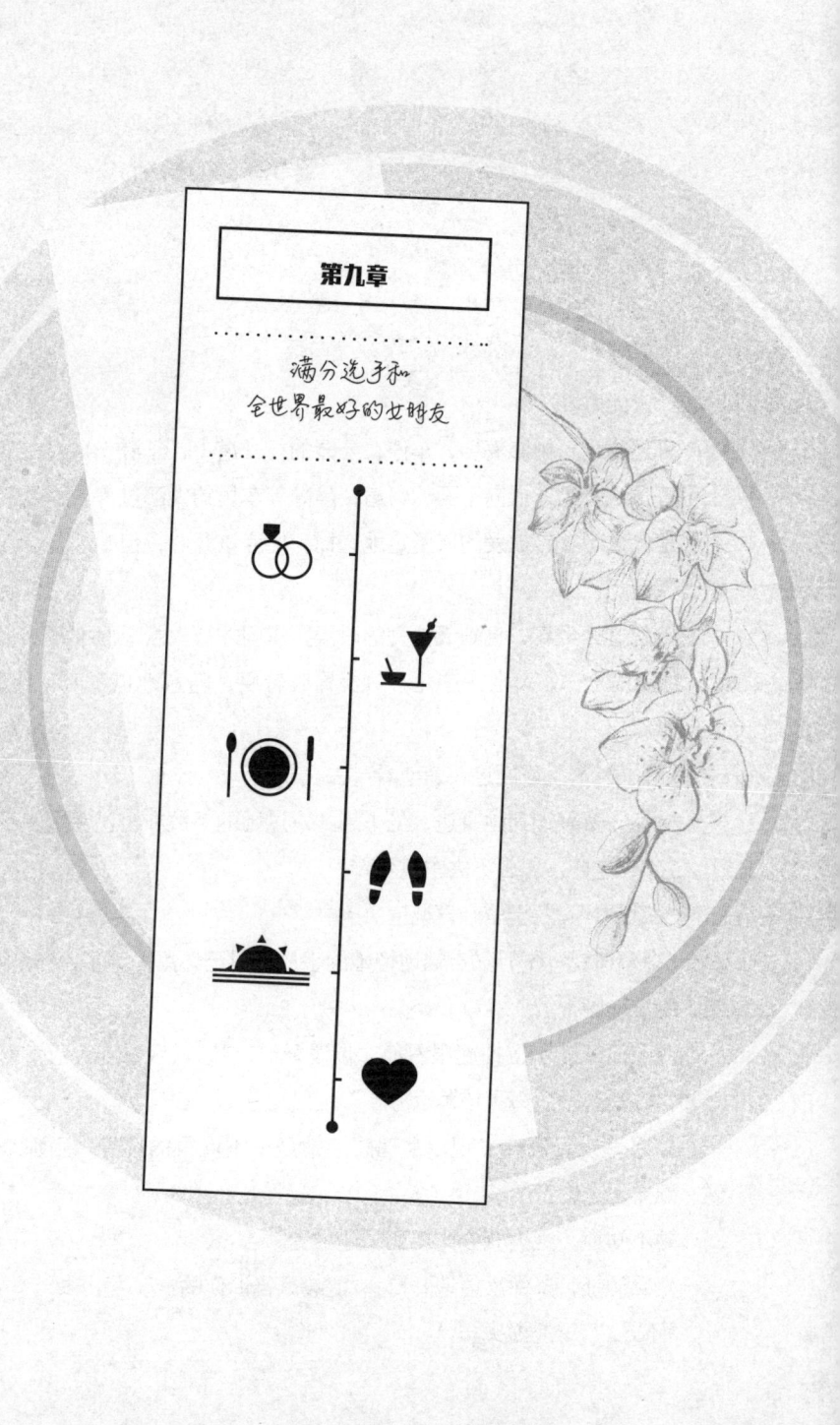

满分选手和
全世界最好的女朋友

一夜无眠。

风声呼啸，树影婆娑，车停在公园的行驶道上，于澄一个人在草地上坐着，吹着风，望向下面的河道，静静等车里的人醒过来。她说不出自己是什么想法，被爱的人坚定地选择，她应该开心，但她这会儿心里堵得慌。

她就这么坐着，直到天快亮的时候，车门才被人从里面推开。

"你怎么一个人坐在这儿？"贺昇皱着眉，随意地抓了两下头发，头还晕着。

"醒了？"于澄回过头朝他看过去。

"嗯。"贺昇走到她身边，坐下来，拿过她的手放在自己手里搓了两下，"冰成这样，怎么不去车里坐着。"

"在想事情。"于澄轻声说道。

"想事情？"贺昇又自然地把她的手放到自己怀里，笑了，"想什么呢，能想一晚上。"

"我在想。"于澄抬起眼看他，慢慢开口，"你以后看到火箭发射的新闻，难受或是后悔了该怎么办？"

如果有一天贺昇发现，拿理想换她是个不值得的选择，到那个时候，她要怎么办？

她不知道，她大概会比要死了还难受。

贺昇微怔，条件反射地开口："沈毅风告诉你的？"

"不是。"于澄摇头。

原来沈毅风也知道，就她一个人被蒙在鼓里。

"不会后悔。"贺昇握着她的手，在她脸颊上轻吻了一下。

"这么肯定？"

"嗯。"他点头。

于澄安静地听着他说。

"还没来得及告诉你，我准备过两年有能力后，实施一个儿童助学计划。"贺昇朝着已经泛白的夜空看，"小时候那个暑假，跟我妈在国内外跑的那段经历，让我知道很多土地上滋生的都是贫穷和困苦，不单是电视上播放的那些，是你踏上那片土地，看见他们，就能切身感受到的。而这片土地上的孩子，如果有一个相对好些的成长环境，也许会有一万种可能。"

他头一回跟于澄落到实处地谈自己未来的打算，有点不好意思："虽然没法亲手为祖国制造一枚火箭，但我希望可以有成百上千甚至更多的人去做这件事。"

见于澄不说话，只静静地看着他，贺昇不自然地咳嗽了一声，继续道："这事想得太理想化了对不对？但科技创新日新月异，国家需要发展，时代需要进步，只要着手去做，总会有效果。"

过了半晌，于澄开口问："这就是你现在想做的事情？"

"对，这就是我现在想做、以后要做的事情。"贺昇认真地看向她，"所以你一点也不要内疚，我出生在这个家庭，没有你，我大概也会遇到这样的情况，没准会更糟。但好在上天眷顾，我有你。"

于澄听完，轻轻勾起唇角："你怎么这么会哄人。"

"没哄你，我说的都是真的。"贺昇表情坦然，"学金融又怎么样，做什么事，成就怎样的理想，只有我们自己能决定。方法总比困难多啊。"

"你以前的作文分数挺高的吧。"于澄笑着说，视线也朝夜空看，"一口一句鸡汤。"

"嗯，我的作文经常得满分，刚才那些也是你男朋友随口发挥的，看不出是什么水平。"

贺昇躺在草地上，抬手向上指："看到那棵树了吗？它长在土壤里是棵树，长在戈壁上是棵树，长在湖泊里是棵树，甚至长在深渊里，它也是棵树。"

于澄跟着他的视线朝上看。

"你就是那棵树。"风扬起，吹乱她脸颊旁的碎发，于澄抬手将发丝别到耳后，轻声说出这句话。

"对，我就是那棵树。"贺昇笑起来，站起来伸了个懒腰，觉得于澄有点懂他的意思了。

他弯下腰捡起一块石头，在手中掂了两下，而后用力抛向远处的冰面，石头在晨间飞出一道弧线。

远处天边晨光破晓，贺昇嘴角扯出一个弧度，意气风发地说："生而逢盛世，青年当有为。"

朔风凛冽，将他的羽绒服吹得鼓起，贺昇站在山坡前，碎发被风吹得胡乱扬起，偏过头朝她笑，眼神熠熠生辉。

于澄眼睛都舍不得眨地听着贺昇谈自己未来的规划，只觉得眼眶发热。

生而逢盛世，青年当有为。

这一秒她突然意识到她爱的这个少年最让她动容的地方，就是身上永远有风过不折、雨过不浊的劲头和傲骨。

他的家国情怀，他的理想主义，他的浪漫细胞。

拗不过命运的安排就坦然接受，换条赛道他依旧是满分选手。

昇哥从不摆烂。

看着连绵的朝霞，回去的路上，于澄脑海中思绪万千。

她忍不住想，要是没遇上贺昇，她现在会在做什么呢？

读着三流的大学，谈着可有可无的恋爱，浑浑噩噩地挥霍着青春，得过且过，将就着活。

老实说，于澄一直觉得自己心理状态不怎么健康，伤口好了还得留块疤，就算她看过心理医生，吃了药，进行完治疗，病历单上写着"康复"，也不代表她这个人就真的好起来了。

但她现在仿佛没经历过那些昼夜颠倒的日子，没感受过那种盼不到天亮，又干等着天黑的绝望。

那块疤被慢慢地抚平，心里的空缺渐渐被填满。

贺昇把她从黑暗里拉了出来，让她开始对以后的生活滋生出一种陌生的期待。

"男朋友。"于澄难得温情地看向他，嘴角勾着浅浅的弧度，"要是没有你，我该怎么办呢。"

贺昇也在看着她，勾了勾唇："那就一辈子套牢我，别离开我。"

同学聚会定在元宵节前的那个周末，这天天气晴朗，气温也有所回升。

今年过年早，过完年才二月初，于澄原本以为还要冷一段时间，翻开日历一看，没想到都已经立春了。

聚会时间定在晚上七点半，于澄到的时候包厢里已经来了不少人。

"澄子！"赵炎最先看到她，抬手招呼她过去。

"你们怎么来这么早？"于澄解下围巾看着一圈人。

"什么叫来得早，现在都已经是晚上七点半了。"赵一钱看着时间说了一句，"这点踩得够可以的啊，同学聚会也踩点到。"

于澄勾唇笑笑，环视了一圈没看见祁原，更加理直气壮了："不是还有人没来吗？我来得也不算晚。"

话音刚落，身后的门就被推开，几个人一块儿回过头去看，祁原推开门进来，他穿着棒球服、牛仔裤，身上带着一些晚间的寒气，齐荚跟在他身边。

"哟，班长跟祁哥一起来的呢。"赵一钱高兴地跟齐荚打招呼，"班长你也迟到了啊。"

"嗯,不好意思。"齐荚抿着唇,抱歉地看着一圈人。

"行了。"祁原随便找了个地方坐下,笑着说,"飞往南城的飞机晚点了,刚下飞机我们俩就赶过来了,还想怎么着?"

"你们今天才从那边过来?"许颜看向两人,"一块儿过来的啊?"

"嗯。"祁原点头,喉结微微滚动,视线落在坐在一旁玩手机的于澄身上,"下了飞机就直接过来了。"

关系好的几个人平时都有联系,抽空还能聚一聚,所以这次聚会,相比于兴奋,于澄更多的是感慨,才不到两年没见这些老同学,变化大得都快叫她认不出了。

齐荚坐在几人旁边一个并不起眼的位子上,穿着棕色呢子大衣,长发微卷,化着淡淡的妆,乍一看不怎么显眼,但越看越好看,是那种难得的、不带任何攻击性的、舒心的美。

几人聊起来,才知道去 BOOM 那次祁原在南方没过来,是因为齐荚出了车祸,打电话给他让他过去帮忙。

"不好意思啊。"齐荚微微低下头,"我舍友都回家过年了,我只知道祁原还没走,只能找他帮忙,耽误你们聚会了。"

"没事,今天不是也能聚嘛。"于澄弯唇笑笑,觉得这姑娘实心眼得不行,"没事多找他帮忙,你上高中时帮他写过那么多次作业,他欠你的人情多着呢。"

"也没几次吧。"祁原朝她扬了一下眉,小虎牙格外显眼,"我还没问你呢,你什么时候回京北啊?"

"后天。"空调对着她吹,风有些大,于澄把温度稍微调高了一些才回过头,"学校快开学了,贺昇也还有事,在南城待不了多久。"

"哦,这样啊。"祁原点点头,收敛了笑容,多少有点意兴阑珊。他也没再多问什么,拉上几个人起身到一旁的游戏机前打游戏了。

人渐渐到场,大家热络地互相打招呼,不少人见到于澄,都主动过来跟她要联系方式。原先大家都是有联系方式的,她也在班级群里,后来复读时手机被偷,号码被注销,她就和好多人没再联系过。

不管高中时相处得怎么样,现在大家见面都是释怀和怀念的感觉。

"于澄、许颜,你们要喝果汁吗?"齐荚捧着两杯果汁走过来。她遭遇车祸后左手还没好利索,不方便,只能勉强伸出两根手指扶住托盘。

"我来。"于澄从她手里接过托盘,递过去一杯果汁给她。

齐荚接过来,点了一下头:"谢谢。"

"班长,你这头发卷得不错啊。"许颜眼神发亮地看着齐荚,"你现在好好看哦。"

"没……没有。"齐荚脸有些红,"我化了妆的。"

"谁不化妆啊。"许颜捏捏她的脸,"你以前就挺好看啊,就是人太低调了,整天就知道闷头写作业。"

"谢谢。"齐荚抿嘴笑。

包厢里大家各干各的,跟上学时一样,有各自的小团体,围在一起叽叽喳喳的,像是凌晨五六点刚开市的菜市场。

祁原几人正在唱歌,靠在沙发上勾肩搭背轮着唱。

缠在大屏幕周边的彩灯一下下闪着,齐荚的视线落在大屏幕那边,望着彩灯边缘模糊的光圈,不知不觉开始出神。

"想什么呢?"于澄偏过头,笑着轻声问她。

"嗯?"齐荚回过神来,望着她,眼神呆滞,过了半天才犹犹豫豫地开口,"那个,我想问问你,女追男真的隔层纱吗?"

"我的天!"许颜在一旁难掩震惊,"你要追谁啊?"

齐荚低着头不说话,脸上的表情纠结:"还没想好。"

"你是没想好要追谁,还是没想好要不要追?"于澄笑着问。

"还没想好要不要追。"

许颜跟于澄对视一眼,才模棱两可地开口:"这事说不准,你自己想好就行。"

想好一切后果,两情相悦当然好,但万一对方对你没那个意思,你也得能承担自尊碎得稀巴烂的心酸。或者干脆就跟他们几个一样,没心没肺点,成就成,不成就拉倒。

"嗯。"齐荚点头,"我知道了。"

"你知道什么了?"于澄看着她,挺好奇这姑娘有什么想法。

"好歹让他知道我的心意吧。"齐荚神情有些落寞,但还是笑着,"老在他身后跟着,跟够了。"

高中、大学,他去哪儿,她就去哪儿,但他好像从来都没怎么注意过她。

"我今天真的好看吗?"齐荚眼睛亮晶晶的,看着两人问。

许颜点头:"好……好看啊,怎么了?"

"那我有点自信了。"齐荚呼出一口气,眼神不自觉地掠过站在一旁淡笑着的于澄,"他好像喜欢好看的女孩子。"

没等两人开口,她又继续释然一般地说道:"希望他能看在我也挺好看的分儿上,喜欢我吧。"

于澄听完没再开口,这种喜欢一个人的心酸,她大概有点感触,但两人经历不同、心境不同,也很难再有更多的共鸣。

包厢里气氛持续高涨,众人的声音在走廊都能听见,不少人合唱《友谊地久天长》,有人喝多了抱着酒瓶子不肯撒手。

于澄也喝了点酒,那种酒精度数极低的果酒,入口的时候口感跟果汁没有任何区别,她喝了两杯,放下杯子没一会儿就觉得头有点发昏,好在没喝醉。

看着一圈人玩得不亦乐乎,于澄靠在窗户边吹风,没来由地开始想贺昇。

二月份的天,再怎么回温到了夜晚也是冷的。她自顾自地叹了一口气,这几天天天和他待在一块儿,这才分开几个小时都想他想得不行。

一大帮人热闹的场面她觉得事不关己，也就跟着瞎闹。但她这会儿只想回去，靠在他怀里随便找部电影看看，聊聊天，亲两下。

包里的手机正好振动了一下，于澄掏出来看。

贺旦旦：几点结束？

于澄：不知道。

贺昇还没问她大概几点离场，他好先过去等着，就又收到于澄的消息：但我想先走，我想你了。

贺昇坐在长椅上，捧着手机不自觉地笑出来，直接问：哪个包厢？我去带你走。

同学聚会这种场合，先走总归不好，有人来带她走，就会好一些。

于澄：302。

报完包厢号，于澄坐回沙发上，叉起水果拼盘里的一块苹果小口啃着。没啃几块，贺昇就到了。

他推开包厢出现在门口的时候，里面的人齐齐愣住，只剩音响里的伴奏还在吱吱呀呀地播放着。

"我来带于澄回去。"贺昇朝一群人微微颔首，算是打了招呼。

不是"找"，是"带"。

"噢……"有人给他指了一下，"她在那边坐着呢。"

沙发上的人抬起眼，诧异地开口问："怎么来得这么快？"

"我不是要买个扫地机器人吗，正好在隔壁商场，离得近。"贺昇走过去，看到她手里的苹果，皱眉，"晚上就吃了这个？"

"嗯。"于澄点头。

"那等会儿路上打包一份馄饨吧。"

"好。"

他们的对话自然无比，又亲昵十足，任谁都能看出来这两人现在是什么关系。

包厢里突然寂静，于澄也能觉出味来，以前两人一块儿上学、放学，风言风语就传得多，说他俩早同居了，甚至在于澄去京北参加专业考试的时候，还有人说她是去打胎，总之，说什么的都有。不过都是背地里说，于澄有一次在厕所偶然听见，才知道自己跟贺昇的关系原来都被传到这个地步了。

其实两人那会儿是真的清清白白的。这会儿不清白了，于澄更懒得管别人是怎么看自己的。

两人踏出门槛，身后的门刚重新合上，于澄就借着酒劲把贺昇按在走廊的墙壁上结结实实地亲了好一会儿。

外面是声控灯，暗下去的时候只有包厢里透出一丝昏暗的光线，只要有人打开门，就能看见两人在这儿接吻。贺昇左手按着她的后腰，把人揽在自己怀里，得了便宜还卖乖，低笑出声："就这么想我啊，澄姐。"

"是啊。"于澄眼睛都不眨地盯着他看，伸出手指，隔着一层卫衣布料戳他硬邦邦的腹肌，"不让我想吗？"

"当然让，随你怎么想。"贺昇低头在她额头亲了一口，帮她把羽绒服的拉链拉好。

回到出租房，馄饨放在茶几上没吃几口，两人半推半就地一块儿滚到了沙发上。

贺昇单手托着她的后脑勺，手指穿过她的发间。他看着于澄的模样，眼神意味深长，带着些调侃。

两人四目相对，在寂静的夜晚擦出漫天火花，噼里啪啦炸得人心里小鹿乱撞。胶着间，于澄半坐在沙发上，脖颈仰起，呼吸都乱了。

贺昇偶尔抬起眼皮看向她，默契地跟于澄进行眼神上的交流。

——男朋友伺候得还行吗？

——还行吧。

——那给点反应啊。

——还想要什么反应？

见于澄死活不吭声,贺昇心思顿起,轻咬一下她,弄得她整个人蜷缩起来,手忍不住抓着贺昇的碎发。

跟贺昇的脾性不同,他的头发很软,手抚上去的时候,像是在摸一只乖巧的小狗,连心里都跟着柔软。

今晚刚参加完同学聚会,见到附中的那些老同学,勾起曾经好或不好的回忆,两人的心情都和平时有些不一样。

一路走到卧室,于澄摔进被子里,微仰着头,半眯着眼,胳膊吊在他肩头紧紧搂着他,看着他喉结轻轻滚动,一下一下性感得要命。

她脑子里走马观花地掠过这两三年的场景,情不自禁地开口喊了他一声。

贺昇抬眼,看着她雾蒙蒙的眼睛:"怎么了?"

"我爱你。"

她自然地说出这三个字。

窗外夜色正浓,那三个字说出来的一瞬间,于澄明显感到身上的人四肢一僵,连带着腹部的肌肉都紧绷起来。

时间似乎静止了,缓慢到于澄以为她男朋友是不是因为她的一句表白傻了的时候,贺昇这才缓过来。

他带着蔫坏的劲儿将她往下拽,汗珠顺着黑发滴落在于澄的脖颈上。贺昇笑了,开口道:"我也爱你,女朋友。很爱很爱。"

夜风呼呼地吹,拍打在玻璃上,造成轻微地震动。

两人肌肤相触,就算明天是世界末日,他俩都会爱着彼此,至死方休。

……

台灯终于被打开,贺昇转过身亲了她一口,假模假式地套上睡衣去洗澡。

于澄犯懒,一点都不想动,眯着眼趴在被窝里玩手机,才看到两小时前许颜给她发的消息:

175

齐荑跟祁原表白了！

班长喜欢的人竟然是祁原！震惊我一百年！！

于澄歪着头枕在枕头上，看到消息的一瞬间也愣了好几秒，仔细想想，又觉得这事好像在情理之中。看时间还不算太晚，于澄回消息问：然后呢？

许颜：祁原拒绝了她。

两人的事被班里的同学津津乐道了好几天。难怪齐荑成绩那么好，还年年分班考试混到他们班，她是班级第一名，但成绩跟第二名断层，中间能差出好几个A班的学生，原来是因为祁原。

怪不得高考成绩出来之后，南城的985、211学校随便她挑，她还非得往南边跑，原来也是因为祁原。

后来过了好长一段时间再谈起这件事，许颜还是忍不住唏嘘，觉得这姑娘够傻的，哪有喜欢一个人光知道帮他写作业的。

于澄听完难得有些感慨，齐荑从高一开始就跟几人待在同一个班，真要算下来，她在祁原身上也折腾了好几年，真是又傻又轴。

"在耳骨上打耳洞疼吗？"机场里人来人往，贺昇带着于澄往出口走，一路都在观察他女朋友，视线从她的耳骨到锁骨，再往下看到匀称的小腿。

今天的温度有十几摄氏度，于澄上身穿了一件卡其色V领针织衫，下身是修身复古的蓝色牛仔裤，这东西虽然是大众单品，但想要穿得好看是真的考验人的身材。

腿直不直、细不细，臀线和腰线一眼就能看出来，但他女朋友腿长腰细，穿条牛仔裤都引人注目得不行。

"还成。"于澄轻飘飘地吐出两个字，神情怏怏地朝出口的方向看。

"哦。"贺昇无聊地继续问，"那你为什么今天戴五颗耳钉，前几天不是一直戴三颗？"

"看心情。"

"什么心情？"

"觉得戴五颗好看的心情。"

"……"

就这样，两人有一搭没一搭地聊着天往外走，走出机场后，贺昇站在路边，挥手拦下一辆出租车。

大街小巷过年的气氛依旧在，树枝上挂着一个个苹果大小的红灯笼，对联喜庆地贴在门上，于澄看着它们，仿佛昨天才离开京北。

街景从车窗里晃过，于澄伸手把车窗摇下来，任冷风吹进车里，她呼吸着新鲜的空气。

南城已经开春，但京北的气温还没怎么上升，带着寒意。

这会儿不是早晚高峰，车子一路平稳行驶。回到公寓，于澄踢掉鞋子，疲惫地往沙发上一躺。

傍晚夕阳橙黄色的光线照在她身上，有种久违的温馨感，阳光透过一整面落地窗毫无保留地投射进来。

"晚饭吃什么？"贺昇走进厨房倒了杯水，把其中一杯递给她。

"不想动，随便点份外卖吃吧。"于澄有气无力地开口，盘着腿，仰起下巴看他。

"都行。"贺昇点了一下头，顺势在她身边坐下来。

"想吃什么自己点。"贺昇后脑勺枕在靠背上，把人揽过来搂在怀里，偏过头吻了她一会儿，才把手机打开放到她面前，"帮我也点一份。"

"好。"

她答应得干脆，过去了半小时，她也没挑出一个想吃的东西。

"怎么了？"贺昇看她那纠结的样子，嘴角勾起一丝弧度，模样又痞又懒。

"不知道吃什么。"于澄额头抵着他的肩膀，闻着他身上丝丝缕缕的薄荷味，闷声说，"我还不饿。"

177

"那就等一会儿。"贺昇凑过去又亲了她一口。

"嗯。"

落日西沉,室内静悄悄的,于澄躺在沙发上一觉睡得很香,睁眼就已经是晚上九点了。

"睡醒了?"听见动静,贺昇从厨房出来,倚在门边看着她睡眼蒙眬的样子。

"嗯。"于澄拿过身上的毛毯,伸了个懒腰,回过头问,"你在厨房做什么呢?"

"煮粥。"贺昇轻声开口,"喝吗?"

"不想喝。"

"为什么?"

"喝腻了。"

"……"

"以后我再学别的,这粥你男朋友煮了很久。"贺昇抬手抓了一把碎发,下巴微抬,一副死皮赖脸的样子,"你不喝就是不爱我。"

"是吗?"于澄站起身,眼神冷淡地瞥了他一眼,他还真是渣男语录信手拈来,"要是你真觉得我不爱你,我也没办法,分手吧。"

贺昇:"……"

他女朋友一点良心都没有。

话虽这么说,但于澄还是喝了半碗粥才睡觉。

她偏瘦,体重过轻不是一两年的事情了,小时候算是有点婴儿肥,后来有段时间吃什么吐什么,自然而然地就瘦下来了,加上高三复读那一整年几乎每晚都只睡四个小时,压根儿就没有长肉的机会。

所以贺昇每天都会一顿不落地问她吃什么,两人在一起时就一块儿吃,吃什么由她定,一顿都不能少。

没时间凑在一块儿时,他就一天到晚掐着点来问她,有种一定要把她养得健健康康,然后一块儿活到九十九岁的劲头。于澄心想,看在男朋友这么爱她的分儿上，就随他去吧。

京大的假期还算长，二月底开学。开学后，于澄又开始两头奔波。

能考上京大的人，就没不"卷"的，拼竞赛、拼保研、拼硕博连读，图书馆前天不亮就有人排队。于澄本来想躺平，一想到自己拼死拼活复读的一年，又觉得不"卷"对不起自己。于是她也随波逐流，跟着别人一起"卷"。别说按时吃饭，这两个月于澄通宵都熬了好几次，只要遇上焦虑的事情，她就整夜干熬不睡觉。

熬夜这事本来对她来说挺正常的，反正她经常失眠。直到这事被贺昇发现。

"快凌晨一点了，澄姐。"见于澄不搭理他，贺昇捧着脸看了她好一会儿，冷淡地开口，语气带着威胁，"是谁这会儿还在熬夜不睡觉？晚上不睡，白天不起，想让谁下半辈子守寡呢。"

于澄："……"

要守他守，反正她不守。

夜已深，窗外另一栋公寓楼只有零零星星的几盏灯还亮着，微风卷动窗帘，画室安静如初。

落地窗前，于澄专心致志地画着自己的画。这幅画其实不着急，但她就是不想睡，脑子里乱糟糟的。

见说完话她还是不动，贺昇抬起耷拉着的眼皮，瞅着不听话的女朋友，走过去，俯身从身后抱住她。

"干什么？"于澄回过头明知故问，睨着他，眼尾懒懒地上挑。

她手里举着调色盘和笔刷，不方便跟他较劲，只能缩着脖子避开他。

"你猜我要干什么？"贺昇喉结滚动，把她从地上拽起来，压在墙面上，单手捏住她的下巴，眼神带着揶揄，整个人又显出那股邪劲儿。

画室的灯一瞬间被按灭，整间屋子黑下来。于澄见状也不装了，放下调色盘热火朝天地跟他抱在一起窸窸窣窣地亲吻。

贺昇左手撑在她的头旁边,看着她死咬嘴唇的狼狈样儿,凑到她耳边低声开口:"还有劲熬夜吗,澄姐?"

"有。"于澄胳膊挂在他身上,不肯输阵地回答他一句。

"还有,那就再来。"贺昇嘴角轻扯,捏住她的下巴亲了一下,"开学才多久就又瘦回来了,不熬夜画不出来?"

"嗯。"于澄嘴上不肯让步,"我又不是什么猪崽子,多长点肉还能拿去卖钱。"

"不卖。"贺昇眼带笑意,低头轻轻咬了一下她的后肩,"我留着自己养。"

"养吧。"于澄眉头微蹙,白了他一眼,"养到你破产。"

贺昇不要脸地笑出来,声音有点欠揍:"那有点难,你男朋友太有钱了,很难破产。"

京北的四月份已经是春暖花开的时节,银杏道上阳光倾泻,树枝重新长出鲜绿微黄的新叶。于澄下课后抬腿往宿舍楼走。

她今天满课,整个上午都困得直打哈欠。方丁艾早上给她发消息,要她帮自己请一天病假,于澄准备趁午休的时间回去看看她。

宿舍门前,于澄拿出钥匙开门进去,屋里寂静无声,酒味冲天。窗帘被拉得严严实实,春光透不进来一点,要不是床铺上鼓起一个小包,于澄差点以为方丁艾不在这儿。

听见响动,方丁艾慢半拍地掀开被子,捏着眉心,浑浑噩噩地从床上坐起来,脸色苍白,嘴唇干燥起皮。

于澄看着她的状态,忍不住担忧地问:"去医务室了没?"

"没有。"方丁艾刚一开口,还没说什么,眼泪就开始大滴大滴地往下落。她胡乱抹着脸,声音嘶哑:"不用去,我没生病,我跟李子然分手了。"

床铺下好几个酒瓶七歪八倒，于澄的眼神下意识地瞟到方丁艾床头悬挂着的毛线篮，那里还有她给李子然织了一半的毛线玩偶。

看于澄靠在书桌前，视线落在她这边，方丁艾下意识地扭头，顺着她的目光看过去。

玩偶笑容灿烂地靠在篮子边沿，下半身还没织完。她伸手把玩偶扯下来，狠狠地用力往地上砸："我就是贱！像傻子一样跟他在一块儿待了半年！"

玩偶和毛线瞬间从篮子里飞出，散落一地。

"姐姐！"方丁艾哭着喊于澄，她像是漂泊在海面，拼命地去找寻一艘可以给她带来温暖的孤船，"我真的跟他分手了。"

"嗯。"于澄点头，看着她的样子，自己心里也跟着堵得难受。

虽然在同一个工作室，但她对李子然的印象并不深，李子然这个名字，还没有"方丁艾男朋友"这六个字对她来说更熟悉一些，她和李子然的交集都是在工作上。

因为方丁艾，于澄和李子然工作上有交集的时候，她都会有意无意地帮着方丁艾照顾点他。

"我是不是上辈子做了太多错事，这辈子连场恋爱都谈不好。"方丁艾说着，控制不住地把头埋进膝盖间痛哭起来。

情侣之间的事，局外人不好说什么。

于澄淡定地站在那儿看着她发泄。

十几分钟过去，见她哭得差不多了，于澄坐到她身边，轻拍她的后背，慢慢地安抚她。

"对、对不起。"方丁艾还在哭，眼泪根本止不住，但于澄能看出来她在努力控制情绪，咬着牙想让自己停止哭泣。

"没什么对不起的，想哭就哭吧。"于澄静静地等着她平静下来。

半小时过去，方丁艾才勉强压住一阵阵抽噎，从膝盖间抬起头来，眼睛肿得吓人。她艰涩地开口："你还记得他第一次送我礼物，送的那

181

个包吗？"

"嗯。"于澄点头，那个包她开学时就见方丁艾背过，后来又见到一个新的，当时还好奇来着。于澄回答她："你之前就有一个。"

"对。"方丁艾点头，嘴角扬起的弧度比哭还难看，"我昨天跟他出去，看见了他跟他哥们儿的聊天记录。"

她轻声告诉于澄："他跟他哥们儿说，我不愧是从小地方出来的，一个假包就能骗到床上去。"

从昨晚到现在，每次想起那两行字，都像有人拿着一把刀子插进她的心里。

于澄一愣。

宿舍没开灯，方丁艾看着从窗帘缝隙透进来的光，眼泪无声地往下掉。大概是觉得为了这么一个人渣哭成这样丢脸，她又狠狠地抹掉眼泪："那个包，高考完我爸就给我买了，我摸第一下就知道他送我的那个是假的，但我以为他是被店家骗了，就没告诉他。"

听完这几句话，没完全了解详情，于澄已经觉得够伤心的了。

方丁艾的家庭情况她知道一些，不是什么大富大贵的人家，但也是富足的小康家庭。

爸妈都是公务员，她是独生女，因为有些家底，她高考填志愿时才能随心所欲地选择自己喜欢的编导方向。

看着散落一地的毛线，方丁艾肩膀塌着，表情灰败："原来被骗的是我。"

自己嚷嚷着要做一个为爱冲锋的勇士仿佛是个笑话，她抬手抹掉眼泪："以后我真的不信爱情了，这次摔得太惨了。"

还没等于澄想好安慰她的话，她主动靠过去，咬着牙抱住于澄，把脸埋在她怀里轻声喊她。

"怎么了？"于澄抬手顺着她的后背，搂住她发抖的身体。

"姐姐。"方丁艾哽咽着说，"我这个月'大姨妈'没来。"

陪方丁艾去医院的那天,正好是劳动节。

日光刺眼,于澄抬手挡在眼前。

头顶的槐树开着花,枝干粗壮苍劲,成片的绿叶随风飘扬。

两人从医院出来后,一路沿着街边散步,看橘猫窝在房顶,老人晃着摇椅微眯着眼睛。

"我昨天看他的微博,跟一个小网红绑在一块儿营销。"方丁艾掏出外套兜里的检查单,捏在手里揉成一团,扔到铁皮垃圾桶里。

"工作室安排的。"于澄随口告诉她。

"嗯,我已经不在意了。"她平静地开口,谈起这个人也不再有撕心裂肺的心痛感。

哭完几天后,她也想开了。这事搁在谁身上都会伤筋动骨,短时间内想完全走出来很难,只要能不继续钻牛角尖就够了。

她才二十岁,得朝前看。

"他爱跟谁在一起就跟谁在一起吧,祝他们天长地久。"方丁艾拢拢被风吹乱的头发,双手插进牛仔外套的兜里,视线落在长街尽头。

"天长地久不了。"于澄冷声道。

"怎么说?"

"因为狗改不了吃屎。"

方丁艾赞同地点头:"说得好。"

假期街上人流量大,两人闲逛了一下午,都不打算早回去。于澄无所谓,但方丁艾想放松放松,毕竟成天闷在宿舍也不是个办法。

夜幕降临,霓虹闪烁,夜间才是一座城市最繁华喧嚣的时候。

京北商业区灯红酒绿的一条街上的店铺陆续开始营业,路上的行人勾肩搭背。两人沿着街走,挑了一家看起来还算有氛围的夜店,掀开门帘踏上阶梯进去。

五月初的天,说热也热,说冷也冷,吊带背心、长裙、卫衣、外套,穿什么的都有。

于澄穿着黑色收腰长袖衫、牛仔短裤、马丁长靴。相比之下，方丁艾简直像个被她拐带出来的未成年人。

这家店五一有活动，来的人多，氛围也好，舞曲一首接一首地放，开场的激光硬核地划过星空吊顶，灯光激情四射。两人互相钩着腰，在蹦迪台上晃悠了好一会儿才下来。

"你真的很招桃花。"方丁艾抱着外套，扯了扯自己白T恤的领口，感觉后背都是汗，视线粘在今晚第四个来跟于澄搭讪的人身上。

"还行吧。"于澄平淡地说。

两人找了个位子坐下点酒水，于澄要了一杯车厘子气泡水。

"姐姐，带烟和打火机了吗？"方丁艾问。

"嗯。"于澄抬手，从皮包里拿出烟盒和复古打火机抛过去，头顶的射灯照在打火机的金属壳上，映出锃亮的光。

"还好没怀孕，不然我真得硌硬一辈子。"方丁艾垂下眼皮，靠在椅背上吸了一口烟。

她很少抽烟，动作并不娴熟，于澄的烟薄荷味太重，她抽第一口时差点被呛到。她的手指无意识地点着酒杯："这样也挺好，也算及时止损。我们在一起时，买电影票的钱我出，吃饭的钱AA制，回过头一想，我到底是怎么忍了他半年的？"

于澄淡淡一笑："没事，吃一堑长一智，下回长点心眼。"

方丁艾骂了个脏字："下回再给男人多花一毛钱，我就是冤种。"

"嗯，守好你的小金库。"于澄抬起眼看她，"那可是你爸妈给你在京北安家的钱。"

"别提了。"方丁艾撇着嘴，趴在桌面上，"我这会儿就觉得我最对不起我爸妈，他俩那么疼我，我倒好，成天浪费青春、浪费光阴在渣男身上。"

她说着，眼圈开始泛红："幸亏他俩不知道，不然肯定会哭死，得连夜坐飞机往这儿赶吧。"

一整晚于澄几乎都是在听她说，偶尔回应两句。这话题快结束时，于澄从冰桶里拎出一瓶啤酒，打开后递过去，冷气从棕红色的瓶口涌出。

方丁艾接过，扬扬手里的酒瓶："来吧姐姐，干一杯！"

"嗯。"于澄也举起手中的气泡水，微眯着眼笑着说，"干杯。"

两人一来一往地喝到半夜，于澄滴酒没沾，只点了两杯气泡水，直到方丁艾把自己灌趴下。

"我就当被狗咬了。"方丁艾骂着，攥着酒瓶子不肯撒手。

"好了，我们该回去了。"于澄扯扯她的袖子，看她还能不能起来，起不来的话她就打电话喊人把方丁艾扛回去。

"嗯。"方丁艾半死不活地从酒桌上抬起头，两手撑着桌子站起来，"走吧。"

"真能走？"于澄笑着看着她。

"那当然，这点酒算什么，我在家都喝白的。"

"真棒。"于澄真诚地感叹。她这种半杯倒的，简直想象不出来那个场面。

结完酒钱，于澄扶着方丁艾，撩起门帘走出去。酒量再好的人，几大瓶酒喝下去也没法跟没事人一样，脑袋发蒙、脚底发飘是酒精上头的正常反应。

于澄拖着她的胳膊，让她靠在路灯杆子上分担一部分重量，单手拿出手机打车。

假期中车子不好叫，现在又是夜生活最高潮的时刻，打车界面显示需要等待三十分钟，另一个 App 上显示前面还有三十八位排队打车的乘客。

"得等一会儿了，车不好打。"

"嗯。"方丁艾靠在杆子上，一双圆润黑亮的眼睛盯着她，"没事，我不想吐，你别急。"

于澄笑起来，收起手机："好。"

京北深夜的大街上也依旧人影幢幢，赶着假期，上班的、上学的、过来旅游的，成群结队地游走在大街上。

两人并排坐在马路牙子上，夜风习习，方丁艾觉得氛围不够，又扭头从刚才待的酒吧里买了两瓶酒出来，看着道路上来往的车辆和霓虹灯继续喝。

"有皮筋吗？"于澄偏过头看向方丁艾，没几分钟的工夫，她跟前就多了一个空瓶子。

她是真能喝啊，除了去厕所的次数多，人一点不发蒙。

"没有，不过我有夹子。"方丁艾把酒放在脚边，放下书包，从里面掏出一个金色鲨鱼夹递过去。

于澄接过："谢谢。"

风越吹越大，她的头发被吹得乱飞。

距离两人三十米的马路对面，一辆宾利缓缓驶来，而后停在她们面前。于澄低着头没注意到，直到视线里出现一双锃亮的深棕色皮鞋。

她抬头，视线沿着两条腿往上看，看到穿着一身暗蓝色西装的乘风唐站在她面前，正低头打量坐在一块儿的两人，视线在方丁艾的身上停留了一会儿后，又转向于澄。

见于澄注意到他了，乘风唐的眼神略带嘲讽："贺昇不要你了？大半夜蹲在路边要饭。"

"不会说话就闭嘴。"于澄冷眼瞧他，想不通怎么走到哪儿都能碰见这个老男人。不过她转念一想，这边娱乐场所这么多，在这儿遇见他再正常不过。

乘风唐镜片后的眼睛扫了一眼于澄的手机屏幕："打不到车？"

"嗯。"于澄点头，自然地说，"你忙吗？不忙的话送我回去。"

"你倒是真不客气。"

"跟你客气个什么劲。"于澄的眼神淡淡地瞟向他的车，"车里没有其他女人吧？"

她对乘风唐这方面不敢保证，觉得以他的品行，车里有两个女人都不足为奇。

"嫌弃就别坐。"乘风唐冷笑，"在这儿等着吧。"

说完，他转身抬腿就走。

"你还真走了？"于澄挑眉，看着老男人无情地回头迈步。

"嗯。"乘风唐停下脚步，转过身垂眸看她，"不然陪你在这儿吹西北风？"

"……"

不知道得等到什么时候的出租车和停在眼前的宾利，于澄当然选择后者。也不管乘风唐那张嘴能毒到什么程度，于澄拎上包，带着方丁艾就坐了上去。

"去哪儿？"乘风唐开口问。他不喜欢把生命安全交付到他人手里的感觉，一向是自己开车。

"京大。"

说完这句后，车里就没有人再说话。车厢安静，于澄靠在车窗上，翻看着手机上的消息。

贺昇最近忙着写论文，被老师盯得紧，于澄基本不去打扰他，手机上的消息还是他几个小时前发来的：晚饭吃了吗宝宝？

于澄嘴角不自觉地勾起，回复他：吃了。

其实她没吃，光喝气泡水了。

车子平稳地行驶了一会儿后，驾驶座上的手机响起铃声，乘风唐连接蓝牙，接通电话："什么事？"

"就安排给他吧，除了听话，李子然目前也没别的用处。"

"嗯，以后这种事你自己做决定，用不着找我。"

乘风唐挂断电话，眼神从说出第二句话开始，就通过后视镜和方丁艾的视线交会。

"你认识他？"他随口问。这小姑娘一上车就低着头，听到这名字

187

反应大得像是听见了仇人的名字。

"嗯。"方丁艾轻轻点了一下头,不想多说。

"也是,你们都是京大的。"乘风唐轻飘飘地收回视线,自然地问,"你今年多大?"

挺平常的一句话,原本准备休息一会儿的于澄闻言立马睁开眼,太阳穴一跳:"比你小十二岁。"

方丁艾:"……"

"那就是二十岁。"听出于澄话里话外护犊子的劲儿,乘风唐反倒笑起来,"我正好比你大一轮啊。"

"要说话就好好说,别跟个老变态一样。"于澄冷冷地回怼一句。

虽然方丁艾三番五次地被渣男伤害,但纯属是这姑娘的性格导致的,被家里人保护得太好,人太单纯。单看长相她就是清纯的邻家妹妹,外加有点个性,挺招人喜欢的,不然之前也不能被李子然盯上。

"你对我偏见倒是挺大。"乘风唐不跟她计较,"以后得喊老师。"

"……"于澄重新闭上眼,靠回椅背,不搭理他。

事情再怎么狗血,时间也能治愈一切,更何况二十岁的年纪,只要还能爬起来吃口饭,就没有过不去的坎。

等到快放暑假的时候,在方丁艾身上已经看不到什么失恋的影子了,她整个人又恢复了以前的朝气,每天把自己的日程安排得满满的,全身心投入她的摄影室里。

而这个暑假,于澄几乎是连着在国外待了两个月。她出国没别的原因,是乘风唐干的,嫌她碍事,报复她。

之前于澄跟乘风唐简单地谈过一次,讲了一下李子然的事,把一些他对方丁艾做过的事省略了,大概的意思就是让乘风唐这种收不住心的人别来祸害人家。

一是方丁艾不可能没名没分地就愿意跟着他;二是让她短时间内接受一段新恋情不现实,更何况对象还是他这样的人。

但这老男人避重就轻地只回应了一句:"跟我在一块儿的姑娘,都没吃亏过。"

紧接着,李子然所有的官方社交账号被注销,在业内算是被封杀,这事挺出乎于澄意料的。随后,她的工作地点也直接从京北变为佛罗里达。

骄阳似火,宿舍楼下的银杏树绿叶成荫。

于澄倚在宿舍阳台无聊地抽着烟,想着这两个月让方丁艾独自面对老男人的攻势,有些为难她。

临走前一晚,于澄又拉着她出门喝了一顿酒。酒吧灯光昏暗,她也没说什么,就提了一嘴老男人不会勉强别人,别惯着他。

方丁艾压根儿没听懂。

这两个月,除了被乘风唐摆了一道让她不爽,于澄过得还是挺开心的,佛罗里达的夏天光照强,穿着比基尼冲浪,在海滩的棕榈树下乘凉,工作空闲之余,她玩得不亦乐乎。

其间贺昇过去找过于澄一次,但他事情也多,没待两天又返回国内。

在这种长期异地相隔的状态下,贺昇刚开始还能每天正常地问候于澄,视频聊天、打电话,问她一日三餐的情况、起没起床、睡没睡觉。到后来,就变成跟她撒娇了。

他每天最起码要发十遍"宝宝,我好想你"。

她没理他,晚上再看的时候,又多出一条消息:想你想得床头那包纸都快用完了。

于澄:……

隔天,贺昇早上还没睡醒的时候,就被一阵敲门声吵醒。

他睡眼惺忪地拉开门,穿着快递员工作服的小哥站在门前,搬着有半个人高的箱子,礼貌地开口:"您好,一百二十包抽纸,麻烦您签收一下。"

"……谢谢。"

这是两人连续没有见面的第二十八天,贺昇跷着二郎腿坐在沙发上,眼皮耷拉着看着这一百二十包抽纸,随后拿起手机拍了一张照片发朋友圈,还写了一行文案。

——全世界最好的女朋友。

第十章

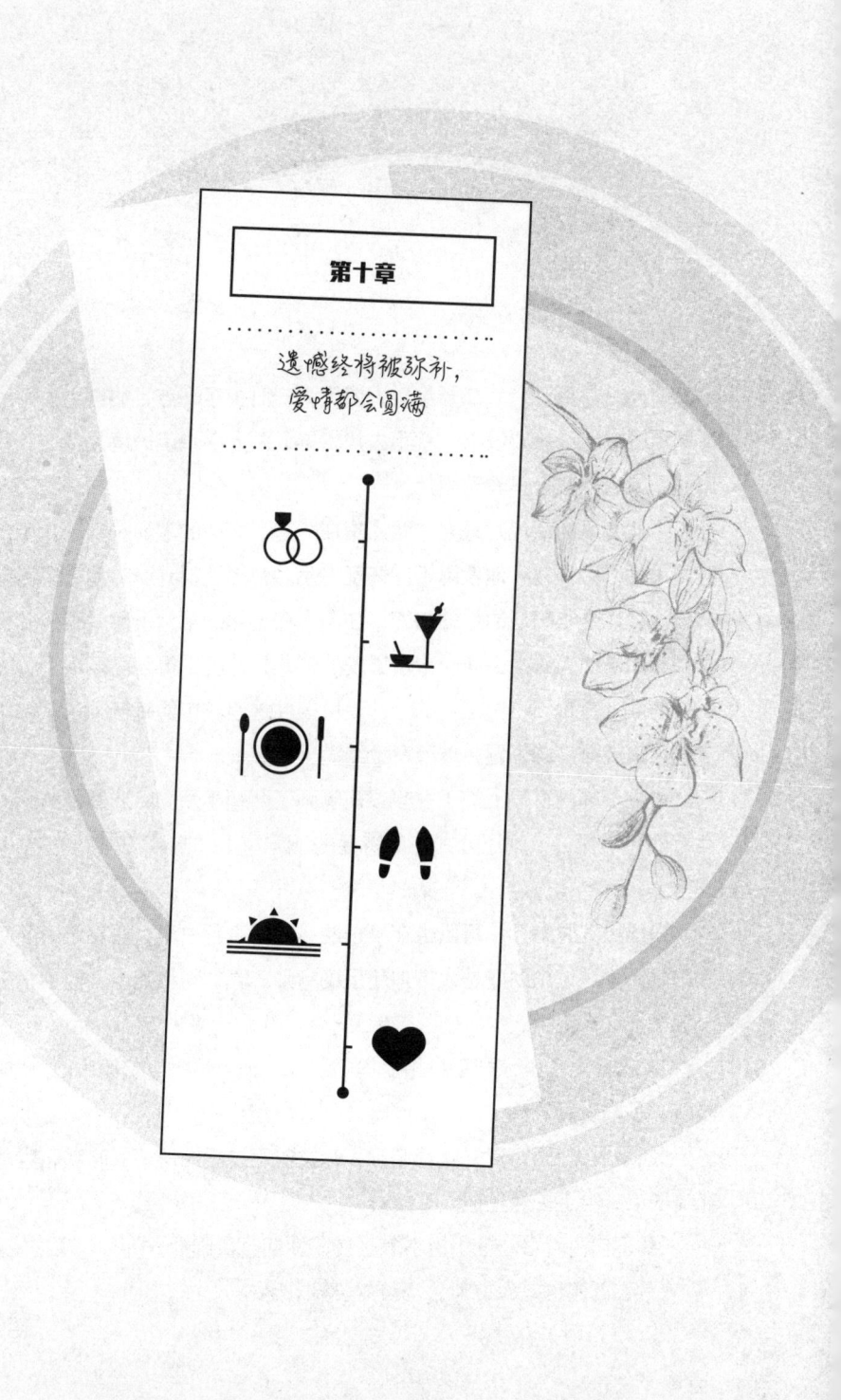

遗憾终将被弥补,
爱情都会圆满

时间一晃而过，大二开学后，课比大一时少了一点，能自主安排的时间更多。于澄只要没事，就跑去找贺昇，两人手牵手一块儿逛街、看电影，或者宅在家里看动画片。

用沈毅风的话说，只要这两人聚在一起，恋爱的酸臭味隔着几里都能闻见，一看到两人他就忍不住怀疑人生。曾经让贺昇一时羡慕得不行的给沈毅风送小皮筋的他的初恋，在两人在一起的第六个月就跟他分手了，对比这两人看上去能一辈子恩爱的样儿，他就觉得自己很惨。

外面大雪纷飞，白茫茫的一片，覆盖住这座城市的每一个角落。

火锅店靠窗的位置，玻璃窗上结满一层雾气。

桌位相邻的窗户上被于澄寥寥几笔画了两颗小爱心，还有简笔画的奥特曼和小怪兽，她还分别在奥特曼的下方写上"于澄"，在小怪兽下方写上"贺昇"。

锅里热气腾腾，沈毅风坐在桌子的另一侧直翻白眼，看着对面的两人边涮肥牛边讨论到底是大古帅还是飞鸟帅。真的幼稚死了，他小学三年级就不这样玩了。

"帅吧？"于澄点开手机相册里的照片，把屏幕举到贺昇眼前，"这眼睛，多好看啊。"

"还是大古帅。"贺昇嗓音低沉，耷拉着眼皮看向屏幕，胳膊屈肘搭在椅子上，看上去像是把人半搂着。

"要不你再看看？"于澄不怎么赞同地回过头瞧他。

"看一百遍也是大古帅。"贺昇丝毫不让步。

"……"

"你俩不是请我吃饭吗，干吗呢？倒是来个人搭理我一下啊。"沈毅风瞅着他俩，心里一阵后悔。

他就是闲得慌，才会答应跟这俩人出来吃饭。他现在甚至怀疑是不是火锅店有满三人打折的活动，他是被拉来凑数的。

"你不是在吃着吗？"于澄不怎么理解地抬头看他一眼，冷漠得很，"不够吃就说，给你加菜。"

"……"

这两人哪是请客吃饭，这是出来遛狗来了，遛他，单身狗。

遇人不淑，沈毅风认命，一个人闷着头涮肉，装作自己眼瞎，忽略这两人。他现在也算有过感情经历，发现恋爱这事就是说不准，有点玄乎。

就像他第一次见贺昇，看到这人长着这张脸就认定他肯定是渣男，但没想到这人其实又跩又冷淡。这种冷淡劲儿一直持续到高三本部、分部合并，于澄过来。

换个角度看，他也佩服贺昇，毕竟于澄那个劲儿，一般人也挺难驾驭的。

看上去差了十万八千里的两人能这么凑到一起，孜孜不倦地讨论大古和飞鸟谁更帅的问题，沈毅风觉得，大概属于自己的缘分还没到。

一顿火锅吃完，他忽然看开了。

白雪皑皑的街上张灯结彩。

夜幕早已降临，路上的人行色匆匆，今天过节，街上洋溢着欢快的气氛。

吃完后，两人去超市买完零食一块儿回到公寓，于澄脱掉外套往沙发上一躺，拿起手机投屏，把上次没看完的动漫调出来接着看。

这部动漫很经典，结印手法风靡于每一个中二少年年少轻狂的时期，高能热血的画面一幕幕掠过，但于澄已经看过好几次了，没有一点悬念，这是她专门放给贺昇看的。

北风呼啸而过，拍打着阳台的玻璃，室内温度适宜，加湿器在角落间歇喷洒雾气。

"要不要喝水？"贺昇低头看她，右手搭在于澄身上，有一下没一下地捏着她的腰玩。

"不喝。"于澄摇头，把脑袋枕到他腿上，声音发懒，"看完再说。"

"嗯。"贺昇点头。

闭着眼都知道主角下一步要怎么操作，于澄的心思自然没放在动漫上。

一集动漫还没进入尾声，她就已经不老实起来，爬起来，坐到贺昇面前面对着他。

剧情还在推进，贺昇丝毫不为所动，视线专注地往屏幕看。

"好看吗？"于澄舔了一下唇，趴在他颈窝旁，手也不老实起来。

"好看啊。"贺昇嗓音低沉地笑了一声，攥住她的手固定在怀里，俯身在她耳侧亲了一口，"宝宝，等我把这集看完。"

"好。"于澄笑着点头。

放在脚边的手机传来一声振动，于澄伸手把手机拿过来。

"怎么了？"贺昇跟着她的动作看过去，揽过她的腰又把人拽回来。

"没什么。"于澄把手机在他面前晃了两下，边在屏幕上戳来戳去地回复消息边说，"方丁艾把乘风唐灌趴下了，问我能不能找到人把他带走。"

贺昇垂眼看着她弧度好看的后脖颈，问："乘风唐还没放弃？"

"嗯，不过小艾同学现在只想搞事业。"于澄扬眉，抬手摸了一下耳骨钉，微眯着眼睛，"老男人活该被灌。"让他一天到晚总坑她。

两人有一搭没一搭地聊着，听着动漫里的打斗声，于澄抬起头仰视他："男朋友？"

"嗯。"贺昇把水送到嘴边喝了一口，喉结微动，"怎么了？"

光线打在两人身上，于澄眼睛都不眨地盯着他的下颌线看，棱角分明，线条清晰。她顺着他的下颌线一路看到锁骨："你怎么这么好看啊。"她看了好几年都不腻。

"遗传啊。"贺昇轻轻勾起嘴角,低头看着她,"要是你想让咱俩以后的孩子也这么好看,也行。"

北方的冬天漫长,春去夏来,京北的槐树叶又生芽,泛着新绿一串串地在微燥的风中飘荡。

跟在南城一样,这座北方的城市也渐渐有了属于两人的回忆。

大二第二学期快结束时,于澄带着贺昇去江家吃了一顿饭。贺昇去之前,坐在笔记本电脑前搜了一天见家长的攻略,半夜都在她身边翻来覆去地睡不着。

"紧张吗?"于澄幸灾乐祸地看着他。

"不紧张。"贺昇面色冷淡地回答她,两只手紧紧地扣在跑车的方向盘上,一路都没松开,紧张得快要呼吸不过来。

京郊道路空旷,兰博基尼的声浪从市区一路响到江边,穿过田野和树林。

"真厉害,不愧是贺日日,见家长都这么淡定。"于澄心口不一地夸他,嘴角微勾,伸手把音响的音量调大。

车一路往东边开,江家在京郊有好几座宅院,东郊这栋环境清幽,二老平时都住在那儿。

怕年轻人不自在,今天江家没别人,江外公的态度说不上冷也说不上热,打量了两眼贺昇,收下见面礼后就转过身继续跟许光华下棋。

"我坐在这儿就行?"贺昇后背靠在沙发上,垂眼扫视了一圈。

这边是客房,只有贺昇和于澄在:"我是不是应该去厨房帮帮忙什么的,给长辈留个好印象。"

"不用。"于澄想了一下,"我妈在客厅,我外公在下棋,我外婆在隔壁屋子看电视呢,你去厨房给谁留印象啊?"

"……噢。"贺昇懒洋洋地伸手抓了两下头发,搂住于澄,下巴抵在她的颈窝上,叹了一口气,"那万一他们说我懒,你得帮我说话。"

"嗯,放心吧。"于澄点头,给了他一个肯定的眼神让他安心。

屋里无聊,没待多一会儿,于澄又领着贺昇出去。许惜坐在地毯上流着口水,她已经可以咿咿呀呀地喊人了。

"suài……suài……"许惜歪着脑袋看贺昇。

"吃糖吗?"贺昇站在那儿,低着头驴唇不对马嘴地问。

"她夸你帅呢。"于澄帮他翻译过来。这个字是她教的,她最清楚不过。

"哦。"贺昇点头,没什么表情。

趁别人都不在的时候,他又跑回来,朝许惜问:"哥哥是不是很帅?"

"suài……suài……"许惜只会重复这一个音。

"真乖。"贺昇嘴角勾起一丝弧度,不要脸地蹲下来,拿走她手里的玩具,"喊姐夫,喊了再给你。"

许惜:"hū……hū……"

"……"

"你干吗呢?"于澄洗完手回来,抱着胳膊倚在门框边看着这两人。

"没干什么。"贺昇温柔地摸摸小朋友的头,站起来,神色如常,"你妹妹玩具掉了,我帮她捡一下。"

"……"

考虑到晚上还要回学校,两人只在江家待了半天。

江外公全程没给贺昇笑脸,但他们临走时,于澄的外婆笑眯眯地给贺昇塞了个红包,比她第一次见许琛时给得还多。

明眼人都能看出二老心里很喜欢贺昇,年轻人样样都没得挑,人又懂理有度,最重要的是,他们能看出他对于澄是真的好,就是有点烦他那个乌烟瘴气的家庭。烦完又觉得他也挺让人心疼,觉得这孩子出落成这样不容易,靠的都是他自己。

"以后有空常来啊。"外婆看着贺昇,越看越满意。江眉颜站在一旁,脸上带着淡淡的笑容。

"嗯，我会的。"贺昇听话地点头。

他穿着简单的白T恤、运动裤，短发干净利落，牵着于澄的手，乖得不得了。

昨晚他还在手机上翻看了好几篇过来人写的小作文，怕自己做不好让澄姐为难，但准备的一肚子说辞和保证都没派上用场。以防万一，他还到李晨颂的事务所打印了几份协议放在后备厢，没想到一顿饭就这么简简单单地吃完了。

两人打完招呼后就驾车离开，趁着有空，贺昇带着于澄去燕京山转了一圈。

摇滚歌曲环绕在耳边，两人追逐着落日与黄昏。贺昇最喜欢的车还是兰博基尼，只有接于澄的时候才换成开那辆奔驰大G，对此两人心照不宣。

耳边风声呼啸，夹杂着跑车的声浪割裂空间的声音。

天色渐暗，回去的路上贺昇心情很好，厚厚一个红包放在车后座，他握着方向盘，嘴里一路都在轻哼着歌，连初夏的晚风都跟着变甜了。

"男朋友，你现在看着真的很得意。"于澄忍不住偏过头睨他一眼。

"还行吧。"贺昇假模假式地谦虚。

"那你以后还去我家吗？"于澄问。

"去啊。"贺昇涎皮赖脸地点头，"外婆说了，让我以后常去。她没跟你说吧？"

"……"

于澄半天没找到合适的话夸他，这人挺自觉的，还没怎么着呢就改口了。

因为大一暑假时于澄被乘风唐摆了一道，在国外整整待了两个月，原本想回附中看老徐的事情也耽误了。

所以大二还没放假时她就想着今年无论如何得回去一趟。没想到刚考完试,她就又被派去了佛罗里达,她对那儿熟悉,工作交给她也无可厚非。

好在这次用不着在那儿待太长时间,事情做完她就能回来,她跟贺昇说好到时候一起回附中。

这一年暑假沈毅风也没回南城,大三结束,他留在京北找了一家公司实习。于澄在国外,贺昇空闲时就约他出来打篮球,等沈毅风下班了,两人一块儿到球场上转两圈。

贺昇的球服还是万年不变的火红色,球服号是27,号码颜色搭配黑色还是白色看他心情。

"于澄什么时候回来啊?她都出国一个星期了。"沈毅风甩着手给自己扇风,脸颊热得发红。

"不知道。"贺昇耷拉着一双眼,无精打采地掂着手里的球,"快了吧。"

"哟!"沈毅风嘴欠地打趣,"她人不在,你的心也飞了吧?一副欲求不满的样儿。"

"嗯?什么不满?"贺昇抬眼,眼神冷飕飕地朝他看过去,没看几秒,突然抛起手里的球朝他用力地砸过去。

沈毅风猝不及防,往后闪没避开,结结实实地挨了这一下,揉着大腿龇牙咧嘴地骂:"你还是不是人啊,说动手就动手。"

"不是啊。"贺昇冷淡地转过头,漫不经心道,"你不是一天到晚地骂我吗,我就这样。"

"……"

沈毅风服了,他沉默了一会儿,骂骂咧咧地过去捡起球扔给他。

傍晚金乌西沉,令人燥热的高温也逐渐下降。

一场球打完,沈毅风去上厕所,贺昇等他回来再一起回去,一个人靠在球场边缘喝水、擦汗。

球场紧挨着公园,绿化环境好,这个点是出来散步的最佳时间。天还没黑,温度也不灼热,路边人来人往。

他一个人站在铁丝网旁边，个子高，长相打眼，有人从球场边缘路过，没忍住偷拍了他。

偷拍者一开始是把照片上传到"最帅男大学生""最帅男高中生"的网络话题里，贺昇没穿校服，年纪看着又不大，直接就在这两个话题里轮番火了一把。

于是在相隔一万多公里的佛罗里达，于澄也看到了这两张照片。

天边晚霞辉映，云层翻涌。

人影憧憧的球场上，贺昇单手握着矿泉水瓶，右手无意识地撩起球服下摆擦汗，露出一截精瘦的腰，抬手把额前汗津津的碎发往后捋。

另一张是他仰起脖颈，用手背擦着锁骨上的汗，整个人又欲又撩。

重点是偷拍的机位在侧面。

在火红色球服的映衬下，贺昇的冷白皮显眼，比这个更吸睛的，是他右侧肩胛骨上方的一处花体文身——

　　　　hs&yucheng

　　　　（贺昇&于澄）

因为之前的热搜，网络上有一部分人记住了他们，特别是那些"颜值即一切"的年轻妹妹。

两人都家世显赫，网友没本事扒出他们的具体背景，但得到的信息也大差不差。

文身亮了，他真的好帅，呜呜呜！

妈妈，我又嗑到了！

友情提示：看到哥哥的照片想存就赶紧存，因为说没就没。

他俩到底什么时候结婚？哥哥什么时候到法定结婚年龄？啊啊啊！

讨论的范围越来越广，微博上一直有一个关于贺昇的超话，粉丝有几百人，也有CP粉常驻，因为超话名字避开了"贺昇"这两个字，规模又不大,所以上一次清理和他有关的信息的时候,侥幸留存了下来。

这一次因为这两张照片,超话里又拥进来一批新粉丝。

于是没过几个小时,超话就不见了,被清理了。

一夜过去,于澄睡着时梦里都是这两张照片,第二天一早她就撂挑子不干了,订了最早的航班飞回国内。

这男人隔了半个地球也能勾引到她。

"想我了吗?"于澄拎着行李箱,穿着吊带裙出现在公寓门口的时候,贺昇直接愣住了。他不知道于澄要回来。

"想啊,当然想。"贺昇倚在门边,轻轻眨了一下眼,把人拽进来,用力揉进怀里,嗓音都带着笑意,"想死我了,女朋友。"

几天后,两人抵达南城,于澄在微信上问过赵炎附中的老师们什么时候放假,她得赶在老徐放假之前去看他。

赵炎直接把朋友圈截图发给她,是老徐在海南度假的照片,说带高三的老师们高考完就解放了。

学生熬得苦不堪言,老师又何尝不是?高中三年,也没见哪次早读班主任缺席过。

细想一下,于澄觉得确实是这个道理,更何况老徐是百年难遇的好班主任,也比别人操心得多。

窗外骄阳似火,校门口的梧桐正绿,贺昇端着两杯奶茶从吧台走过来,把一杯放到她面前,挥挥手打断她发呆,似笑非笑地问:"想什么呢?"

"在想老徐什么时候回来。"于澄利落地把吸管"咚"地插进去,吸了一口,忍不住感慨,"青春的味道。"

"青春的味道?"贺昇没听懂,"什么青春的味道?"

"奶茶。"于澄把青绿色的奶茶杯举起来,回忆着,"你还记得吗?高三那会儿,你每回给我带的都是这款奶茶。"

"嗯。"贺昇也跟着回想起来。

这会儿正是中午放学的时间段，枝叶的缝隙间阳光耀眼，三三两两穿着附中校服的学生路过，挽着胳膊或是勾肩搭背，偏过头跟同伴有说有笑。

"今年的毕业典礼在后天，老师们都在。"贺昇嗓音低沉，视线从窗外又落回她身上，"我们毕业典礼回来吧。"

他高中没有参加毕业典礼，于澄也差一场跟他一起经历的毕业典礼。

"后天？"于澄微愣，"后天八号。"

七月八号，贺昇的生日。

"嗯，我知道。"贺昇看着她笑，弯起胳膊往椅背上靠，"我也想回来。"

他们是在附中认识的，所以这件事，他也想在附中完成。

"真的？"于澄不确定地问。

"嗯。"贺昇确定地点头。

"那好。"杯子里的奶茶渐渐见底，于澄捧着脸看他，"明晚我去找你。"

两人认识的第一年和第二年，贺昇过生日时他们没在一块儿，第三年，她又身处佛罗里达，真要认真算算，这应该是她陪在他身边给他过的第一个生日。

"阿姨回去了？"贺昇抬眼，手无意识地搅动着杯中沉底的芋泥。

江眉颜恰好这段时间也在南城，所以于澄才没法跟以前一样，肆无忌惮地整天待在贺昇那儿。在长辈面前，她还是得装装样子。

"还没，但我晚上回去睡觉就行。"

"行，你放心，"贺昇轻笑一声，"肯定让你回去睡觉。"

"……"

两人约好了第二天晚上见面，这次回南城难得清闲，贺昇一个人直接睡到日上三竿，紧接着被一阵敲门声吵醒。

"开门贺昇，我要被热死了！"沈毅风在门外没完没了地咋咋呼呼。

他正好有假，跟两人一块儿回来的。

"你再不开门，我马上就中暑了！"他坚持不懈地喊了十几分钟后，门终于被打开，冷气从门缝漏出来，沈毅风直接侧着身子挤进去。

"你来干什么？"贺昇关上门看着他，神情怏怏，还没缓过神。

"找你打球啊。"沈毅风大大咧咧地往沙发上一躺，"赶紧收拾收拾，一块儿打球去。"

"大中午的打什么球？"贺昇跟看傻子一样看着他，"热死了。"

"……"

今天室外温度三十七摄氏度，开窗户都嫌热，结果沈毅风没完没了地缠着他。

"求你了，我今天就是想打球，不打浑身都难受。

"就打一会儿，真的，求你了。"

"……"

贺昇实在没辙，只能跟他出去，好在室内球场离这边打车只需要十分钟。夏季虽然炎热，体育馆的生意也好得不得了，一眼望过去全是光膀子打球的。

"打吧。"贺昇面色冷淡地把球抛向沈毅风，一副"我打不死你"的架势。

"来了！"沈毅风煞有介事地冲他挑眉，一个跳投，激动得搓手。

球场上两人来回碰撞。打球这件事，一般打一两个小时，过把瘾就行，更何况两人一向喜欢打全场，打一个小时体力都不一定够。但不知道沈毅风今天吃错什么药了，拽着他到下午也不肯让他走。

"别走，再陪我打会儿。"沈毅风躺在地板上，拽着他的裤腿不肯松手。

"……"

贺昇低头看着他，舌尖轻舔一下后槽牙："风儿，你看上去快要累死了，你知道吗？"

沈毅风一脸的生无可恋:"知道。"

"行了,我真得走了,晚上跟于澄有约呢。"贺昇从他手里拽过自己的裤腿,不想再跟这人浪费时间。

"别走。"沈毅风翻个身,伸手拽他,结果没拽住。

"哎,等等!"眼看拦不住了,沈毅风眼一闭,心一横,索性直接说出来,"就是于澄叫我把你喊出来的!"

贺昇脚步一顿,转身回头看着他。

"真的。"沈毅风半死不活地躺回去,也不知道这两人搞什么鬼,"骗你我是小狗,她让我把你拖到她发消息给我的时候,再把你放回去。"

"……"

这下贺昇一瞬间就想通了,抬脚走到他身边,垂眼看着他,嘴角缓缓扯出一个弧度:"说说,她给了你多少钱啊,你都累成狗了还拖着我打球。"

"哎,也没多少吧。"沈毅风不好意思地竖起几根手指。

"挺黑啊你。"贺昇收着力踢了他一脚,"行了,不难为你了,咱们去网吧待一会儿吧。"

"好,太好了,不打球就行,我真的要累死了。"沈毅风如释重负,他特意拉来帮忙的陈秉几人早跑了,就他累得像只死狗一样还坚守岗位。

闲得无聊,两人真就在网吧一直待到半夜。等到于澄发来消息时,沈毅风已经困得头都要掉了。贺昇没管他,出网吧在门口打了辆车就往回走。

路边树影幢幢,月朗星疏,弯月挂在深蓝如墨的天边。老小区一共有六层,贺昇站在楼下,抬头往上数。

一层、二层、三层、四层……他的那间屋子,灯是亮着的。

楼道里静悄悄的,墙壁是老旧的灰白色,他一步一个阶梯往上走,一层到三层还是正常的,当他刚在第三层转弯时,入目便是墙壁上的一大片星空。

203

是被人用画笔画上去的星空。

或者说,是宇宙。

"回来了?"于澄正站在台阶上看着他,上半身穿黑衬衫,下半身穿破洞牛仔裤,耳骨上戴着三颗耳钉,身上零星滴了几滴颜料,看上去挺有艺术家的范儿。

"嗯。"贺昇望着头顶的星空,感觉到胸腔里的心脏正在一下又一下快速地跳动,问她,"这些都是你画的?"

"嗯,特意跟物业报备了,下午画的。"于澄点头,"好看吗?"

"好看。"

"那你过来。"于澄朝他招手。

"好。"贺昇点头,配合地走过去。

"先别说话,有什么话等会儿再说,把眼睛闭上。"于澄一口气给他提出好几个要求。

"行。"贺昇听话地照做,把眼睛闭上。随后他就感到眼睛上蒙了一双手。于澄语气认真:"我怕你偷看。"

"真看不到了。"贺昇想笑,他女朋友真的太了解他了。

马上就要到零点,于澄一只手把门拉开,另一只手还艰难地捂住他的双眼,刚进去又立马用两只手把他的眼睛捂得死死的。

她站在他身后,踮着脚尖把他往前带。

"好了吗?"贺昇闭着眼摸瞎往前走,忍不住问她。

"再等等。"于澄不自觉轻舔一下嘴唇,盯着墙壁上的钟。

距离零点还有两分钟、一分钟、三十秒、二十秒、十秒……三、二、一。

"生日快乐,昇哥。"于澄踮起脚轻吻他的下巴,卡着点拿下覆在他眼睛上的手。

屋里灯没开,只有阳台外面的月光洒进来。

贺昇听到她的声音把眼睛开,视线短暂地模糊了几秒,紧接着,他看见客厅里摆放着一个两米高，由指甲大小的乐高一点点搭建出来的航空火箭模型。

月光洒在白色的火箭上，泛着荧光，它像是突然间被赋予了生命般鲜活，只差点一把火，就能直接冲上宇宙。

"喜欢吗？"于澄满含期待地看着他问。

"喜欢。"贺昇点头，仰头看着这个火箭模型，眼睛一下都舍不得眨。他回过头轻声问："搭了多久？"

"这个？"于澄想了一下，"六七个月吧。其实用不着这么长时间，但我平时太忙了，没什么空。"

她去年就定制了材料，但在运输的过程中出了一些问题，没赶上他过生日，后来她搭好之后就一直放在她工作室的单间里，直到回南城的前一天才把它托运过来。

"嗯。"贺昇点头，他女朋友有多忙他知道，常常忙得顾不上吃饭。他回过头，和她对视着，目光温柔："这个礼物，我真的很喜欢。"

这是他收到的，最喜欢的礼物。

"喜欢就好。"于澄踮起脚尖在他的唇上印下一吻，眼睛弯起，"恭喜男朋友又长大了一岁。"

皎洁的月光下，于澄一双略微上扬的眼干净澄澈，阳台外的夜风吹进来，刮起她脸颊两边的碎发。

两人静静对视着，贺昇心速加快，情不自禁地伸手把她拽到怀里，扳过她的下巴直接低头吻了上去。

夏夜的风带着植物的气息，微燥，于澄仰着头，没一会儿就被他亲得后背有些出汗。身后是沙发，贺昇带着她往沙发上躺。

"那个……"于澄按住他的手，眼尾上扬，勾唇笑了，"今晚我得回家。"

"好。"贺昇藏住眼里的笑意，低头亲吻她。

月光铺满整间客厅，贺昇半坐在地板上，后脑勺靠着沙发："待会儿我送你回去。"

两人相拥了一会儿，于澄走到阳台吹风，贺昇也跟着过去。

"昇哥。"于澄从身后抱住他，把脸贴在他宽阔平直的后背上，感受着他的体温，"你知不知道，人死后，会化作天上的一颗星星。"

"知道。"贺昇眨了一下眼，看着腰间环上来的那双手，语气随意，"那是哄小孩玩的。"

"不是哄小孩玩的。"于澄语气有些认真，闷笑一声，"是真的。"

"你怎么了？"听出于澄话里的反常，贺昇转过来，垂眼朝她看。

"没什么。"于澄踮脚在他下巴上亲吻，"送你一颗星星，男朋友。"

说完，她从身后的挎包里拿出一张卡片和一张证书递给他。

贺昇接过，看不出来这两样东西是干吗的，莫名其妙地拿在手中，慢悠悠地看了两眼，而后才打开。

这是一张天文学会寄来的明信片，通体黑色，打开后是一段英文解说和一张密密麻麻的星空图，其中一颗被标注了记号。紧接着他又打开证书，是成功为恒星命名的证书。

于澄给他买了一颗星星，命名为"李青枝"。

"妈妈永远都会在天上看着你。"于澄轻轻开口，告诉他，"不是哄小孩子的话。"

这是真的，她把这句话变成了真的。

夏蝉夜鸣，贺昇靠在阳台上，捧着这张证书，垂头默默看了很久。

过了半晌，他抬眼，对上于澄那双亮晶晶的眼睛，忍不住想，澄姐怎么那么好呢，做的每一件事，都正正好好戳在他的心坎上，一击即中。

因为高三复读转学，于澄已经不住在之前的地方了，送她回去后，贺昇将车钥匙甩到沙发上，重新仔细地看女朋友为他搭的火箭。

火箭是完全按照实物搭建的，从里到外，每一处细节都不少。

贺昇忍不住绕着它走了一圈又一圈，甚至能想到于澄一块块搭建时认真的模样。他不经意间低头，突然注意到火箭下方压着一封信，只露出信封一角。

没想到他女朋友还留了一手，她真的准备了好多惊喜。贺昇眉梢微抬，伸手将它抽出来。

信封是黑色的，上面沾染着淡淡的薄荷味，还没打开，他就能想到于澄是怎么愁眉苦脸地握着笔写下这些的。

这种事于澄跟他恰好相反，她最不擅长的就是这些，这种东西让她多写一句都难。

他抽出那张对折的信纸，打开，随意地扫一眼后便愣住，整个人像是被按下暂停键，嘴角漫不经心的笑容也开始一点点收敛。

信不算长，甚至能看出于澄是想到哪儿写到哪儿，内容和她这个人一样、热烈、直白。

　　送给我亲爱的男朋友。
　　今天是你的二十二岁生日，希望你平安、开心。
　　我们或许都有些幸运或不幸，但以后的我们，一定都可以成为最幸福的小孩。
　　我爱你，真的很爱很爱。
　　很少向你表白，所以希望每一次你都可以记住。
　　我爱你的浪漫和情怀，爱你的理想主义，爱你的亲吻，爱你的全部。
　　你做造火箭的航空飞行工程师我爱，做有为的青年企业家我爱，哪怕你明天告诉我你要去小区门口摆摊，我也会立马拿上我的画架冲出去陪你一起摆。
　　因为爱你，我也开始尝试着爱晨露和晚风，爱冬雪和夏蝉，爱这个世界的一花一草、一树一木。
　　亲爱的日日同学，就算到八十岁，我也愿意躺在沙发上陪你一起看《迪迦奥特曼》。

　　当然,我希望你不要再看迪迦了,因为你女朋友真的要看吐了。真想看的话,请先提前哄一哄你身边那个爱美的老太太,她会同意的。

　　一辈子好长,时间会杀死健康和容颜,但它杀不死我们的爱情。

　　最后,请允许我说一句特别中二的话——

　　如果这个世界,不是你想要的世界,那我会亲手搭建一个送给你。

　　生日快乐,男朋友。

　　夜已经很深了,蝉鸣依旧不休不止。

　　贺昇坐在沙发上,反复地将这封信看了好几遍,看到他眼眶酸涩,胸腔滚烫,眨一下眼就有泪要掉下来。

　　他已经是最幸福的小孩了。

　　附中每年的毕业典礼都在七月上旬。

　　高考查分,填报志愿,未来各奔东西。

　　于澄是在第二天上午九点多接到贺昇打来的电话的,她睡得迷糊,眯着眼从枕边拿起手机,嘟囔着开口:"怎么啦?"

　　对方声线清冷,带着笑意:"去上学啊。"

　　"嗯?"于澄眉头微蹙,大脑转不过来。

　　"我在你家楼下等你呢。"贺昇仰起头,看着银灰色的窗帘纹丝不动,笑了一声,"起来啊女朋友,你拉开窗帘就能看见我。"

　　"……"

　　于澄坐在床上呆滞了几秒,才想起今天要回附中的事,迷迷糊糊地光脚走到窗户边拉开窗帘。

　　她看向窗外,视线随后落到香樟树下的那道身影上,整个人愣住,直直地看了好一会儿才想起来说话。

"你怎么穿校服了啊？"于澄轻声问，感觉心里的某一根细弦被撩起，荡得她喉间有些发涩。

绿荫下，贺昇身上穿着附中那件蓝白色的校服，校服外套搭在臂弯，Polo衫每一颗扣子都扣得板板正正。

几年过去，少年好像还是那个少年，她喜欢的高三八班的少年。

"上学当然要穿校服。"贺昇下颌微抬，视线和她的对上，冲她挑了一下眉，"陈宏书天天站大门口等着逮你，你要是被逮着了，我可不陪你罚站。"

他的话说完，记忆一下子朝于澄涌来，她愣愣地看着他，一瞬间分不清自己现在到底是十八岁，还是二十一岁。

两人隔着这段距离对视良久，于澄眼圈微红，微笑了一下："好，你等我一会儿，我马上下去。"

她回头缓缓呼出一口气，控制住自己的情绪，莫名鼻头发酸。

不至于哭，真不至于。

简单地洗漱好后，于澄双手撑住洗漱台，在镜子前看了自己一会儿，额前的碎发被水打得微湿，她抬手把耳骨钉全摘了，只留下右耳耳骨上那颗象征"敬爱情"的耳钉。

敬爱情，敬他们。

她单手拿过一根黑色小皮筋，十指随意地将黑发往后拢，扎起一个高马尾辫。

扎好头发，于澄回头从衣柜底层找出自己那套校服，短裙还是陈宏书嫌短的那一条，一直到最后离校，她也没听话把它换了。

今天是周四，江眉颜在家办公，正坐在客厅里吃早饭，听见响动抬起头看见于澄穿着这一身下来的时候，有些愣怔。

"今天回附中？"她边打量于澄边轻声问。于澄穿着高中时常穿的黑色吊带，手随意地拽着校服，扎着高马尾辫，没化妆，又因为戴着单颗耳钉跟身上这身校服格格不入，很打眼。

209

她很久没看见过于澄这副打扮了。

"嗯。"于澄顿住脚步,偏过头告诉她,"今天有高三毕业典礼,我回去看看老徐。"

"好。"江眉颜点头,表示自己知道了,又问,"那你晚上回来吃饭吗?"

"不了,我跟贺昇一起吃。"于澄淡淡地说。

"跟他一块儿回附中?那你快去吧。"江眉颜笑笑,催她。

"那我走了。"于澄点了一下头,说完就抬腿往门口走。

"等着急了吗,男朋友?"于澄笑着从台阶上下来,正好扑到贺昇怀里,他周身萦绕着清淡的薄荷味,清冽又干净。

"没着急。"贺昇微微弯下腰,把人搂在怀里,垂眼看她,"你男朋友等你多久都不着急。"

于澄踮起脚亲他一口:"那我们走吧。"

"嗯。"贺昇点头,反手牵住她的手。

附中今天高三举行毕业典礼,高一、高二正常上课,两人一块儿到校门口的时候,差点被人拦下来,他们跟门卫解释了一下是高三回来参加毕业典礼的,门卫才放两人进去。

这会儿正是上课时间,校园的道路上静悄悄的,没什么人,一路从主席台走到知行楼,梧桐道上绿叶成荫,高三毕业生全在礼堂。两人在学校里慢慢逛,几年过去,好像什么都变了,又好像什么都没变。

"你还在红榜上呢,学习标兵。"于澄站在那张照片前,不自觉抬手隔着层玻璃轻抚上去,微眯起眼,"看来后面几届没一个厉害的。"

"嗯。"贺昇抬手搭在她的肩上,望着红榜上的自己,嘴角淡淡地勾起弧度,意气风发地说,"年级第一年年有,但跟你男朋友一样次次蝉联的,估计真没了。"

"真厉害。"于澄诚心诚意地夸他。

玻璃窗里,那张蓝底照片颜色已经发白很多,高一的贺昇看上去很青涩,但淡淡望向镜头的眼神,又看得人心里莫名一慌。

以前于澄第一次看到这张照片的时候，觉得照片上的人像是要打哈欠，现在看，才明白这是一种跩到极点的眼神——是不管你在他照片面前发誓要超过他考到第一名，还是要进步三百名，他都懒得理你的眼神。

于澄正看得仔细，贺昇突然往前一步，抬手轻抠了一下锁，然后单手抬起玻璃窗，另一只手慢慢地揭旁边的处分单。

"你干什么？"于澄拽住他袖口。

"没什么，就是有点好奇，想看看还能不能翻到你的处分单。"

"……昇哥，你这样真的很欠揍。"于澄拦住他，破天荒地有点不好意思，冷淡地瞥他一眼，"我都毕业多久了，哪还能有？"

"怎么不能有。"贺昇偏过头瞧她，眉梢扬起，神情有点痞坏，"我记得，你们十八班一年的处分单，比高三其他班级三年加起来还多，而且我印象中，你在这个版块上万古长青。"

"……"

于澄还没想好该怎么说才能不尴尬，又听见贺昇不冷不热地继续调侃——

"你看，这个位置正好和我并排，男朋友真的很为你骄傲。"

"……"骄傲个鬼哦。

最后于澄生拉硬拽才拦下贺昇。

因为她也记得她在这个版块上万古长青，虽说正儿八经的处分很少，但动不动就是通报批评，把她的照片张贴在上面警示众人。

中午日光正盛，高三整栋教学楼都安安静静，只有隔壁高二那边不时传来模糊的讲课声。两人肩并肩，一路不知不觉走到八班门口，教室里空无一人，只剩淡蓝色窗帘在热风中飘动。

时钟挂在黑板上方，板书是写了一半的高考题，有的桌子已经空了，有的桌子上还摊着翻开的课本。

望着空荡荡的教室里最后一排靠窗的那两个座位，于澄那种鼻头发酸的感觉又翻涌上来。那是很多节自习课她和贺昇坐的位子，没想到都已经是三四年前的事情了。

树叶在微风中沙沙作响，两人安安静静地站在走廊，没人开口说话，但都敏感地觉察到了对方的情绪。

他们是一样的。

过了半晌，贺昇倚在栏杆上，眼睫轻颤了一下，牵起她的手，带着她慢慢往那两个座位走。于澄被他牵着跟在身后，看着他们十指相扣的手，嗓间发哽。

"还记得吗？"贺昇走到靠里的座位，回过头看她，视线仿佛穿过了时光，看见了十七岁的于澄，"你以前中午休息和上晚自习的时候，经常来找我。"

"嗯。"于澄轻微地点了一下头，视线和他的交会，"记得。"

"来，记得就行。"贺昇带着她坐下来，从校服口袋里掏出一张试卷铺在她面前，抚平褶皱，语气很淡，告诉她也告诉自己，"你的成绩是我一点点拉起来的，教了你这么久，现在得检查一下教学成果。"

试卷铺好后，贺昇把手拿开，于澄看着卷面，轻缓地眨了一下眼。

试卷上方加粗的黑体字写着"2018年普通高等学校招生全国统一考试（苏省卷）"。

二〇一八年，是他们错过的那一年。

"贺老师。"于澄抬眼看他，黑白分明的双眼蒙上一层雾气，嘴角勉强扯出一点弧度，"你完了，你要把我弄哭了。"

话音刚落，她的眼眶里就有热泪涌出，一上午心里的酸涩感在这一刻到达了顶点。

"别哭啊，澄姐。"贺昇垂着眼，喉结滚动，抬手帮她擦掉眼泪，心里同样酸涩难受，"把这张卷子好好做完，考得好，贺老师有奖励。"

"好。"于澄哽咽着点头，抬手胡乱地抹掉眼泪。

毕业典礼要两三个小时才能完全结束，做一张试卷时间完全充裕。于澄红着眼握住笔，一笔一画地认真地填上学校、班级、姓名。

——南城附中，高三十八班，于澄。

那是她没有参加高考的一年，是她留下了许许多多遗憾的一年。

墙壁上的时钟顿挫地一下下向前走动，嘀嗒嘀嗒，一个多小时过去，于澄写完最后一个等式。

"写完了？"

"嗯。"

"需不需要检查？"

"不用。"于澄笃定地合上笔盖，看向他，眼神熠熠生辉。

"那我批改了。"贺昇笑了一声，左手抓了一下头发，伸手按住试卷拿到自己面前，开始用红笔一道道地批改。

"只扣了四分，厉害啊，女朋友。"贺昇撂下笔，屈肘懒懒地往窗台上靠，垂眼笑着看她。

"不然怎么能考上京大。"于澄漫不经心地勾起嘴角，"你女朋友的每一分，都是自己实实在在地学习才考出来的。"

"嗯，我知道。"贺昇看着她，舍不得移开视线。

"我已经考完了。"于澄突然伸出右手，掌心朝上，眼尾扬起，逗他，"奖励呢？"

贺昇眼神平静地靠在窗台上，光影从背后映在他身上，碎发铺着一层盈盈的碎光。他没动，也没搭腔，就这么一瞬不瞬地盯着她看。

"怎么了？"于澄被他太过热烈的视线盯得有点不好意思，不自然地偏过头，脸颊微红，"那个……没奖励也没事，我就说说。"

"有奖励。"贺昇开口。

"我只是在想，我怎么能不要脸地把它称作给你的奖励。"贺昇懒洋洋地站起身，从她身后绕过去，走到前排的课桌前面，捧起一摞书放在桌面上，随后掏出手机打开摄像模式。

213

"它是给我的奖励。"他说道。

于澄静静地看着他的动作,这一秒,她好像突然意识到了他要做什么,桌下的脚下意识地往回缩,有些不落实处的惶然。

手机清楚地将他们每一秒的动作都录下来,贺昇走到她面前,于澄不自觉地站起来。

"昨晚的那封信我看了很久。"贺昇垂眼看着她,脊背平直,声音轻缓有力,确保每一个字都可以清晰无比地传到她的耳朵里,"我想了一下,我八十岁的时候,应该不会想看《迪迦奥特曼》。"

"那你想看什么?"于澄自然地问。

"看VCR。"贺昇紧张得嗓子发涩,深呼吸了一次,才接着补充,"看我们每年结婚纪念日的VCR。

"从今天开始录的VCR。"

他说完,于澄没吱声,低头看着贺昇插在裤兜里的右手。

一上午,这个动作他做了很多遍,她以为贺昇是在耍帅,才摆出又冷又跩的插兜的姿势。现在看来,那里面也许藏着一枚戒指,送给她的戒指。

等待的过程快要把人煎熬死,贺昇闭了一下眼,肩膀轻微下塌,嘴角的笑容都带着一丝牵强:"说句话啊,澄姐,你男朋友在跟你求婚呢。"

"嗯,我知道。"于澄轻声回应,"你才二十二岁,想好了吗?"

"想好了。"贺昇点头,眼神坚定地看着她,"这事我从十八岁开始就想好了,一直想到现在。

"我今天满二十二岁了,你愿意的话,咱俩明天就去民政局,领个国家认证的盖戳的红本子,婚礼的时间、场合、邀请的嘉宾,都由你来定,但我就一个要求,你的结婚对象得是我。"

"嗯。"于澄脸上挂着浅淡的笑容,丝毫没有犹豫,"我结婚的对象,当然是你。"

于澄这句话说出口,贺昇悬着的那颗心才算落下。他把右手从裤兜里拿出来,捏着一枚素色的银戒,拉住她的左手轻轻托起:"那你想好了吗,女朋友?你还没满二十二岁呢。"

"想好了。"于澄看着那枚戒指,眼眶有些湿润,点了一下头,"给我戴上吧。"

"好。"贺昇也点头,这一瞬间他听见自己的心跳怦怦作响,一下下剧烈跳动。

他拿着那枚银戒,缓缓地戴到于澄左手的无名指上。

"对了,你是不是该单膝跪地?"于澄突然出声打断他的动作。

"好像是。"贺昇笑起来,不好意思地摸摸后脖颈,神情有点懊恼,无可奈何地说,"太紧张给忘了,那我重来一次。"

"别了。"于澄笑着看他,"哪有重来一次的,快点给我戴上吧。"

"真不用重来?"他不确定地反问。

"真不用。"

"行,那我给你戴上了。"贺昇忍不住吞咽了一下,垂下眼,神情专注地将那枚戒指缓缓戴上去,而后抬起头,和于澄对视,"好了?"

"好了。"

"有点像在做梦。"

"我也是。"

"该你了。"贺昇又从口袋里掏出一枚素色的银戒,比刚才那枚大一圈,他递给她,"该你给我戴了。"

"求婚戒指也要一人一枚?"于澄接过来细细打量,她记得自己看过的电视剧和电影里,好像没有这一步。

"嗯,不然别人怎么能看出来是我们俩要结婚。"贺昇一本正经地解释。

于澄闻言忍不住笑了,低头看了一眼两人同款的情侣运动鞋,心里陡然间柔软地塌陷下去一块,想起了沈毅风的那句吐槽,对他说:"昇哥，路边八十岁的老奶奶都能看出我们是一对。"

"真的？"

"真的。"

"那你快给我戴上吧。"

"好。"

两枚戒指里侧都有贺昇亲手刻上的花纹，和他肩头那处文身一样——

hs&yucheng

戴好后，两人抬起眼对视，又忍不住笑着别开视线。

"该接吻了女朋友。"贺昇的视线落在于澄微热的耳郭，伸手把她往自己怀里揽。

"嗯。"于澄仰起头，眼尾因动情而泛红，胳膊钩住他的脖子把人往下拉，红唇对着他的唇覆上去。他的嘴唇很好看，也很柔软，于澄没闭眼，视线和他的在白日里碰撞，在对方的眼神中看见了心里的那片火花。

手机还在记录，两人坐在座位上接吻，肆无忌惮地宣泄满腔的爱意。

"干什么呢你俩？！"身后突然传来一道洪亮的男声，两人身体一僵。

"还没走出学校呢就啃上了，看你们啃半天了，还没完没了了！"陈宏书一口气说完，嘴像机关枪一样说个不停，"还专门跑来这两个位子上，怎么着，拜祖师爷来了？"

"……"

"高二的还是高三的？高三的不去礼堂，跑到这儿干吗？要是高二的，你俩就——"他的话还没说完，两人就一块儿转过头去。

三年没见，陈宏书和徐峰还是最佳搭档，两人捧着保温杯，一块儿站在窗口，意想不到地傻傻地看着两人，半天都不知道该怎么开口。

气氛尴尬，贺昇松开于澄，面无表情地坐回去，抬起眼皮眼神冷淡地朝两人看，还不忘礼貌地和他们打招呼："陈主任好，徐老师好。"

陈宏书："……"

徐峰："……"

"老徐,"于澄弯着眼笑,嘴角的弧度明显,抬起左手给他看,"我们要结婚了。"

毕业典礼结束,礼堂里的人陆续离场,道路上三三两两的毕业生往教室赶,等一下还得拍毕业照。

四个人里徐峰话说得最多,于澄回来看他,他打心里高兴,整个人如沐春风,话匣子也止不住,边聊边一会儿朝陈宏书看一眼。

他的眼神里嘚瑟之意明显:你看,我就说这俩孩子有戏。我带过的学生考上京大了,你带出过考上京大的学生吗?

陈宏书："……"

四人边走边聊,一路走到校门口。升旗台前刻着附中校训的石碑前,已经站好了第一批拍照的毕业生,老徐回过头欣慰地看着于澄:"你俩先随便看看,我跟陈主任过去跟毕业生们拍张合照。"

"好。"于澄点头。

毕业照年年拍,已经形成了一条成熟的流水线,所以拍照进度很快,每个班轮着来。

蓝天上飘浮着白云,两人站在树荫下看着毕业生站成四排,穿着蓝白色校服,在骄阳下写下高中三年的最后一页。

"你等等,我过去一下。"贺昇突然松开她的手。

"嗯?"于澄不知道他要干吗。

"马上回来。"贺昇笑着摸摸她的头,转过身抬脚往拍合照的地方走。

梧桐叶正绿,成片地压在头顶。

于澄见贺昇一直走到陈宏书和老徐面前,弓着背不知道在说什么,眼神还一个劲儿地往她这儿瞟,正准备拍照的班级隐隐约约开始躁动。

没过多会儿,贺昇又往回走。

"怎么了？"于澄直直地看着他问。

"没什么，咱俩还差最后一样东西。"贺昇牵起她的手笑笑，"差一张毕业合照。"

给高三圆满地画上句号的毕业合照。

校服裙摆在阳光下荡开，于澄还未走到那个班级跟前，便听见同学们的惊呼声："啊！真的是贺昇学长和于澄学姐！"

"真的是他们！"

两人的传说在附中一届届流传，不出意外，还能再传十年。

"来来来，给你们学长学姐挪个位置啊。"老徐抬着手指挥，人群默契地往两边靠，在第二排的正中间给两人空出来一块地方。

见大家都站好了，摄像师在前头举着相机，往后退了几步："好了，大家看我这里，我数三二一，大家就笑。

"来，三、二、一，笑！"

按下镜头的一瞬间，于澄和贺昇不约而同地看向对方。热风拂过，他们在彼此的眼中看见自己正值青春年少的模样，默契地相视一笑。

七月九号这天，夜间下了一场雨。清早，粗粝的地面上还有一块块微潮的痕迹，天气晴朗，微风，也不怎么炎热。

两人吃完早饭便拿上身份证和户口本去民政局门口排队。

江眉颜知道后没说什么，只提醒了他们一句要穿白衬衫，红底照片拍出来才好看。

等人离开半天，她才站在门口缓过神来，拿出手机，给江外公打了个电话。

"澄澄今天和贺昇去领证了。"

"嗯，好，我看他们挺好的。"

"你是他们的外公，不得准备个礼物？"

"好，我跟他们说，回京北后一起去吃顿饭。"

两三句话把事情讲完，江眉颜挂断电话，愣愣地看着天边，眼眶逐渐泛红。她转身，忍不住哽咽，闭上眼抬手抹了一下眼角的泪水，走到衣帽间，拉开底下的那个抽屉。抽屉里面是一沓奖状，还有于澄小学时参加少儿组美术比赛得的一个奖杯。这些是她搬家时拿过来的，她当时什么都没带，只带走了于澄小时候得的这些荣誉。

　　她抬手，泪眼模糊地往下翻。还有一个东西被死死地压在下面，从她发现的那一刻起，就压在底下再也没敢拿出来过，那是于澄十六岁时，写了一半的遗书。她发现后连问都不敢问，之后很长一段时间，她害怕得每晚都要去于澄的卧室看两三次才行，第二天一早看着她去上学，又提心吊胆怕她再也不回来。

　　手里的手机"叮咚"响了一声，江眉颜点开于澄发来的图片，放大查看，是她和贺昇的结婚证，照片上两人笑得无比灿烂，隔着屏幕都能感受到他们的幸福。

　　"过去了……都过去了。"江眉颜握着那封未写完的遗书浑身发抖，终于抑制不住地坐在地上崩溃地大哭，边哭边把它狠狠地撕碎。

　　她终于不用害怕了，有人把她的女儿从黑暗里拽出来了。

　　街道嘈杂，民政局门口，老城区的老梧桐看不到头地往前蔓延，于澄望着刺眼的阳光，抬手虚虚地在额头上挡了一下。

　　"澄姐。"贺昇靠在车门上，手里拿着两个红色的小本子，嘴角挂着懒洋洋的微笑，把人拽到跟前亲了一口，"新婚快乐。"

　　于澄也笑："新婚快乐。"

　　"结婚第一天，想去哪儿？"贺昇拉开车门，模样懒散地靠在车身上，眼角眉梢都是收不住的笑意。

　　"随便逛逛吧。"于澄舒服地伸了个懒腰，"我想去江边吹吹风，那边的落日很好看。"

　　"好。"贺昇点头。

两人一起坐上车，贺昇脚踩油门把车开出去。

骄阳似火，引擎声震耳，拉出一道道声浪，风将他们的黑发扬起。

于澄一辈子只写过两封信：半封遗书、一封情书。

"因为爱你，我也开始尝试着爱晨露和晚风，爱冬雪和夏蝉，爱这个世界的一花一草、一树一木。"

南城的盛夏依旧很长，蝉鸣声震耳，不知疲倦。

十八岁那年吹过来的热风至今未曾停歇，浩浩荡荡地卷过头顶的每一片梧桐绿叶。

世间所有的遗憾终将被弥补，爱情都会圆满，年少错过的爱人可以再次相遇。

一定会有人坚定不移地爱着你。

番外

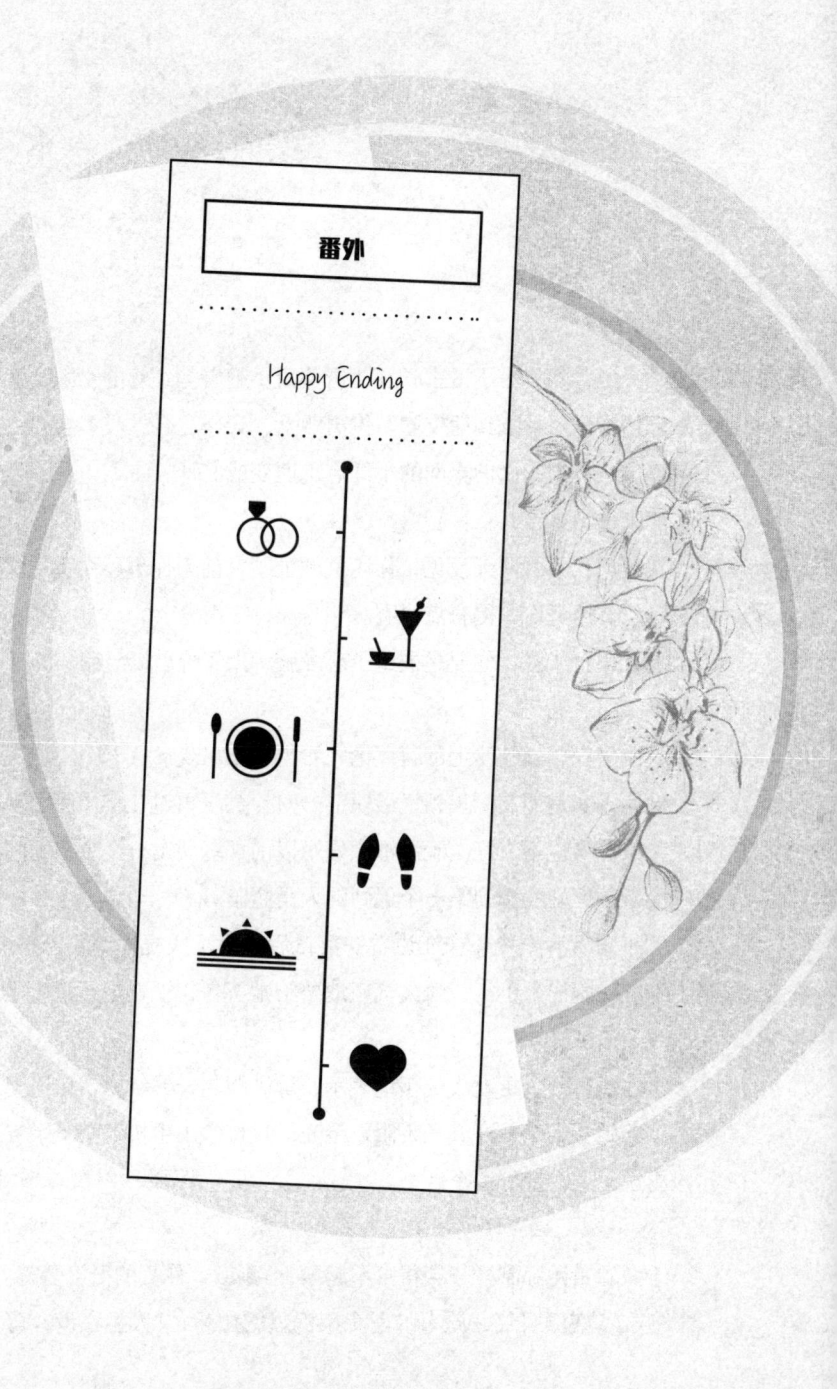

Happy Ending

番外1：故人重逢

领完证，贺昇带于澄去长江边看落日，趁着等红灯的空隙，贺昇把结婚证拍了张照片发到朋友圈。俊男靓女，天作之合，没多会儿那条动态就炸出一群人，微信界面的小红点迅速变成99+。

陈秉：结婚了？

沈毅风：不就两天没见，你俩就领证了？前天你不还跟我一块儿打球了吗，你这身份变得有点快啊。

周秋山：于澄，你要是被这个恋爱脑绑架了你就眨眨眼。

……

于澄坐在副驾驶座上翻着评论，看得乐不可支。

他俩确实是朋友圈里领证最快的一对，甚至再过几年才能出现第二对，大家惊讶也不奇怪。于澄都做好了以前那些朋友一个个找她问东问西的准备，但她没想到第一个遇到的人是赵晗。

下午跟贺昇一块儿在江边看完落日后，为了庆祝她变成已婚少女，晚上许颜找她出来逛街，财大气粗地要给她买包，祝贺她新婚快乐，刷赵一钱的卡。

于澄没客气，更财大气粗地表示，等她跟赵一钱结婚，自己要拿贺昇的卡给她买十个。许颜一听眼冒金光，直接拿出手机，按下录音键让于澄再说一遍，她好留个证据。

"……"

于澄看着她那副样子笑得直不起腰："颜颜，你真的很可爱。"

"唉。"许颜叹气，脸上的两个梨涡显露出来，"人生在世，可不得聪明点,万一你抵赖,我就直接拿着录音找贺昇。"

"行行行,你找。"于澄边笑边揽着她的腰往前走。

买包前,两人先一起做了美甲,做完后才美美地一块儿进商场,拿出今天要血拼到底的豪气。没想到在商场没逛多一会儿,包还没怎么挑,许颜就觉得肚子疼,打车到医院后,肠胃、阑尾查完都没查出问题,又去挂了妇产科的号,于澄是在妇产科门口遇见赵晗的。见到对方的时候,两人皆是一愣,她们没什么好说的,于澄也不会把那些恩怨成天记在脑子里,更不好奇她为什么会出现在这儿,所以先开口的是赵晗。

"他跟你求婚了?"赵晗坐在门诊室门口的长木椅上,眼睛一动不动地盯着于澄无名指上的戒指,眼神有些呆滞。

这会儿妇产科周围只有零星几个来就诊的人,于澄倚在雪白的墙壁上,穿着黑裙、高跟鞋,面色冷淡,眼神朝门诊室的方向看,没搭理她。于澄这会儿再见到这张跟她有五六分像的脸还是觉得恶心,赵晗的鼻梁垫过,眼角开过,弄得既不像于澄,也不像自己,多看她一眼就多糟心一点。

"这戒指我见过。"赵晗自顾自地说。

这句话说完,于澄才朝她那儿瞟了一眼。

"这戒指是他自己做的。"赵晗扯出一个表情,神情说不上是嘲讽还是带着恨意,"关在老宅的那两个月我都跟他在一起,亲眼看着他做的。"

贺昇跟看守他的人打架,抽于澄抽过的万宝路,做戒指,那两个月他就做了这几件事。因为想出去,第一个月门就被他踹坏了十几回。

间隔了很久,于澄才消化赵晗说的这句话,她睫毛颤动,出声问:"被关在老宅两个月是什么意思?"

"就是那会儿……你不知道?"这下换赵晗惊讶了,一瞬间她又了然,嗤笑一声,"他还真是爱你啊,竟然都没跟你说,他可是把自己折腾得差点进ICU,才被放出来的。"

事情闹得太大,惊动了老爷子,这事才算完,不然凭贺云越那疯子一样的做派,估计要么把贺昇关到警察找上门,要么把他关到彻底服从自己。

"你凭什么和他在一起?于澄,你们才认识多久,我跟他从很小一块儿长大,我才是最该跟他在一起的人。"赵晗恨恨地看着她,"你根本不了解他,不清楚他到底是什么样的人,劝你一句,别高兴这么早,他的好绝大多数是表面上的,他这个人性格多变,复杂得很。"

在老宅闹得最厉害的那段时间,她在贺昇面前还不如一条狗有尊严,现在想起贺昇当时的眼神赵晗还心有余悸,他淡漠又冷血。

这才是贺昇,贺云越的亲生儿子,骨子里带着这样的基因,再怎么受教育也抹杀不了天生的这些东西。

"不知道你到底想表达什么。"听她说完这些,于澄突然笑了,不冷不热地嘲讽了赵晗一句,"但你真的挺有自信的。"

她男朋友她当然清楚,两人平时的相处中,从贺昇偶尔露出的那点邪劲儿就可见一斑,她男朋友身体的某个角落里关押着一只小恶魔,偶尔才会放出来。

医院长长的又稍显清寂的走廊上走过两个挽着手的少女,于澄偏过头看着她们飞扬的马尾辫,脑海中想起以前他们俩某次在后街吃饭的情景,那时她的视线在一个女生身上停留了大概半分钟,贺昇好奇地顺着她的目光看过去,问她和那人是什么关系,老同学?

她"嗯"了一声,点头默认他的说法,但真要说两人有什么关系,那只能是仇人相见的关系。随便拉个以前在分部的人问,百分之七十的概率那人都不会说她是什么好人。可她乐意在贺昇面前做个好人,没那么好就去变好,贺昇也是一样。这就是他俩,犯不着谁多说一句。

门诊室的门从里面被打开,许颜捂着肚子扶着门出来,一脸痛苦:"完了澄子,我得再回肠胃科做个B超,这妇科医生说我可能是胀气。"

"……"

见于澄没说话,许颜顺着她的眼神朝坐在长椅上的女人看过去,愣了一下。

"她是谁啊?"怎么跟澄子还有点像。

"赵晗。"于澄告诉她。

"赵晗?"许颜皱了一下眉头,觉得听过这个名字,一下子想起来,转过身朝赵晗看,眼神不善:"你就是赵晗?"

她态度十分不友好,赵晗一愣。

许颜刚刚在诊室里吐了,手里还有好心的医生塞给她的半包纸,这会儿她不由分说捏着这包纸朝赵晗脸上用力砸过去,边砸边骂:"你也配顶着这张脸?真是恶心透了!"

赵晗下意识地偏过头躲着她。

许颜骂人的声音一点也没压着,前头护士站的护士听见动静探出头来,白炽灯照耀着,一整条走道上的人全都被她的骂声吸引过来了。

"可算让我见着你了。"许颜这会儿气得上头,感觉肚子也不疼了,挺直了腰,过去就是一副要骂人的架势,"就是你那会儿害了我姐妹,我今天不把你这张脸——"

她的话还没说完,于澄就上去捂住她的嘴,把人往后拖。

服了,她跟赵一钱谈了几年恋爱,骂人的功夫是真见长,于澄差点以为许颜这会儿被赵一钱附体了。

许颜边被于澄拖着往后走边抬腿要踹赵晗,越踹不到火气越大,骂骂咧咧了好久才住嘴。

"真是气死我了。"许颜扶着门框气喘吁吁的,偏过头朝于澄看,"你拦着我干什么?"

"陪你在医院折腾了快两小时,怎么,你还想再去警察局里待两个小时?"于澄笑着打量她,"以前怎么没看出来你这么硬气?"

"欸,我现在不是有人撑腰了吗?"许颜朝她挑挑眉,拉过她,不好意思地把脸埋在她肩头,"钱钱撑不住还有我姐妹撑着我,姐妹撑不住还有我姐妹的老公。"

于澄和贺昇上热搜那次,大大小小的瓜她一点都没错过,跟赵一钱两人捧着手机坐在床上吃瓜吃到天亮。原来他们这一帮人里低调的不只是祁原,还有于澄,要么就是这人是真的年少不知家富,但翻到那条她开布加迪撞赵晗的车的视频,两人又觉得这人好像知道自己很富。

"你还挺会安排。"于澄抵着她的头把人拉起来,抬起手机看了一眼时间,忍不住笑着说,"还去不去做 B 超了?"

"去,去啊。"许颜一副自己快死了的表情,"疼死我了,要真是胀气,我跟赵一钱没完。我都说了空腹不能吃冰西瓜,他还非让我吃,疼死我了。"

……

这事算是个小闹剧,回到出租房,贺昇正在客厅拆画,拆的正是于澄那幅《梧桐》。

乘风唐那个老男人不干人事,她那会儿说了不卖,可老男人利欲熏心,还是给卖出去了,还把这事瞒得死死的。下午边看落日边聊天的时候,她才知道贺昇就是"R"。

两人聊起这件事的起因是贺昇打算在南城和京北各买一套房子,问于澄什么时候一起过去看看,算是他们的新房,就他俩住,再把奥特曼和老宅的那只边牧都接过来,两人一狗一猫一起生活。

聊完房子,贺昇又问于澄喜欢什么样的装修风格,要不就由她自己来装修,因为艺术家多少有点个性。他很随意,老婆住得舒服就好。扯到装修他才提起这幅画,问她是挂在京北那边的屋子里,还是挂在南城这边。

"你就是'R'?"

"对啊。"

两人正一块儿躺在草坪上,傍晚长江水被落日染得通红,贺昇两只手枕在后脑勺下,偏过头看向她:"你才知道?"

"嗯,才知道。"于澄望着天水一线的风光,江面波光粼粼,浪花起伏荡漾，她被晚风吹得微眯起眼，"为什么叫'R'？叫'HS'我还能认出来。"

"'R'代表日日，贺日日这名字不还是你给我起的？"

于澄："……"

也对，除了她男朋友，还有哪个傻子能干出这种事？价格非得凑520，也像是他能做出来的事。

拆完画，贺昇把它竖在沙发前，上面是烈日骄阳下的梧桐。虽然于澄说这是她随便挑了一棵作为参照物画的，但他一眼就认出这是离附中一条街很远的巷口的那棵。

高三第二学期刚开始的时候，陈宏书抓他俩抓得特紧，天天在教学楼和大门口巡逻，贺昇等她的地点就从学校换到了巷口，头顶的树就是这一棵，所以他一眼就认出来了。

"后天晚上的聚会，你定了哪里的饭店？"于澄边看他专心致志地收拾边问。

两人之后还得回京北，准备走之前请这边的朋友吃顿饭，就安排在后天。

地板上有散落的包装纸，贺昇弯下腰捡起来，他穿着运动背心和黑白字母款式的宽松短裤，弯腰的时候小腿肌肉和脊背都绷直，线条好看得叫人移不开眼。

"江边有家酒馆，我刚刚包下了，让你的朋友们后天去那边就行。"他转过身，把包装纸团在手里跟她说。

"酒馆？在哪儿？"于澄没想起来。

"就下午开车路过，你问沙滩那几间木房子是干吗的，你走后我去看了，正好是间酒馆，烧烤、海鲜、露天电影都有，设施挺全的，我直接就定了。"

"噢，好。"于澄点头。

贺昇收拾完，于澄还倚在墙边维持着那个看他的姿势没变。她到这

227

会儿还是觉得恍如在梦里，对自己已经结婚这件事难以置信，但某人明显十分适应，并且身份和角色转换得也很自然。于澄见他整理好沙发上的最后一个靠枕后，朝她走过来，手背青筋明显的右手揽住她的腰，把人往跟前一带，偏过头在她唇上亲了一口，喊她："老婆。"

他的声线是真的偏低，特别是想跟你调情故意撩拨你的时候。

"干什么？"于澄笑着抬眼看他。

"没什么。"贺昇垂眼，根根分明的睫毛轻微颤动，"就喊喊你，老婆。"

"喊吧。"于澄笑着伏在他的肩头，伸手环住他的腰。

两人在沙发上依偎了一会儿，于澄眼神发直地看着无名指上的银戒，过了半天才开口："对了，我一直好奇，高三那会儿你突然回京北后，都干什么了？"

"那会儿啊。"贺昇右手还搂着她，左手握着遥控器在电视上挑节目，姿态轻松自然，仿佛真的在回忆，"我家里人把我转到全封闭式的学校，什么电子设备都不让带，管得也严，跟坐牢一样，不然我早就联系你了。"

"还有学校这么严呢？"于澄假装惊讶，睫毛微颤，配合着他聊天。

"是啊。"贺昇装模作样地叹气，扯着嘴角，"搞什么军事化管理。不过学校还行，重本率比附中还高。"

于澄"嗯"了一声："怎么还有这种憋屈的学校，军事化管理我可受不了，再厉害我也不乐意去上。"

"嗯，还是自由点好。"

"是啊。"

于澄边随口跟他聊天，边抬起眼朝他线条分明的下颌线看，看了一会儿又轻飘飘地收回视线，嘴角勾起一丝弧度，眼神温柔。

小骗子。

番外2：我们新婚快乐

两人在一起后，贺昇对任何节日都特别有仪式感，比如结婚了就得有新婚礼物，于是第二天起床后他就把于澄拉到商场，问她想要什么。

之前网上有个很火的段子，说男生送女朋友东西不要问，直接送，不然显得不真诚，不像诚心想送，但贺昇永远不会给她这种感觉。

因为只要跟这个男人逛一次街你就会知道，每到一家店，比如两人现在所在的这个卖包的专卖店，他会走在你前头，自己往前逛着看，按照你平时的审美和品位，先给你挑，然后才转过头拿着那个东西到你面前，问你喜不喜欢，要不要。问你的时候，他的眼神都是发着光的，像只等着被认同的小狗。

有时候于澄压根儿没什么想买的欲望，但看见贺昇那种"我猜你一定喜欢"的期待的眼神，她都觉得摇头是一种罪过。

男朋友不过是想给你挑个礼物，有什么错呢。

他问你，是真的想给你买你喜欢的、想要的，要怪只能怪于澄平时想要什么都直接自己买了，压根儿等不到什么节日，所以每到这些日子，贺昇都觉得头疼。

该送澄姐什么呢？送她什么呢？

大二的那个情人节，贺昇实在想不出来送什么，干脆买了十套制服。那是于澄过得最开心的一个情人节，那晚，贺昇轮着把制服换上，红着脸让她挑。但于澄高兴啊，那个高兴劲儿，仿佛她拥有了十个男朋友，等着她随便挑。

后来贺昇就学聪明了，干脆直接把人拉出来，现场挑，挑不出来谁都别回去。

"这个怎么样？挺配牛仔裤的。"贺昇指着一个墨绿色的水桶包问她。他知道她和许颜昨天买包没买成，特意今天带她过来。

搭配都帮她想好了，穿黑衬衫、牛仔裤，随便挎个墨绿色的包，就挺有搞艺术的那种感觉。

"挺好，买了吧。"于澄笑笑，她这会儿也学聪明了，不管贺昇看中了什么，她都点头。

不管她自己想不想要，都得承认贺昇给她挑东西挺有一套的，不管买什么，穿戴到她身上都好看。

没逛多一会儿，两人就拎着两个袋子从店里出来了。路过一家珠宝店，贺昇又自顾自地往里走。

"求婚戒指是不是太素了？"贺昇拎着包，身子稍斜，在展柜的玻璃前懒懒地站着，边打量里面的钻戒边问，"我再给你买一枚吧。"

"不用了。"于澄站在一旁，手下意识地转着那枚银戒，"我很喜欢手上这枚，你不觉得它和我挺配的吗？"

她边说边抬起左手给他看，于澄气质偏清冷，这种极简的设计最适合她。相反，她手上要是戴个鸽子蛋，就十分违和。

更何况这是昇哥亲手做的啊，读书那会儿就做了。

"你真的觉得好看？"贺昇问她，眉梢稍扬，嘴角小幅度地翘起。

"嗯。"于澄点头，轻笑一声，"真的好看啊。"

对面的人没说话，眼睛看着她，卖了一会儿关子才懒散地直起腰，左手屈肘搭在玻璃柜上，里侧的灯光照在他小臂上，他抬起右手朝于澄挥了挥。

"怎么了？"于澄走到他身侧问。

"靠过来点。"贺昇把人往自己怀里带，两人就这么旁若无人地在店里咬耳朵说悄悄话，"知道这戒指怎么来的吗？"

"怎么来的？"于澄下颌微抬，作势又往他那边靠过去一点，一副洗耳恭听的样子。

贺昇凑到她耳边,还抬手假模假式地遮挡了一下嘴:"你老公自己做的,厉害吧?"

"嗯。"于澄弯起眼睛,笑眯眯地夸他,"你真的好厉害。"

傻子。

正儿八经的傻子。

笑死她了。

回去的路上,于澄靠在车窗上心情很好,也不开冷气,就这么把车窗摇下来,吹着热风,边吹边哼歌,哼贺昇之前唱过的那首。

——"小狗还有猫咪,长辈还有老师,都看不出我的心事。"

"心情这么好?"贺昇偏过头问。

"嗯,是啊。"于澄笑着说。

"唉,真羡慕你。"他突然酸里酸气地说了这么一句。

她知道贺昇是什么意思,他在暗示她,自己也想要个新婚礼物。

外面风景很美,余晖跟着落日跑,于澄的视线一直看向窗外,没搭理他,光一个劲儿地笑。

领完证之后,两人已经是合法夫妻,于是贺昇开始变得大胆起来,晚上十一点,他到点不睡觉,跑到阳台上抽烟,靠在栏杆上,右手夹着烟,不时放在嘴边抽一口,周身烟雾袅袅。要是有镜头扫过去,都能拍出来落寞伤心的男人心碎的感觉。他边抽烟,眼神边往坐在客厅的于澄身上扫,就差没把"新婚礼物"四个字写在脸上。

一直到十一点半,于澄才把抱枕从自己身上拿下去,抬脚往阳台走。

见人终于被自己盼来了,贺昇还转过去,假装没看着,一个劲儿光盯着夜空看,右手还夹着烟,火光明灭,一缕烟雾四散开来。

于澄也按兵不动,等着看这人到底想干吗。

夜风将烟雾吹散,两人僵持了好一会儿,贺昇不装了,直接眼神可怜巴巴地朝她看:"我的新婚礼物呢?"

"你想要什么?"于澄眨了一下眼,朝他看。

"不知道。"贺昇按灭烟,抬脚朝她走过去,低头一点点逼近。

"不知道?"于澄抬头看着他,觉得有点好笑,人逼到跟前了她也不怵,看着他睫毛微微颤动,眼神无意间流露出可怜。

"嗯,反正你得给我一个。"贺昇边说边抬手把人摁在移门上,低头亲上去。

说亲也不是亲,亲了两下,他趁机咬了她一口,咬完还抹了一下嘴。

气死他了。

于澄后背倚在门框边,笑个不停,闹得差不多了才靠过去,轻声告诉他:"有礼物啊。"

"什么礼物?"贺昇低下头看她。

"十套。"于澄一开口又忍不住笑了,她觉得她不用说那个词贺昇也能听懂,十套这件事情他应该一辈子都记忆犹新,"我也买了十套。"

她趴到他耳边,带着笑意吹了一口气:"想看吗,昇哥?"

"看啊。"贺昇毫不犹豫地回答,说完又觉得不合适,眼神悠悠地看了她一圈,矜持地"啧"了一声,"老婆都买了,不看多不给你面子啊。"

"……"

于澄轻轻叹了一口气。

成,是他给她面子,也不知道是谁之前天天闹着要买,要她穿给自己看。

隔天两人请客的时间约在下午五点,那会儿太阳才开始下山。

南城的夏天真的是盛夏,天气好就是灼热、干燥;天气不好的时候就是闷热,走到哪儿都像活在蒸笼里。

所以在南城有句话特别出名,叫"夏天还肯跟你出来约会的,都是真爱"。

于澄是卡着点到的，今天天气不好，天气预报说有雷阵雨，下午的时候江边天空忽明忽暗，她嫌热，不在空调房里待到最后一刻不肯出来。

男生们几个人围坐在一桌，面前摆着烧烤和冰啤酒。贺昇坐在躺椅上，跟赵炎几人四仰八叉的躺姿不一样，他双肘搭在膝盖上，背微弓，上半身穿着黑色宽松T恤，张牙舞爪的印花字母横在胸前，下半身穿着黑色运动短裤和人字拖，坐在冰着啤酒的冰桶前眼睛都不眨地盯着前方看。

傍晚江边风很大，杂草被吹得乱舞，于澄穿着吊带裙沿江边走过来，外头罩着件薄衫。风吹向她的时候，将她的薄衫吹得往后飘，露出白皙细腻的肩头，她微微抬手，把薄衫往回扯。

今天来的几个女生约好都穿吊带，南城没海，只有长江，几个姑娘下定决心要在这片人造沙滩上玩出在普吉岛的感觉。

许颜跟赵一钱一块儿到的，还有两三个姑娘也到得早，穿着类似的衣服，但她们穿的是什么样式的贺昇没看，刚来的时候扫了一眼他就收回了视线，印象中都还算中规中矩，跟他老婆穿的不是一个类型。他老婆用个金色鲨鱼夹懒懒地夹着鬓发，觉得薄衫动不动往下落太烦人，干脆直接脱了拿在手里。

长江水的浪花随风一波一波地冲上岸，漫过于澄的脚踝又冲刷起白沫退下。她身上的吊带裙是黑色的，最火辣的那一种，两根细细的带子绕过好看的细白的脖颈，还有两根绕过后背，系在蝴蝶骨那块。带子细到贺昇觉得他勾勾手指就能扯断。

这时从许颜那边爆发出一阵欢呼，随后像是会传染一般在这片沙滩上蔓延开来，男生们的口哨声此起彼伏，女生们也跟着起哄。

今晚的饭局于澄的朋友更多，她没特意邀请谁，而是发了一条朋友圈，连初中的朋友都来了，还有些不熟的，反正以前也都是附中的，只要来，贺昇就把人留下。

所以这片沙滩一瞬间就显得特别乱，场面完全控制不住，但他老婆特淡定，不紧不慢地朝他走来，他也稍微直起腰，倚在椅背上等着她过来。

几个男生正好靠在贺昇身后的木桩子上喝酒，视线粘在于澄身上，挪都挪不开。

其中一人哗啦啦灌完一瓶，放下酒瓶抹了一下嘴，抬手就往贺昇肩头拍："哥们儿，你老婆是真带劲儿。"

"……"

这男生他不认识，是于澄的朋友。

贺昇身体微微往后仰，抬起眼皮冷淡地朝上瞟，瞟得那男生心里一慌。

只听他冷声开口："我老婆带不带劲儿，关你屁事。"

一句话骂完，那男生悻悻地闭嘴，自觉地往旁边闪开几米。

在一片欢呼和口哨声中，于澄走到他跟前。

"等很久了？"于澄自然地坐到他身边空出来的位子上，舒适地往后躺。

"没有。"贺昇身体微微往后仰，看上去像是半搂着她，旁若无人地伸出食指，钩住她肩胛骨上的那根细带子，试探地扯了两下，"什么时候买的，怎么没见你穿过？"

带子是真细啊，他再稍微动动手指钩两下，就该断了。

"放暑假前。"于澄拎过一瓶冰饮料喝了一口，冰凉的液体顺着口腔流进胃里，她从头到脚都清爽无比，"我那时候不是要去佛罗里达吗，买来打算穿去冲浪的，回来得早就没用上。"

"哦。"贺昇点头。

"澄子，你好火辣！"许颜站起来，她在隔壁桌，这会儿光着脚扶着赵一钱站在木凳上，穿着淡粉色的吊带裙，举着手里的啤酒朝她扬起，"辣妹，干杯！"

"干杯！"于澄也把手里的汽水朝她扬了一下，笑起来。

风将她脸颊两侧的碎发吹得扬来扬去，她仰起头喝了一口，抬手轻轻将碎发别到耳后，偏过头朝贺昇看过去。

"你喝吗？"于澄将手里的玻璃瓶朝他面前递。

贺昇低下头，看着瓶口那层薄薄的又很暧昧的口红印，伸手接过来，嘴唇有意无意地对着那块，把饮料喝下去。

两人明明是最亲密无间的关系，但于澄还是会因为他这些暗搓搓的举动心动不已。

众人坐了一会儿，天色渐暗，几个男生主动过去架起烧烤架，于澄绕过去，走到许颜旁边坐下。

和她关系好的人基本都在，于澄看了一眼王炀身边的空位，问："祁原呢？他不来吗？"

"祁原？"王炀也朝自己旁边看了两眼。于澄问得突然，他想了一下，话都说不顺："他……他发烧了，在家躺着起都起不来，就没来。你不问我都忘了，他让我帮他跟你说一声的。"

"祁原不行啊。"许颜啧啧两声，摇摇头，"这个局都不来，他就算爬也应该爬过来。"

"你怎么不爬？"赵炎在一旁笑着撑她一句，"够损的你，跟赵一钱都学坏了。"

他边说边感慨，在附中上学的时候许颜多软萌啊，一群人里就数她最乖，跟赵一钱在一起后，一张嘴越来越毒了。

"对了澄子，这是祁原让我带给你的。"王炀低头从板凳底下拿出一个淡蓝色的礼品袋，把上面的泥沙抹掉，递过去，"祝你新婚快乐。"

"哦，谢谢。"于澄接过。

这个袋子她眼熟，高三那会儿祁原送她的生日礼物，那条银链子，也是从这家店买的。

"他现在还好吗？"于澄问。

几个人里王炀跟祁原走得最近，祁原有点什么事他基本都知道。

"这我就不知道了。"王炀靠回椅背，笑了笑，"我就负责带句话、

235

带个东西，要不你自己问他吧。"

"哦，行，我待会儿问。"

自助烧烤那边火越燃越旺，赵炎找老板要了个铁皮桶，跟赵一钱抱了一些木柴出来放进桶里，浇上点汽油，一把火就这么燃了起来。

趁着火还不够旺，几个男生把铁皮桶拖到沙滩中间，接着站在一起看着篝火越燃越高。

晚风四起，将火星吹得乱扬，在这个夏日的夜晚噼里啪啦地在半空中燃烧。

"赵炎，你最棒！"于澄看着这团篝火，忍不住地朝他欢呼。

要是没有这群会玩的人，得少多少乐趣啊。

"那可不！我最棒！"赵炎做作地朝她喊。

烧烤没过多一会儿就烤好了，赵一钱捧着几串烤串过来，放到方桌上："快尝尝，我亲手烤的。"

"赵一钱你还没撒调料！"沈毅风从他身后过来，手里拿着辣椒粉和孜然，拍在桌子上，又问，"你尝了没？不熟不能吃。"

于澄刚拿起一串又放下来，笑得腰都直不起来："赵老板，你要是业务不行就雇个人，别把我们毒死了。"

"什么叫毒死了。"赵一钱不服气，"你尝尝，我烤得真挺好的，眼神都没离开过烤串，不停地翻面，烤得外焦里嫩的。"

"……"

见还没有人动手，赵一钱看向许颜，把烧烤往她面前推了推："宝宝，要不你尝尝？"

许颜："……"

"赵一钱！"许颜站起来，抬手打了他一顿，"我又不是给你试毒的，我肚子胀气才好！"

"我错了，我错了！"赵一钱抱住头拿起烤串回去，"我重新烤，重新烤。"

看着赵一钱跟沈毅风一块儿回去时一路对骂的背影,两人都笑得直不起腰来。

趁着现在有空,于澄拿出手机给祁原发消息:你发烧了?好点没?

于澄等了一会儿,对面没回消息,她放下手机,见赵炎从酒馆里抱出音响设备,黑色的长线弯弯绕绕地摊在沙滩上。

安装好设备后,他蹲下来调试了半天,随后试了一下麦克风,确认没问题,又扭头把酒馆门口的彩灯和射灯打开,露天播放的电影被换成炫目的开场视频。

"想听什么?"赵炎蹲在那儿,边问边跟于澄打手势。

"听夜店小王子唱的!"几人不约而同地大喊,传来一片笑声。

"得嘞!"赵炎也丝毫不拿乔,打开手机连上蓝牙,放出躁动的蹦迪神曲。

歌曲一放,配上这彩灯和射灯、噼里啪啦燃烧的篝火,还有一群热情似火的青年,这片沙滩瞬间成了室外的蹦迪场。

"真有你的啊!"赵一钱站在那儿撒了一把调料,带起一簇火焰,边烤串边逗他,"我那还没亲过嘴的朋友!"

"真是绝了,你这嘴一天不欠能憋死你是不是?"赵炎转过头,胳膊勒住他的脖子,"亲过嘴了不起是不是?"

"对,亲过嘴就是了不起,不像我那还没亲过嘴的朋友!"

"我今天弄不死你。"

"我今天也要弄死你,你把我的烤串弄到地上了,我烤了半天才烤好!"

"来啊,看谁先死!"

"你死!"

……

王炀看着在沙地上滚来滚去的两人,忍不住笑了,老神在在地把视线转到许颜这头来,眼神中带着点怜爱和慈祥。

现在是晚上七点，江边远处的道路上有三三两两出来散步的人，一群人在这边燃着篝火蹦着迪，离老远都能被别人注意到。

岸边长江水一阵阵上涌，拍起激涌的浪花。今天格外闷热，一直等到晚上，这边靠着长江，众人才觉得舒服一点。

人群陆陆续续地往篝火旁聚集，一群人的着装五花八门，有穿沙滩裤的，有穿花衬衫的，气氛热火朝天。赵炎抄起刚开的冰啤酒往半空中挥洒，呐喊声响彻黑夜："于澄、贺昇！新婚快乐！"

"新婚快乐！"

"长长久久！"

"早生贵子！"

……

其他人跟着他喊，于澄站在那儿看着站在台上的赵炎对着她挤眉弄眼，满心无奈。这孩子练什么田径啊，去夜店当气氛组成员得了。

玩了一会儿，她拎着饮料回过头，贺昇刚才坐的位子已经空了，只剩下一个孤单的啤酒桶。风越来越大，刮得她有些冷，她拿起薄衫套上，拨开人群找了一圈也没找到他。

她拉住玩得正上头的沈毅风，问："贺昇人呢？"

"啊？"沈毅风回过头，"他刚才不还坐在那儿吗？人呢？"

"他好像跟一个男生往仓库那边去了。"陈秉给她指了指一间木屋，"我刚才看见了，要不你过去看看。"

"行。"于澄点头，"谢谢。"

酒馆一共有四间木屋，最后面那一间才是仓库。风有些大，看样子过不了多久雨就得下起来。

树随风动，江边的几棵小树苗都在野蛮生长，左一棵右一棵地横在木屋前后，黑影一下一下地摇摆，风再大一些就能将它们拦腰折断。

木屋背后，贺昇左手夹着烟，懒散地靠在木桩上，看着倒在地上的男人，面色冷淡。

"还说吗？"他冷声开口，"我就在这儿，想说什么一次说个够，我听着。"

前方蹦迪的声音还能清晰地传过来，地上的人就是之前拍他肩膀说于澄带劲儿的。这个词倒是没什么，但一转眼的工夫，他又和别人聊起于澄，越聊内容越没法入耳，甚至有带羞辱性的词语，贺昇那会儿就在旁边站着。

男生群体之间也有些默契，拿于澄来说，从读书时就喜欢她、想追她的人一抓一大把，当年难追的女神结了婚，自己得不到，就在背后一块儿吹牛过过嘴瘾。

当着人家老公的面吹，估计更能满足虚荣心。这是贺昇猜测的，因为他没有这些癖好，身边也没这样的货色，更不会对别人的老婆有什么想法。一晚上来了十几个穿着清凉的姑娘，他只看了于澄。

贺昇鞋尖前方，男生皱着眉捂着胸口，半天不应声。

贺昇蹲下来，从他兜里拿出手机，打开相册，翻到刚才他偷拍的于澄和其他女孩的几张照片，点击"彻底删除"，删完之后把手机拍到男生脸上。

"不说了？"贺昇站起来，居高临下地看着他。

男生不开口，光瞪大眼睛躺地上看着他，捂着胸口，一副丧家犬的模样。

"你说够了，我来说。"他冷淡地开口，又抽了一口手里的烟，抬起手将烟蒂松开，直直地朝这人身上落下去。

烟蒂落下，细微的火光忽闪忽灭，砸到男生的小腹，又顺着往下滚落。

贺昇声音很低，带着冷意和戾气："你妈要是没教过你，我来替她教教你。"

"姑娘家想穿什么衣服、想怎么打扮是她们的自由。"他边说鞋尖边转动，用劲蹍着落地的烟蒂，眼神冷漠地看着那个男生的脸涨成猪肝色，"你多想了，想得偏了，那是你该死。"

好半天过去，他才缓慢地收回脚，冷声问："记住了吗？记不住，就再来一次。"

"记住了。"男生脸上泪水和鼻涕混合在一起，双眼通红，脸颊上还有混杂着泪水的泥沙，"真记住了。"

见他那副样子，贺昇也懒得再理他，瞥了他一眼，鞋尖换了一个朝向正准备走，转身的瞬间，他抬眼就看到了站在几米之外的于澄。

乱舞的树影中，于澄双手抱臂，身上搭着薄衫，正一瞬不瞬地看着他。不知道她来了多久，看到了多少，蹦迪声太大，他一点也没发现。

"你……你怎么来了？"贺昇好半天才找到自己的声音，心跳加快，有些紧张。他甚至不敢直视于澄的双眼，像个做坏事被抓到的小孩。

"在那边没找到你人，就找过来了。"于澄边说，视线边往躺在地上的人身上看。

"嗯。"贺昇低头，抬手摩挲着后脖颈，不知道该怎么开口解释这件事，"那个……"

"怎么打架了？"于澄收回视线，目光落在贺昇表情有些不自然的脸上，轻轻笑了，"他说我坏话了？"

见贺昇不说话，她走过去抱住他，踮起脚，下巴搭在他的肩上："没关系的。"

"不行。"贺昇缓缓呼出一口气，弯腰搂住她，闷声闷气地说，"谁都不能说。"

澄姐这么好，谁都不能多说她一句。

"好了。"于澄抬起头，"走吧，我们回去。"

"嗯。"

篝火蹦迪还在持续，赵炎把身上的红色花衬衫扎起来，露出半截结实的瘦腰，没完没了地扭着。

"哎，只要有这几人，哪儿都是蹦迪场。"于澄情不自禁地摇头感慨。

"没事。"贺昇握住她的手拉到面前，低头在她的手背上亲了一口，

"他们开心就好，我刚才听见了，他们祝我们长长久久呢。"

"嗯。"于澄忍不住笑起来，"这是赵炎今晚干的唯一一件人事。"

不然这真就是个蹦迪、烧烤的局，跟他俩毫无关系。

两人没过去凑热闹，回到小方桌前，在躺椅上坐下来。

"喝吗？"于澄拎起一瓶啤酒，在手中晃了几下。

贺昇扯着嘴角："你开我就喝。"

虽然于澄不怎么能喝酒，但她会开酒瓶，用不着起瓶器，而是用巧劲儿，手握住瓶身，把瓶口对着桌沿一磕，盖子就开了，这都是以前瞎混时学的招数。

她打开瓶盖，喝了一小口酒，才把瓶子递给贺昇。两人躺在躺椅上吹着风，看着黑压压的夜空，有一搭没一搭地聊着天。

"是不是下雨了？"于澄突然感到有雨滴落在身上，她坐起来，仰起头看。

"好像是。"贺昇回答。

篝火渐小，一阵差点把幕布吹翻的狂风吹过以后，天空中就开始砸下豆大的雨滴，人群瞬间四散开来，几人匆匆地互相打了个招呼，有车的人直接开车走，没车的人要么蹭车，要么先回小酒馆里面避一会儿雨再想办法。

两人靠在一块儿往江边的公路走去，头上搭着毫无用处的薄衫。贺昇的车停在那儿，等到上了车，两人身上也淋湿了大半。

"喏，先擦一擦。"贺昇递给她一条干毛巾，随手把自己半湿的碎发朝后捋。

"嗯。"于澄随手接过，把鲨鱼夹取下来，敷衍地擦了两下头发。

贺昇抖了抖身上半湿的T恤，干脆直接卷起下摆兜头脱下来，扔到后座上。

他偏过头，见于澄擦头发那敷衍的样子，忍不住拿过毛巾，展开搭在她身上，把人往跟前拽，帮她擦身上的雨水。

"这雨得下多久?"于澄边乖乖地低头让他擦边问。

"不清楚,估计得下一阵子。"

"嗯。"她点头。两人都喝了酒,没法开车,只能干等。

车外雨渐下渐大,擦完雨水后,毛巾被贺昇随手扔到后座。于澄手肘靠着车窗,看着他的动作和他脱下 T 恤后露出的腹肌线条。

"怎么盯着我看,有事?"贺昇冲她挑了下眉。

回答他的是于澄的一个吻。

她跪在车座上,俯身靠近他,狭小密闭的空间内,每一下呼吸和每一寸身体的贴近,都被放大数倍。

倾盆大雨落下来,在车窗上渐渐形成一道水帘,足以掩盖一切。

"昇哥,新婚快乐。"于澄看着他说。

贺昇勾了勾唇角,抬手抚过她脸颊旁的碎发:"嗯,新婚快乐。"

番外3：祁原篇

这天祁原在床上躺了一天，他没发烧，也没有哪里不舒服，就是做什么都不得劲。

卧室的窗帘不透光，室内昏暗，他随意地套上一件T恤，穿上睡裤，推开阳台的门，站在露台上看狂风骤起，雨滴砸向滚烫的地面，带起灰尘。

他眯眼看着手机上朋友圈的实时动态，他以为自己放下了，结果在他刷到于澄和贺昇两人结婚证照片的那一瞬间，心脏的某一处还是不可抑制地有些难受。

他和于澄真的认识了好多年，久到她都结婚了。

南城这座日新月异的城市分为好几个区，最好的几所小学全在老城区那一片，他们恰好住在一个学区，在同一所小学上学，然后到五年级的时候分到了一个班。

不过他们一直不熟，只能互相喊出对方的名字，甚至看对方都不顺眼。原因很简单，他俩太像了，走到哪儿都是众星捧月，家世好，长得好看，又都很聪明。

两人那个年纪还都是小屁孩，傻得不得了，喜欢暗暗较劲，谁都不肯多看谁一眼。他记得很清楚，上小学时每天都有大课间，要做广播体操，于澄站在班级前头举着班级的牌子，他在班级队伍最后晃悠，瞎摆动作。体育老师在主席台上做示范蹦了一下，他只跺了一下脚尖；体育老师蹲下又起来，他一直蹲到最后一个动作做完才跟着老师一起起身，省劲。

两人就这么互不干扰,各忙各的,直到春天要开运动会,班级入场时男生队也需要一个举牌员,一群"豆芽菜"里他个子最高,班主任就安排他和于澄一起。

他唯一听话的阶段也就是在小学时期,小学生统一戴着鲜艳的红领巾,朝气蓬勃。这场运动会有区领导来参观,学校挺重视,运动会前特意安排了几次举牌员的训练。

他们俩是搭档,那几天的训练一块儿去,一块儿回,小屁孩也没什么真看对方不顺眼的地方,两人后来就开始在一起玩,越玩关系越好,变得形影不离。

他们住在同一片小区,算是南城老一批富人区,两人理所当然地升到同一所初中。直到中考完那阵子,于澄开始不怎么去找他,每天跟一群混社会的人待在一块儿。

要报志愿学校的时候,他去找她,于澄手肘搭在栏杆上,问他来干什么。

他问:"要不要一起出国?"

家里想送他去外国语学校读高中,之后就让他直接出国,镀层金回来,顺其自然地在自家公司做事。

"我不想上学了。"于澄是这么回答他的,"更没有出国的想法。"

"那你高中去哪儿?"

于澄:"不知道。"

"还没想好?"他继续问。

"不是。"于澄故意往栏杆后面仰,发丝飘荡在身后,"压根儿没想。"

"那等你想好了告诉我。"他说。

"告诉你干什么?"于澄侧过脸问。

"我想跟你上同一所高中。"

"……"

这话一说出口,于澄不动了,眼睛都不眨地打量他半天,才问了一句:"祁大少爷,你不会暗恋我吧?"

没等他开口,于澄继续说:"可别,多奇怪啊。"

祁原单手插兜,看着她哼笑了一声:"你就自恋吧。"

他没敢说,那会儿她不是自恋,他就是暗恋她。

中考结束后的那个暑假过完,两人一块儿到附中分部后,继续形影不离地每天走在一起。分部的楼是后盖的,说是附中分部,但和本部完全不一样,全靠家长砸资源砸起来的。分部里,要么是报考本部被刷下来的,要么是什么都考不好,家里花钱送进来的,是富二代的高产地。

那会儿大家都觉得他跟于澄多多少少有点关系,教务处的主任成天拿个手电筒在操场蹲守他和于澄,等着找到两人早恋的实质性证据。他们也确实被逮到过几次,但都是因为翻墙逃课被逮的。

分部操场的旁边有一面矮墙,墙根长着无人问津的杂草,因为从这儿逃课、拿外卖都方便,杂草都要被翻墙的学子日积月累地踏平了。

第一节晚自习结束后,两人一块儿摸黑到了墙边,于澄轻车熟路地先把书包朝着墙外甩出去,接着踩到他的膝盖上跨坐到墙头。

夏季校服是短裙,就算穿了安全裤,于澄每回跨上去的时候,都觉得大腿根被粗粝的水泥磨得疼,只能一点点往外挪,踩着墙外凹陷的地方翻过去。

祁原个子高,等于澄出去了,他用手撑一下就能翻过去。

教导主任拿着手电筒在后面喊,他俩一块儿笑着往前跑。

"差点被逮着了。"于澄心有余悸地拍拍胸口。

"行了。"祁原不怎么在意地揽过她的肩膀,左手拎着两个书包往前走,"反正不管逮没逮到,他都得找咱俩谈话。"

"嗯。"于澄点头,"去哪儿玩?"

"找赵一钱他们去。"

"他们不是还在教室里吗?"

"没有,兵分两路,转移战火,他们从西边翻墙出来。"

"够专业。"

初秋的南城夜间并不凉，几人一块儿到初中那边的奶茶店碰头。简约风的休息桌前，几个脑袋凑到一起，看赵炎分享的美女高清写真。

"这个人就是隔壁四中的。"

"四中有这么好看的？"

"有啊。"赵炎肯定地点头，"而且还不止这一个。"

许颜乐得不行："你又看上了？"

"还成吧。"赵炎不好意思地挠挠脑袋，"纯欣赏。"

"那你上次看的那个二十三中的呢？"赵一钱问，"换目标了？"

"哪个啊？"

"就是那个女生。"赵一钱直起腰想了想，"上次，跟孙晚壹一块儿来找澄子的。"

"孙晚壹又是谁？"赵炎感觉自己跟失忆了似的。

"行不行啊你？"祁原笑着骂了他一句，拍拍他的肩膀，"就上个月篮球赛遇到，说澄子长得像他妹的那个人。服了，像个头，够离谱的。"

于澄："……"

"你不觉得他说得挺像回事的吗？"于澄表情挺认真地问他。

祁原咧嘴乐了："我觉得你挺像我前女友的，要不咱俩在一起？"

"什么前女友？"于澄瞥他一眼，忍不住笑了，"喝多了吧你。"

"……"

他那会儿确实还没有前女友。

这一片就靠着二十三中。梧桐树逐渐泛黄，祁原手里的一杯奶茶还没喝完，玻璃门外就出现一道人影，身上穿着二十三中红白色的校服。

是孙晚壹。

他见这人第一眼就觉得不顺眼，有个词叫"心机"，他头一回觉得真有人适合用这两个字形容。

后来那段时间于澄经常跟孙晚壹待在一起，祁原没事就跟着他们，跟孙晚壹大眼瞪小眼，两人一左一右地走在于澄身边，直到后来孙晚壹跟于澄表白。于澄冷眼看着他，表情漠然。

当时祁原也在，场面宏大。孙晚壹拉着几个篮球队的朋友在喷泉广场摆了一圈土不拉几的蜡烛，他坐在台阶上无聊地嚼着口香糖，看着孙晚壹边说边把自己感动得潸然泪下，而于澄皱着眉一副不耐烦的模样。

他感觉自己要是也这么直接跟她摊牌，大概也是这么个下场。不管外面怎么说于澄这个人，他们这个圈子里的人都清楚，于澄在感情方面很绝情，不存在什么拖泥带水、藕断丝连，只要你明确跟她表达了一点那方面的想法，恰好她对你又没那意思，你俩的关系基本就算完了。他不用想就知道，在这场烛光惊喜之后，她跟孙晚壹也完了。所以他把暗恋她的秘密藏得很好，他喜欢于澄这件事，只有王炀知道。

高一第一学期结束后，追于澄的男生数量达到了巅峰值。这个阶段大家不像高一刚开学时那样懵懵懂懂，也不像高三的学生冲刺高考时间都不够用，于澄的桌子里每一天都有好几封情书。也是在那个时候，他慢慢产生了一种危机感。

愚人节的时候，他决定一不做，二不休，给她写一封情书试试，不行就说自己是开玩笑的。

他又怕她真觉得自己在开玩笑，花了好几个晚上认真地写了一封，趁教室里没人，悄悄地夹在于澄每天都会打开的画本里。

年少的心动是小鹿乱撞，他一晚上没睡着觉，第二天见到于澄，他吞吞吐吐地问她，昨晚回去有没有在画本里看到什么东西。

于澄打量他一番，眼里带着觉没睡足的慵懒，纳闷地反问了一句："什么东西？"

她的语气太自然，表情也很自然。祁原愣在那儿，摸不准她是真的没看到，还是在婉拒他。

"没什么。"祁原挑眉笑笑，表情也很自然，"没看到就算了，不是什么重要的东西。"

"噢。"于澄点头。

这件事过去后,他总是在想于澄到底看没看见那封情书,也开始有意无意地离她更近。直到某一天,他发现于澄开始疏远他,跟他拉开距离。他那段时间表现得确实明显了一点,她感觉到了吗?应该是感觉到了吧,或者那封情书她其实看见了。

这样尴尬的关系,一直到他稀里糊涂地谈了第一场恋爱才结束。

说是谈恋爱也不算,因为他最出格的举动就是装模作样地把人搂在怀里,心里半点涟漪都没有。对方想买什么他给买,对方想带他去见她的小姐妹,他也像个好男友一样去见。两人各有所图,谈不上对不起谁,谈不拢就分手了。

他前女友的数量确实一只手都数不过来,但让他这会儿想想,他连一个名字都叫不出来,那些女生长什么样他也忘了,不论对方好不好看,他都记不清她们的脸。

他拿谈恋爱作为他跟于澄避嫌最简单的办法。

他真傻,但那是他当时能想到的最好的解决方法了,他知道于澄的性子,他怕自己跟孙晚壹的下场一样。

那年他在手机 App 上收到一个网友随机提问的问题:你最后悔的事情是什么?

他愣了一会儿,回复:和喜欢的人成了最好的朋友。

因为她是自己最好的朋友,每一次靠近她自己都小心翼翼,如履薄冰。

后来本部和分部合并,贺昇出现了,于澄开始跟他走在一起,祁原也结束了瞎谈恋爱的状态。

看着于澄每回一下课就往八班跑的样子,他突然对那封情书的事释然了。她看没看到根本不重要,要是于澄对他真的有意思,两人不至于当了那么多年朋友。

她知道喜欢一个人的时候要主动,知道要怎么追人,只是对象不是他。

因为她不喜欢自己,所以他送的手链她会不小心弄丢。可她从贺昇那儿拿的一支笔,一直好好地放在笔袋里。

2019年上映了一部泰国电影,叫《友情以上》,他那会儿在厦门,一个人跑去电影院看,然后在电影院哭成泪人,散场都缓不过劲来。

在青春年少的时光里,他曾抱有幻想,自己跟于澄是可以在一起的。

就像赵一钱和许颜一样,亲密无间的朋友连过渡都不需要,直接变成了亲密无间的情侣。

他和于澄认识了十年,做了十年的朋友。

她是他最好的朋友。

回南城参加同学聚会那一次,他没想到齐荚会突然跟他表白。他拒绝齐荚后,跟王炀两个人留到最后。

王炀拉来一个板凳到他跟前坐下,问:"班长不是挺好的吗?长得也蛮好看的,你拒绝个什么劲。"

"她不一样。"祁原放下酒杯说。

"哪儿不一样?"王炀打量着他,"你都谈过那么多女朋友了,也不差这一个。"

"她是认真的。"祁原淡淡地开口,"我以前谈的那些,你清楚是因为什么。"

"那你现在是怎么想的?"王炀拿他没办法,"认真的不是更好?你又不是真浑,班长这么好,你试试跟她在一起也行。"

"不是这回事,我真对她没什么感觉,这会儿就这么跟她试着在一起才是真浑。"

他眼圈泛红:"你觉得我不好吗?"

王炀要劝他的话堵在嗓子眼,说不出来,瞬间懂了。

就像他很好,于澄不喜欢他一样,齐荚也很好,但他不喜欢她。

感情的事毫无道理,又蛮不讲理。

下午王炀来找祁原，拿他托自己转交的新婚礼物。

王炀倚在门边上，笑着问他："你真不去啊？"

"不去。"他拉着脸。

"你还能不能行了？收拾收拾自己吧，瞎糟蹋这张脸。"王炀摇摇头，看他那副睡不醒的样子，"你还没放下？澄子都结婚了。"

"不是。"他也懒洋洋地靠在门边，伸手抓了两下鸡窝头，"早就放下了，但也不会那么快就能看开。礼物你帮我带给她就行，祝她新婚快乐。"

"哦，对了，齐芙等会儿也过去，今天大家都穿得很漂亮呢，你要不要去看看？我拍一张照片发你也行。"

"滚。"祁原忍不住笑着捶他两下，"我马上就发消息，叫她防着点你这个变态。"

"行了行了。"王炀犹犹豫豫地点点头，视线往屋里扫视了一圈，"那我走了啊，你别一个人在家搞什么割腕啊，这么大一栋别墅，连个钟点工都没有，你得发臭了我才能发现。"

"行了。"祁原抬腿踹他一脚，笑了，"我割个屁的腕，你赶紧走吧。"

"我真走了啊？"

"嗯。"

看着王炀急匆匆离开的背影，祁原从口袋里摸出一根烟，放到唇边点燃。

烟雾从脸侧朝上飘扬，他微眯起眼，"嘎嘣"一下咬碎爆珠，清凉感瞬间蔓延至整个口腔。

他第一次抽烟是跟于澄学的，这事只有他们两个人知道。

记忆中，空旷寂寥的天台上，下过雨的地面微潮。

他看着于澄坐在台阶上，裙摆堪堪遮过大腿，从烟盒里拿出一根烟叼在嘴里，然后拿出一个金属壳的打火机，娴熟地打火，随后烟头被点燃，忽明忽暗。

他抬手,从于澄的嘴里拿过那根烟,烟头上有细细的牙印和微潮的痕迹。他自然无比地把烟放进自己嘴里。

"你什么时候学的?"

"这会儿刚学的。"

番外 4：齐荚篇

暴雨落入长江，瞬间与江水融为一体。

巡逻灯打到水面上，照亮被雨滴砸出的水坑和四溅的水花。

天色黑压压的，车内的冷气"嗞嗞"地冒着，赵一钱坐在前头的驾驶座上，手拉着淋湿的领口，许颜坐在副驾驶座上和他动作一致，齐荚一声不吭地裹着外套坐在后头。

她本来想到小酒馆里避雨，等雨小点让家里人来接她，没想到许颜拉着她就上了他们的车。

车里有两条备用的干毛巾，许颜分给齐荚一条，两人匆匆忙忙地擦掉身上的雨水，许颜抽空还往赵一钱头上敷衍地擦了一把。擦完，她转过头，见齐荚还在一点点地擦着潮湿的棕发，侧脸线条柔和，外套下是白皙的腿弯。

"哎，班长，你冷不冷？"许颜回过头问，"冷的话我把冷气关了。"

"不冷，谢谢。"齐荚小声道。

"那你冷的话跟我说哦。"许颜冲她眨了一下眼。

"好。"她点头，又说了一句"谢谢"。

车子一路往前开，雨太大了，雨刮器不停地刷着车窗，道路看起来都是黑压压的一片。

"那个……班长，你有没有想听的歌？"许颜又问。

车里太安静了，赵一钱专注地开车，齐荚也不开口，车内安静到氛围有点尴尬，一个说话的人都没有。

"都行。"齐荚笑笑。

许颜朝她比了一个"OK"的手势:"那我随便播放咯。"

"好。"

她点击了几下屏幕,音响播放出一首老歌,歌手的音色带着沙哑的颗粒感。有歌调节气氛,车里的人瞬间放松不少。

赵一钱边把着方向盘边朝后视镜看了一眼:"班长,你发呆在想什么呢?想祁原?"

"嗯?"齐荚瞬间条件反射地收回望向窗外的视线,垂眸看向自己的脚尖,"没有。"

"没事,有什么心事你可以跟我们说,咱们谁跟谁啊。"赵一钱乐了,"他今晚没来。"

"嗯,我知道。"齐荚点头,微不可察地叹了一口气。

"对了,我们一直纳闷,你到底为什么会看上祁原啊?"许颜问道。

要不是她跟祁原表白了,估计高三十八班全班四十二个同学,没一个人会知道这件事。

"因为他很好啊。"齐荚很自然地说出口。

"我的天,你看上他的脸,看上他多金,哪一条都成。"许颜笑个不停,"就他高中那个样子,怎么也不能和'好'这个字扯上关系吧。"

"不是,他真的很好。"齐荚肯定地点头。他是她中考失利分到分部后,遇到的最好的男孩子。

"行行行,情人眼里出西施嘛,我懂。"许颜打趣她。

"不是,他真的很好。"齐荚正想解释,又被打断。

"那你俩现在发展到什么关系了啊?"许颜忍不住八卦,瞪大一双眼睛看着她,脑袋从刚才开始就没转回去。

"我和他……"齐荚垂眼看着自己搭在腿上的手,睫毛轻轻颤了两下,忍不住抠起手指来,"就是朋友。"

"就是朋友?"许颜问。

"嗯。"

253

"那朋友也分很多种嘛,好朋友、男女朋友……"许颜不怎么正经地一个个细数,"你们是哪种朋友?"

齐荚抬起眼睛,对上她好奇的视线,有些无奈:"就是最普通的朋友。"

"这样啊。"许颜露出失望的神情。

印象中从齐荚表白到现在,已经过去一年半了,祁原也还是单身,两人在同一个城市上大学,近水楼台先得月的,怎么就一点进展都没有呢?

"抱歉啊。"听出对方话里的期待没得到满足的失望,齐荚无奈地又把头低下来。

"这有什么可抱歉的。"要不是系着安全带,许颜简直想捏她两下,"你那会儿不是说要追他吗?我挺好奇的,你是怎么追的呀?"怎么追了一年半还没有进展。

"这个……我去他们学校找过他几次,看他打球,也和他在一起吃过饭。"齐荚老实巴交地全盘托出。

两人的学校离得不算远,坐两站公交就可以到。

跟其他时候不同,球场上的祁原非常认真,每次打完球都大汗淋漓,运动背心后面湿了一大片,浑身热烘烘的,他会掀起衣摆擦掉脑门上的汗,一举一动都能轻易抓住这个年龄段女孩子们的心。

和在高中差不多,到了大学祁原也很受欢迎,他玩得开,所以每次打球也有几个女生是专门为了看他才去的。

很多时候她都是看完就走,偶尔有几次被他发现了,祁原会主动跟她打声招呼,带着她一起吃顿饭,然后开车送她回去。这就是两人这一年半的相处模式,她已经知足了。祁原不喜欢她,但也最大程度地维护了她的自尊。

"就这样?"赵一钱正开着车,天气恶劣路况不好,他都不敢分神,听齐荚说出这个追法,他都没忍住说了句脏话。

"一年半,你就去他学校找过他几次,看他打了几次篮球,一起吃过几顿饭?"许颜也觉得不可思议,他俩要是能有进展才是见鬼了。

"嗯。"齐荚反而很淡然地笑了。

"早知道应该让澄子出本书，"许颜略微思考了一下，"书名就叫《如何把男人追到手》，这样你还可以学习一下。"

"……"

"一会儿路过祁原家，要不干脆把你丢下去吧。"赵一钱缺根筋地说，"雨这么大，他也不可能赶你走，就这一个晚上，你俩什么都不干，估计都比你这一年半光看他打球强。"

"不行。"齐荚一下子慌了。

"我的班长，"许颜也逗她，挑挑眉，"主动点你跟他才有可能啊。"

她边说边把头转向赵一钱："来，钱钱，你告诉她，澄子是什么时候就开始往贺昇那儿跑的？"

"高三上学期，那时候他俩才认识一个月吧，就是篮球赛结束那晚。"赵一钱记得很清楚，当时他对于澄那股劲儿佩服得五体投地。只要有机会，这人是真敢出手。

"听见没，班长？"许颜给她使眼色，"等会儿就给你送到祁原那儿。"

"别了。"

"没事儿，等会儿你想回家，再让他送你回去就好了，反正我们只给你送到他那儿。"许颜有点幸灾乐祸，"听王炀说，他现在正发烧呢，可虚弱了，你可以乘虚而入啊。"

"不一样的。"她叹了一口气，释然地笑起来，"于澄可以这样，是因为贺昇原本就喜欢她。祁原不喜欢我，我怎么做都一样。"

"他不是单身吗？一切皆有可能啊。"赵一钱继续忽悠，看热闹不嫌事大。

"嗯，但他有喜欢的人。"齐荚轻声说出口，"我这辈子应该都没法超过那个人。"

她说完这两句话，车子猛地急刹。

"祁原有喜欢的人？"赵一钱不可思议地回头。

"嗯。"齐荚点头，微笑着说，"所以你们的好意我心领了，这样做真的不合适。"

"他喜欢谁啊？"赵一钱皱眉，"厦门那边的？这么难追？我也没看见他有什么动作啊，大学三年也没见他谈场恋爱。"

"不是。"齐荚摇头。

"那他喜欢谁？"许颜的胃口一下子被吊起来，也不忙着撮合他俩了，一个劲儿地问，"他怎么没跟我们说过，这也不像他的性格啊。除非那个妹子都结婚了，两人没可能了。"

没想到这话一出，齐荚沉默了几秒，点了点头："嗯。"

雨水噼里啪啦地打在车窗上，车里静默半晌。赵一钱和许颜对视一眼，都从对方的眼里看出了震惊和不可思议。

"'嗯'是什么意思？"许颜看向她，眉头紧蹙，"你的意思是，祁原喜欢的人，已经结婚了？"

她字字清晰地问道。

他们这群人，结婚的只有一个。

"嗯，已经结婚了。"齐荚望向窗外，眼圈泛红，眼泪聚集在眼眶里，淡笑着开口，"所以他应该不比我好受多少。"

夜空中轰隆隆打了一道惊雷，车里半天没人说话，赵一钱用力地拍了一下方向盘，狠狠地往前踹了一脚，骂了一个脏字。要真是这样，祁原可真够难受的。怪不得他们都不知道这件事，这事要祁原怎么说，怎么开口？

"所以真的谢谢你们的好意。"齐荚哽咽着说，"我知道他不喜欢我，以后应该也不会喜欢，我只不过是还放不下他而已。"

这样就很好了，再多做其他事就越线了。

车灯照射着前方，丝丝的雨线被大风吹得倾斜。

她家在东边，道路两旁的行道树从梧桐变成了松柏，被雨水打湿，耷拉着绿叶。

这件事一出，三人都彻底没了开口的欲望，车子一路安安静静地朝前驾驶。车开到路口，赵一钱往左转了个弯，朝齐荚家的方向直接开过去。

"真是谢谢你们了。"齐荚撑着伞站在楼下。

"没事。"许颜笑笑，"赶紧回去吧，到家给我们发条消息，我们收到再走。"

"嗯，好。再见。"

"再见。"

望着齐荚的背影，赵一钱一口闷气堵在心里："宝宝，我能不能掉个头，回去把贺昇揍一顿？"

"你打得过他吗？"许颜白了他一眼，"幼不幼稚啊你。"

"我是真难受。"赵一钱又使劲往前踹了一脚，眼睛泛红，"这都是什么事。"

"再正常不过的事。"许颜靠在车窗上，缓缓地呼出一口气，"别想了，有没有贺昇，祁原跟澄子都不可能。"

"为什么？"赵一钱抬眼看过去。

"我跟澄子玩得最好，我比你清楚。"许颜叹气，"她一开始找贺昇时没认真，所以就算没有贺昇，祁原跟她也不可能。"

兔子都不吃窝边草，谁找自己的朋友闹着玩？不仅祁原看重这份情谊，于澄也看重，更何况于澄确实从来都没对祁原有过那个意思。

"澄子和贺昇能走到现在这个地步，是他俩自己的缘分和本事。要是换个人谈，说不准澄子的前男友们现在都能组支足球队，你能懂吗？"许颜看得比他明白，"只能是他俩。"

说是于澄追到了贺昇，还不如说是贺昇拿捏了于澄。

"行了，走吧，咱们回家。"赵一钱心里堵得慌，"我这个月再见到祁原，指定把他当亲哥供着、哄着，他真是太糟心了，跟咱俩一比，他是真的很可怜。"

"嗯。"许颜哭笑不得,"走吧,走吧。"

看到齐荚发来的报平安的消息,两人放心地驱车离开。

三楼,齐荚动作轻缓地推开门,房间里落针可闻,客厅灯关着,家人已经睡熟了。

她弯腰换鞋,径直走进书房里,关上门,按下开关打开台灯。

这是她的书房,也是承载了她无数个秘密的地方。她伸手拿过相册,从里面翻出高中的毕业合照。薄薄的一张照片被她捏在手里,这张高三十八班的合照里,祁原站在最后一排中间,她站在第二排最左边,两人连拍合照都隔了这么远。

她仔仔细细地盯着照片上的那个人影看,想起自己第一次对他心动的那个午后。那是她中考失利,没考上本部被分到分部的时候。她是出了重大失误才到这个班,所以从开学的第一天她就格格不入。她没跟这样的一群人打过交道,这样跟她完全不同的一群人。

因为初中履历优异,她毫不意外地被班主任点名成为班长。"班长"这两个字,听着光鲜亮丽,但在那样的学校、那样的班级里,只是做苦力的代名词,这是她刚开学就得出的结论。而她得出这个结论,源于军训过后开学要搬新书。

她交际能力并不好,军训的一星期过去,她也只和后面的两个男生有些熟悉。好不容易等到他们吃完饭回来,她过去请他们帮忙。

他们笑嘻嘻地说:"你是班长,当然得你去搬书啊。"

四周来的人已经很多了,没人帮她说一句话,她当时只觉得气愤又难堪。

她都忘了当时是以怎样的心情去试着搬那四十几摞书了,才爬了几趟楼她身上就已经被汗水打湿,稍微踩不稳就能顺着阶梯滚下去。她的胳膊很酸、很痛,像是要断了一样。他们班在四楼,平时爬一趟都累得气喘吁吁,更别提抱着这么重的书一趟趟地跑。

她憋着股劲低头往前走，身边突然刮过一阵风。

那人折回来，她的头顶传来一道声音："班长？"

她眯着眼睛抬起头，刘海都被汗水打湿了。

楼道逆光，光线晃眼，祁原抱着篮球，身上还有因刚打完球而冒出的热气。

他低头打量她，又望了望她身后的几摞书，不敢置信地问："就你一个人搬？"

她没吭声，累得喘不过气来，喉咙也干得要死，说不出话。

紧接着她看见祁原扔掉篮球，伸出手自然地从她怀里接过那摞重得要死的书，转身一口气跑上去撞开教室的门："都给我出来！光让一个女生搬书，你们还要不要脸了？！"

一分钟的工夫，已经到教室的那些人全都被他喊了出来，她站在走廊上当场就哭了。

所以她没骗许颜，她喜欢的男孩真的很好。

窗外有夏虫在鸣叫，她红着眼圈踮起脚，从书架上取下一册诗歌集。

那册厚重的诗歌集中，夹着一个淡蓝色的信封，时间过去了很久，边缘都开始泛黄。这是祁原高一那年，写给于澄的那封情书。

那个体育课结束的午后，她不小心窥见了这个秘密，祁原偷偷地将这封情书夹在于澄的画本里，动作小心翼翼。但他那会儿不知道，她就躲在门后，而他走后，她把这封情书悄悄地拿走了。

这件事让她至今都为自己感到羞耻，可她那会儿制止不了自己，暗恋像是潘多拉魔盒，诱引着她踏出为自己所不齿的一步。

还记得年初在学校门口告别之际，她忐忑地说出这个在心里压了很久的秘密，祁原微怔几秒，然后淡淡地笑了。

他说："还好她没看见。"

还好她没看见。

青春里多的是无疾而终的爱意。

这句话说的是他,也是齐荚自己。

暴雨已经停了,夜深人静,齐荚蹲下来,捂住嘴才让自己哭得不发出声音,眼泪一滴滴砸落到地面。

在这个闷热的夏夜,过一会儿眼泪就会被蒸发,不留一丝痕迹。

她满脸泪水地打燃打火机,将这封她占有了好多年的情书缓缓地放置在火焰上,看着它一点点被火焰吞噬,最终在地板上燃烧为一小撮灰烬。

她喜欢的男孩子所喜欢的那个女孩结婚了。

这封情书永远都是个秘密。

番外 5：沈毅风视角

假期过完后，沈毅风、赵炎、于澄还有贺昇，四人一块儿回到京北。沈毅风是贺昇的好哥们儿，不敢联系贺昇本人的那些人，统统来骚扰他。之前网上有种情侣，心血来潮搞张结婚证的图片，在朋友圈瞎炫耀一圈，过两天又闹分手，这导致沈毅风手机上一天能收到十好几条消息，全是来打探贺昇是不是真的结婚了，还是发张图片闹着玩。

但贺昇和于澄是真的结婚了。被问得多了，沈毅风都想骂人，他边骂骂咧咧边发朋友圈：结婚证是真的，再问拉黑。那些人这才消停一点。

大四开学后，大家要么准备考研，要么给四年的学业收尾，收拾铺盖跑去实习。

沈毅风在外头租了间房子自己住，贺昇作为交换生到国外读了一年书，等他回来后，沈毅风偶尔拉着他一块儿去自己的房子做个伴。当然，也就是于澄不在的时候，贺昇才会搭理他一下。

前几天五一放假的时候，赵一钱把玩得好的一帮人拉了一个群，商量毕业旅行的事。于澄也把学分修得差不多了，准备跟他们一起自驾跑318川藏线，从四川出发，一路进藏。

在京北的一起出发，留在苏省的一块儿从南城走。祁原带着齐荚从厦门直接过去，大家到那边下飞机再一块儿去租车，找个专业的人带队。这个提议大家都觉得不错，这事就这么定下来了。

这天是周日，为了庆祝实习顺利结束，沈毅风决定请这俩超级富二代一块儿出来喝酒。

清吧邻近大学城，氛围舒缓，是个适合两三个朋友小坐聊天的场所，灯光忽明忽暗地打在头顶，吧台前酒杯折射着光线。

于澄有事脱不开身，得迟到一会儿，贺昇靠在角落里，左手无聊地捋着头发，右手在手机上翻看微信消息。

"哟，还有妹妹给你发小作文呢。"沈毅风瞄了他一眼，打趣道。

"嗯。"贺昇淡淡地应了一声。

"我挺好奇的，"沈毅风拉着椅子靠过去，"你俩领完证，你们的那些追求者有没有什么变化？"

"变化？"贺昇单脚搭在高脚椅上，懒懒地支肘往旁边靠，抬起眼，"前两天于澄微信上有个弟弟问她什么时候离婚，这算不算变化？"

以前最多被问一句"分没分手"，现在被问"离不离婚"，变化真的挺大。

"离婚？"沈毅风听完这句话直接笑岔气了，他简直不敢相信，歪倒在椅子上笑得半天都停不下来，"连离婚都开始想上了，变化够大的。"

"嗯。"贺昇漫不经心地扯了一下嘴角，"变化真大。"

"哪个弟弟啊，这么猛？"沈毅风是真的好奇，笑得嘴都合不拢。

"不知道。"贺昇眼睫稍垂，单手托腮，神情清冷地回忆着，"备注的名字就是'弟弟'。"

于澄那天顺手在列表搜索栏搜了一下这个备注，一口气出来二十几个账号。她要是养鱼，鱼塘都塞不下。关键于澄自己压根儿不记得是什么时候加的，那么多弟弟，她脑子里也对不上谁是谁。

"要不你俩回头再搜一下'哥哥'试试？"沈毅风冲他不正经地挑眉，既好奇，又带着点煽风点火的意思。

"搜了。"贺昇回答他。

"然后呢？"

他不正经地笑了一下："也出来一排账号。"

"还真有啊。"沈毅风笑得直不起腰，激动地拍着桌面，"我要笑死了，我真是服了。"

"……"

看他那幸灾乐祸的样子,贺昇低下头,懒得再搭理他。

音乐缓缓播放,蓝调的微醺感弥漫整个酒吧,微妙又暧昧。

等沈毅风缓过劲来,就闻见周边飘过来一阵浓烈的香水味,呛得人鼻子发痒。这味道他熟,他前前女友也喷过这款香水。

吧台边缘靠过来一个金发熟女,戴着大耳环,化着烟熏妆,眼神直直地粘在贺昇身上:"帅哥,能请我喝杯酒吗?"

贺昇听见声音偏过头,淡淡地看了她一眼,又收回视线,还维持着跟沈毅风聊天的姿态。

也不管对面的人想不想搭理自己,金发女郎顺势往前靠,挨着他,眼神朝他看,嘴里喊着调酒师:"来杯马提尼。"

马提尼,有名的烈酒。

贺昇终于看向她,面无表情地吐出两个字,"没钱。"

金发女郎略微挑眉,眼神瞟向他衣角上的小 logo,这个牌子的衣服单件都得四位数起。她笑了:"没关系,你请客,我付钱。"她的眼神赤裸裸的,想要拿下他。

"这多不好意思。"贺昇弯起唇角,边说边抬起左手,露出无名指上戴着的那枚银戒,眼神又看向沈毅风,"让他请,他单身。"

"我只想让你请。"金发女郎看都没看沈毅风一眼,舔舔下唇。

见贺昇不理睬,她拿过调酒师刚推过来的酒,举杯:"怕什么,你老婆又不知道。"

沈毅风看见这场景直叹气。不得不说,这女的是真的很懂大部分已婚男人的想法。他在一旁兴致盎然地看,两人在一块儿玩了这么多年,他也发现贺昇身上是真的有点东西,尤其是吸引异性的一些特质。比如高中那会儿两人穿着校服出去,就有二十多岁的女的过来搭讪贺昇。

看着金发女郎锲而不舍地继续跟贺昇交谈,沈毅风好整以暇地玩着手机,从相册里翻出一张高一时偷拍贺昇的照片。

263

拍摄时间是七年前，像素跟这会儿相比模糊很多。教室里的贺昇穿着附中的校服，整张脸埋进臂弯里，就露出一点眉眼，还有那一头被陈宏书扯着不知道骂了多少回的蓝头发。

对，就是蓝头发。

沈毅风初中就是在附中的初中部上的，后来直接考到高中部。贺昇一直到高一上学期快上一半的时候才转来，第一天就在全校出了名。

被陈宏书领着进教室的时候，贺昇身上还穿着京北实验高中红黑色的校服，一看就知道他转学过来的时候有多匆忙，连身衣服都来不及换。

那场景他还记得，贺昇出名不是因为成绩，那会儿还没考试，是因为这人是顶着一头蓝头发来的，染的是天蓝色，特二次元的那一种，不漂到九度、十度，都染不出这个色。往人堆里一站特扎眼。

新同学戴着黑色棒球帽，头发藏得严严实实，单手拎着挎包杵在教室门口，陈宏书让他介绍一下自己，他直接走上讲台，在黑板上唰唰写下两个字。

——贺昇。

这就算是介绍完了，一句话都懒得多讲。

加上他下巴上当时有伤，见到他的第一秒，沈毅风就判定这人是个刺头，不知道是犯了什么大错，才从京北匆匆转来南城。

有同学转来，得先安排个座位，附中每次大考过后都会调座，当时班里的座位已经固定了，下次调得到期中考过后，全班就剩他身边还有一个空座。

讲台前的陈宏书巡视一圈，手指一抬，就把"刺头"新同学安排在了他旁边。

沈毅风："……"

新同学眼睛都没眨，拎着包直直朝他走过来。

这让脑子慢半拍的沈毅风产生一种就算陈宏书给贺昇指的是垃圾桶，他都能面不改色地坐过去的错觉。

新同学走到桌子前,把挎包一撂,抬脚钩过板凳就直接坐了下来,过程中两人的视线对上了一秒,沈毅风别过眼,他好怕新同学直接给他一拳。

安排好转校生后,陈宏书叮嘱了两句就走了,贺昇靠在椅背上,摘下棒球帽,伸手随意地捋了两把头发。

数学老师正在前头讲课,瞧见他后明显愣住了,紧接着又不动声色地继续讲题,假装没看着。

沈毅风直接看傻眼了。

"那个……你这头发?"他主动开口,如果同桌不是刺头,那很好,万一真是个刺头,他更得跟同桌搞好关系。

"噢,染的。"新同桌淡淡地回答。

"我知道。"沈毅风开口,"我意思是,我们学校不让染头,特别是这种颜色。"

"嗯,全国的高中都不让染。"贺昇像看傻子一样看他。

"那你还染?"

"没什么,气气家里人。"

"哦哦。"沈毅风一下子就懂了,少年叛逆,很正常。

他又说:"那你要不要回头去染回来?每周的升旗仪式都得检查仪容仪表,附中管得很严,陈宏书没事就过来转悠,被逮着就得挨骂。"

"陈宏书是谁?"贺昇问道。

"就是刚刚送你过来的那个人。"

"哦。"

"那你要不要染回来?下午下课我可以陪你去门口的理发店弄一下,估计晚自习之前能回来。"沈毅风是真的很热情。

"不染。"贺昇冷冷地吐出两个字。

"嗯?"

"刚染完,再染伤头发。"

"……"

伤头发，他说得好理直气壮啊。

结束这场谈话后，新同学抬眼朝门口看了一眼，紧接着低下头，一只手扯着领口的拉链把下巴往里缩，另一只手放到桌子底下玩手机。

教室里全是唰唰的动笔声，沈毅风看得直咂舌。这人知不知道附中本部有多"卷"啊？还玩手机。他服了，他这新同桌有点学渣的样子。

仅仅一天，全校就传遍了，高一转来一个新生，蓝头发，长得贼帅，上第一节课手机就被老师没收了。

当天晚自习陈宏书就晃悠到了他们班，万花丛中一点蓝，他一眼就瞟见了那个蓝脑袋，紧接着他推开门，把贺昇拉出去谈话。

沈毅风停下手里的笔，竖起耳朵听。

贺昇是新同学，难得陈宏书理解他，觉得他刚来第一天，不知道校规校纪很正常，所以语气和态度还算柔和。

他的新同桌端端正正地站在那儿，眼皮耷拉着，看着挺乖。但经过半天的相处，沈毅风一眼就瞧出他对陈宏书的话是左耳朵进右耳朵出。

果不其然，第二天他的同桌依旧是顶着这头蓝毛来上的学。

之后的两个星期，只要上课，贺昇就低头玩手机，课间没事就趴着睡觉。

过几天就是期中考试，看着同桌依旧我行我素，一副死猪不怕开水烫的懒散样儿，沈毅风都能想到他们班会被他一个人从年级平均分前三的位置拉到倒数。

附中期中考试的座位从一班的第一个座位开始排，贺昇是新转来的，所以坐在最后一个考场的最后一个座位。看着他的同桌考前只准备了一支黑笔，沈毅风眼前一片漆黑，觉得自己该提醒他两句。

"那个，你要不要多准备点文具，我这儿有多的，可以借给你。"

"不用，谢谢。"贺昇伸腿把板凳踢到桌前，捏着那支笔转头就上了五楼。

看着同桌那高瘦又潇洒的背影，沈毅风怀疑这人是不是准备只写一个名字，睡上两小时，交白卷。

这人没救了，真的没救了。

等到考完试后，贺昇从五楼下来，连表情都没变，还是那副云淡风轻的样子，坐下来就趴下睡觉。

看着班里的同学交头接耳地讨论刚才做的试卷，他合理地怀疑他的同桌白天上学，晚上就去酒吧，那头蓝毛也不是为了气家里人，而是为了方便疯玩，要不然正常人怎么能天天困成这个样子？

但他这个猜想没持续几天就被推翻了，因为期中考试成绩出来了，他站在成绩单前，感觉自己眼瞎了。

年级第一一直都在他们班，这次年级第一也在他们班，但换了个名字，叫贺昇。

他可能眼瞎了，怎么能是贺昇？

他同桌贺昇。

紧挨着的两个名次分数直接断层，贺昇比他们班前年级第一高了二十多分。

贺昇凭借一己之力，把班级平均分拉到年级第一。

他直接从最后一个考场的最后一个座位"飞"到第一考场的第一个座位，一战成名。

这下又有消息传开了，那个新转来的"蓝毛"，不仅一张脸帅，还是个学霸。

看着桌面上摊着的分数不同的两张试卷，沈毅风怎么都想不通，问贺昇："你上课不是天天玩手机吗，没见你听过课啊，你怎么考这么高分？"

"谁告诉你我在玩手机。"贺昇的视线淡淡地落在他身上。

"那你在干吗？"

"在刷题。"

沈毅风这下是真的感觉自己眼瞎了："啊？"

"你们学的这些我之前自学过了，进度太慢。"他口吻平淡地叙述着事实，"跟着听课太浪费时间，所以改为在手机上刷题。我刚才去买了一些习题册，以后不用在手机上刷题了。"

沈毅风："……"

原来他同桌真的是学霸。

不仅是期中考试这一次，第一学期期末考试结束后，贺昇依旧是第一，和第二名拉开的分数依旧是断层。

教室里重新排座位，贺昇选择自己坐，沈毅风一下子失去了这个同桌，心里还觉得有点舍不得。

知行楼下的红榜换了人，贴上去的那张照片是陈宏书拉着贺昇拍的，他的蓝头发刚剪掉不久，剪发的时候陈宏书全程陪同，监督着理发师给贺昇剪成了标准的板寸才肯罢休。发型变得惨不忍睹，但他的前任同桌颜值一点都没受影响，挂在红榜上的照片还是很帅。

就在换完红榜当天下午，班主任通知他和贺昇去办公室填参加作文比赛的资料。他是语文课代表，作文写得还可以，贺昇又是难得不偏科的全能学霸，两人正好一块儿参加。填完资料后，两人把报名表交给语文老师过目，确认没问题了，又一块儿往教室走。

冬日的南城干燥，梧桐的枝丫光秃秃的，日光在头顶照着也觉得干冷。

两人走到教室门口，见门是关上的，沈毅风自然而然地伸手推，皱眉推了半天，门纹丝不动。

又推了几下，他才反应过来，教室门从里面被反锁了。

成绩差的学生明争暗斗，成绩好的学生也有，附中尖子班搞小团体很严重，基本都是几个人抱团，各个小团体平时互不干扰。

贺昇一个新转来的，连着两次考试都是第一，照片还直接被换到知行楼的红榜上，不少人看他不爽蛮久了，尤其是前年级第一，这事沈毅风略知一二。

那会儿他不清楚贺昇是什么想法，反正敲了两下门，里面的人还是无动于衷不开门的时候，他直接一把火蹿到头顶。

沈毅风走到走廊边，猛地敲玻璃窗，打算直接给玩得好的几个人使眼色，让他们开门。

里面的人见沈毅风也在外头，犹豫了一会儿正准备起身，门那边传来"嘭"的一声响。

沈毅风惊恐地回过头看，他的前任同桌面无表情，冷着一张脸正站在门口，抬腿又是"嘭"地一脚，直接踹开了那扇门。

短暂的惊慌过后，全班鸦雀无声。

每个人都因为紧张而呼吸粗重，目不转睛地盯着贺昇，看他眼神淡漠地抬脚，走回自己的座位，全程眼皮都没抬一下。

带头的那个人坐在座位上心跳如擂鼓。他回过头，见贺昇坐在座位上，下巴微抬，眼神锐利，手里悠闲地转着一支笔，也在朝他看。

对视的那一秒，他就意识到这事自己做错了。

教室的物品毁坏严重，这事压根儿瞒不住，踹完门没过几分钟，陈宏书和八班班主任就闻讯赶来，发了一通火。

附中每间教室都安有监控，带头的几个直接被拎去教导处写了一下午的检讨，贺昇作为"受害者"，无辜至极，陈宏书又特意把他单独拉走做心理辅导。

这种事往小里说是同学之间小打小闹，正儿八经地说算是校园暴力，陈宏书怕他留下心理阴影。

"你有什么想法就跟我说，我一定会尽力帮你解决问题。"

"我说了，我没什么想法。"贺昇微眯着眼，浑身散发一种"生人勿近"的气场，靠在办公桌边沿第四次回答陈宏书的问题，语气显出不耐烦。

"快问了一节课了，能让我回去了吗？"

陈宏书："你真的没有什么要跟老师说的？"

269

"没有。"

这会儿是上课时间，除了走廊上趴着写检讨的三人，办公室里静悄悄的。陈宏书抬头打量他，摸不准他是什么性格，不知道这事该怎么处理。

"我能回去了吗？"贺昇皱着眉又问了一次。

"算了。"陈宏书没辙，该说的他都说了，"你要是想回就回吧，后续有什么问题，再来找我也行。"

"好，谢谢。"贺昇点头，转身就走。出办公室门的时候，他朝趴在那儿写检讨的三人瞟了一眼。

等到晚自习下课后，贺昇就把那三个人堵住了。

校门口隔着一条马路的巷口，是三人回家的必经之地。

贺昇站在阴影里，靠着墙看手机。他肩膀平阔，在懒散的状态下也会下意识地绷直后背，这是他从小养成的体态习惯。

光亮处，水泥地上石沙遍地，巷口还有施工队搅拌后剩了一半的水泥。

见到贺昇，前年级第一和另外两个人满脸菜色，都蔫了。

沈毅风怕出事，知道他要堵人以后，见他单枪匹马的不放心，就一块儿跟着他过来，没想到全程都没插上手。

想来也是，就贺昇白天踹门的那股劲儿，换成一个大活人站他面前，一脚下去肋骨都得断几根。

过了半天，贺昇才收起手机，冷眼看着面前的人："在这儿堵你们不太道德。"贺昇把手里拎着的外套搭在肩上，神色如常，"但你们把事情做在明面上，我也不能藏着掖着。"

这也是第一次，沈毅风明确地产生了一种"这个人不能惹"的念头。

刚开春的夜晚依旧带着凉意，沈毅风帮他拿着包，站在旁边看，听懂了他的意思。明面上做的明面上还，其他人看见了，下次就能少几个人找他的麻烦。换个角度看，明面上还是暗地里，贺昇都随他们，他一点都不怵。

那晚说完那句挑明意思的话后,贺昇和沈毅风就走了。三人被堵的事情不知道怎么被传了出去,之后好长一段时间都没人敢触他俩的霉头。

而这件事以后,前年级第一的成绩直线下降,高一下学期期末考试直接掉出前一百名。他心态太差,顺风顺水十几年,一下子过来一个各方面都能碾压他的人,心态调整不过来,人就崩溃了。等到高二开学后,班里就没再见着过这人,他直接转学走了。

虽然比不过贺昇,但转学的也是实实在在的前年级第一,现在成绩一落千丈,令人唏嘘不已。

班里只剩下贺昇这么一个学神,班主任自然不想放过这么好的资源,打算让他帮班里其他偏科的学生提提成绩。

他在理科上天赋高,尤其是数学和物理这两门,而英语课代表恰好数学是短板,是年级前三十名,要是能把数学成绩提上去,就能冲到年级前十名。

贺昇被班主任交代帮英语课代表提高成绩的时候,沈毅风恰好也在办公室交作业。

他见贺昇站在那儿面无表情地听着班主任口若悬河,眼里差点就写上"关我啥事"这四个大字。

他们班班主任热情,打心里觉得贺昇能跟其他同学互帮互助,而他的好哥们儿在这种满含光辉和期待的目光的注视下,只能僵硬地点了点头。

平时沈毅风找他问道题他都觉得烦,边烦边给他讲,一遍听不懂也不会讲第二遍。所以沈毅风觉得,他其实不太适合这个差事,班主任压根儿没摸清真实情况。

事实证明,沈毅风的直觉是对的,贺昇学习虽然好,但不一定会教。

英语课代表是个个头不高的女生,知道老师的打算后,当堂课下课就拿着笔记本来找贺昇,有种"要做最佳学习搭档"的势头。

多数时候是贺昇看着她写,写错了就用食指轻敲一下,示意她改。

才两天,英语课代表对这个指令就已经到了万分熟悉的地步,他一敲，她就立马拿起橡皮擦掉写下的文字。两人一句多余的废话都没有。

只是这种势头没保持两天，英语课代表就蔫下来了。除了正常地做题和看题，她不会的地方贺昇肯定需要给她讲。但贺昇讲题的时候，周边两米内都鸦雀无声，路过一只鸟都得收起翅膀，被他那种气势压得大气都不敢喘。

"看我的脸干什么？看题。"贺昇的语气冷得像是带着冰碴子，神情恹恹地用铅笔画出辅助线，"我刚才讲的，你听懂了吗？"

"懂……懂了。"英语课代表支支吾吾，吓得差点哭出来，脑子里乱成一团。

别人不理解，但沈毅风特能理解英语课代表的反应，听不懂，就只能目光茫然地朝他脸上看。只要找贺昇请教过题目就知道，他这人脑子好，属于特好特精的那种，别人解题需要在纸上写好几个步骤，他看一眼题就能直接得出结果来。

他的思维方式跟正常学习好的学生还能分出两个段位，这就导致两方互相不理解。

听讲的人欲哭无泪：这哪里是讲题，什么都还没算呢就直接跳步骤了，这结果能直接变出来吗？玩我呢？

贺昇更无语：我都讲成这样了，还听不懂？还不会做？

这样差了频次的补课方式就导致在大半个月后的月考中，英语课代表的数学成绩从岌岌可危的三位数，直接毫无悬念地掉到两位数。

办公室里，班主任看着成绩单若有所思，想不通明明有学习小组，英语课代表短时间内成绩不升反而还掉得这么快的原因是什么。

经过隔壁班班主任的点拨，他后知后觉地担心两个孩子凑在一块儿可能会早恋，而早恋影响学习，成绩下降再正常不过。

要是换作别人还行，偏偏这人是贺昇。

听说其他班小姑娘下课都会到他们班门口晃悠两圈，专门为了看他一眼，班主任这才觉得自己这个决定有些草率。

班主任这么一想，直接把英语课代表喊去办公室谈话。

从贺昇转学过来到现在，他带贺昇也带了一年，知道这学生不好应付。但英语课代表耳根子软，平时又懂事，真有什么事基本都能问出来。

但令他没想到的是，英语课代表到办公室后，直接在他面前哭了一节课，大概意思就是，她不敢跟贺昇一块儿学习，压力太大了，她害怕。

班主任："……"

学习小组的成员合不来不能勉强，班主任就想这事还是算了。

没想到贺昇得知后又不乐意了，觉得英语课代表成绩下降是他的责任，于是他又把人拽过来，拉着沈毅风，带着人一块儿在自习室学了一段时间，刚帮她把成绩提上去一点，学习小组就地解散。

这事一出，沈毅风也相信贺昇和普通学霸之间存在着沟壑，思维模式不一样，做题方法也没法共享，一般的智商用不了他这套方法。

这个想法他坚信不疑地持续到高三，本部和分部合并，分部过来一个长得贼带劲的妹妹，用一起学习的借口一个劲儿地钓他哥们儿。

两人的座位离得不远，在斜对面，贺昇的座位靠窗，他坐在最后一排中间，靠着后面的黑板。

当于澄第一次装模作样地拿上卷子到他们班的时候，他跟陈秉两个人竖着的耳朵就没放下过。

于澄的行事作风他略有耳闻，两部没合并之前他就听说过。见她这么正大光明地坐到贺昇身边，他俩都仔细地等着，心想能不能听见什么劲爆的交谈内容。

没想到听了半天，两人坐在那儿竟然真在讨论题目。没听两句，他又觉得不对劲儿，这真是贺昇在给她讲题？

要是把学习比作吃饭，其他人是直接被贺昇按住头，整个脑袋插在锅里，没吃到几粒还糊了一脸。到于澄身上，贺昇就变成了把饭掰碎了，揉烂了，一点点喂进她嘴里。

原来这人会教别人做题。

让他更叹为观止的是,这饭都喂到嘴边了,于澄还不怎么想吃,心猿意马地光知道盯着贺昇看。

看完脸看锁骨,看完锁骨看喉结,然后又看手,哪里都看,就是不看题。

"听懂了吗?"贺昇侧过脸问她。

"嗯——"于澄趴下来,朝他笑,"你太好看了,我有点听不进去。"

沈毅风:"……"

"那我再讲一遍。"贺昇把试卷推到她面前,"你眼睛盯着试卷,别盯着我。"

"嗯嗯,好。"

两人最初凑在一起学习的那段时间,动不动就是这样的对话,沈毅风是真感觉自己眼瞎了,贺昇和之前一讲题就摆臭脸的仿佛不是同一个人。

他过去问贺昇:"你不是不会讲题吗?怎么听讲的人换成于澄,就讲得这么好了。"

贺昇喝着奶茶,头都没抬,说于澄基础不好,就是得讲得细点。

沈毅风:"……"

这也是他跟陈秉认识贺昇以来,第一次把贺昇跟女生放在一起开玩笑,开他和于澄的玩笑。

这跟女生团体之间有点相似,你的姐们儿知道你喜欢哪个男生后,别管在哪儿,只要你俩碰上,都得比你还激动,疯狂扯着你让你看。

男生也是一样的,不可能随随便便来个女生追贺昇,两人就过去瞎激动地撮合。虽然沈毅风看着傻,但他从来不揽这种吃力不讨好的活。

男生之间就是有这种心照不宣的默契,对谁没意思就是没意思。

贺昇把于澄当宝贝、当祖宗,四舍五入,于澄也是他祖宗。

祖宗今晚到这会儿还没到,金发女郎三杯马提尼都喝下去了,这人看上去酒量不错,轻易不会醉,醉也多半是演戏,故意暗示,比如现在。

看着对方眼神越来越迷离的样子,贺昇无动于衷,嘴角漫不经心地上扬:"我老婆就在你身后。"

"你老婆?"金发女郎的眼神一瞬间就不迷离了,闻言眼神清明地转过身看。

素未谋面的女人红唇黑发,眼线勾勒着上扬的弧度,几颗耳骨钉明显。

金发女郎在撩她老公,但于澄双手抱臂,唇角勾着淡淡的弧度,面上看不出什么情绪。

"真不巧。"金发女郎也不再自讨没趣,再怎么着也不可能当着人家老婆的面把人撬走,婀娜多姿地转身要走的时候,看向贺昇的眼神很不满——"来酒吧玩还带老婆,没意思"。

"忙完了?"贺昇问她。

"嗯。"于澄点头,走过来坐到刚才金发女郎坐的位子上,这片空气里还留有香水的浓香。

"三杯都喝下去了。"于澄略微挑眉看着面前的空酒杯。她平时不喝酒,但对这酒很熟,被祁原忽悠着喝过两杯,没出酒吧就醉了。

看着酒杯上面薄薄的唇彩痕迹,就知道昇哥刚才经历了什么。

"是啊,三杯都喝下去了,你怎么才过来。"贺昇垂眼,面上带着浅笑,伸手揽过她的腰,在她耳后落下一吻。

"干吗呢,干吗呢?大庭广众的。"沈毅风忍不住出声提醒。

"没干吗,亲亲自己的老婆。"贺昇唇角带笑,右手搭在于澄的腰间,左手撑腮,胳膊支在吧台边缘,目不转睛地看着于澄,眼神也有些迷离。

克莱因蓝的灯光扫过来,于澄缓缓打量着面前的这个人。

利落的短碎发,穿着蓝白色棒球服和深色牛仔裤,两件怎么穿都不会错的单品,配上贺昇这张清冷禁欲的脸,他坐在这儿确实招人惦记。

她凑过去,看着贺昇被酒水打湿而红润的唇,笑了:"我现在有点吃醋,不想给你亲。"

"那怎么办？"贺昇捏着她的下巴又亲了一口，眼神里带着"随你处置"的笑意。

于澄略微打量了他两眼，扭头朝调酒师道："来五杯长岛冰茶。"

长岛冰茶，另一种烈酒。

这酒于澄没喝过，她那点酒量，喝也尝不出酒的水平，反正是给贺昇点的，得五杯打底。

等酒的间隙，三人随意地聊起天。

"你俩下个月办婚礼？"沈毅风问贺昇，这段时间见他一直在筹划这件事。

"嗯。"贺昇点头，"办完婚礼正好去自驾游。"

婚纱他早就定制好了，邀请的嘉宾名单也拟好了，一直在等于澄同意。办婚礼她有点嫌麻烦，这件事一直到年初两人打越洋视频电话的时候，于澄才点头。

"时间还挺赶。"沈毅风说道。

"还成，时间正好，自驾的时候还能顺便去助学点看一下。"

儿童助学计划已经初步实施，目前有三个试验点。

"嗯，你自己安排，自驾得七月初，这会儿才五月份，还得等一个多月。"沈毅风边刷手机边做打算，"这两天正好闲着，有点想去周边玩玩。"

"想去哪儿？"于澄突然插进来一句，咬着气泡水的吸管朝他看。

"不知道。"沈毅风脑子里没什么想法，"海边？"

也不算远。

"嗯，好。"于澄点头，"这两天海边正舒服，我也准备去一趟。"

"那下周一起走呗。"沈毅风转过头，"你去吗？"

贺昇正倚在那儿看调酒师调酒，听见声音侧过脸，轻轻地"嗯"了一声，于澄去他肯定得去。

"一块儿去啊，"沈毅风很高兴，"正好有人做伴。"

"下周去？"贺昇看向于澄。

"嗯。"她点头，"正好我闲着没事，学校的事基本弄完了，工作室这两天也清闲。"

"好。"

三人三言两语就商量好了周边游的安排，京北没有海，他们准备直接往邻省飞，那边的海干净又小众，沿着那条海岸线逛够了就回来。

五杯酒喝完，贺昇抹了一下嘴角，跟着于澄一块儿走了。

看着两人一块儿离开的背影，沈毅风不厚道地想，这两人什么时候能腻歪够？

周边游是临时起意，因为大学时沈毅风就经常一个人出去玩，旅途中大大小小的事情都由他包揽，于是他主动花了两小时简单做了一份游玩攻略，又热情地帮他们订房间。

有之前的教训，他特意定了两间不相邻的房间，防止酒店隔音不好，影响他睡觉。

三人一道顺着那几座城市走，看了灯塔、滨海公路、在天际飞翔的海鸥，还有被风吹起拍砸在礁石上的碎浪。

为了方便，他们又临时租了一辆一天两百块钱的新能源汽车，省时省力。

这天是他们在海边待的最后一天，半夜，沈毅风临睡前肚子饿了，喊贺昇下来喝酒、吃烧烤。于澄那会儿已经睡着了，贺昇收拾好之后，随着他一道坐电梯下来。

这座城市的烧烤还算出名，看好的那家烧烤店距离酒店不远，走过去也就需要十多分钟。

月朗星稀，微风轻拂，路旁小区的栅栏四周生长着应季盛开的蔷薇。沈毅风低头刷着手机，搜索附近的美食和旅行攻略，路过一家花店。

花店大概是在夜间进货，门口的一辆电动三轮车上放着一捆捆分好类的新鲜花朵，老板娘正站在那儿和花农算账。

贺昇忽然改变方向。沈毅风余光瞄见他的动作，视线从手机上抬起来，跟上去忍不住问道："怎么了？"

"我想买一束给澄姐。"贺昇回答。

"嗯？"沈毅风闻言又看了一眼手机，"今天是什么特殊的日子吗？"

"嗯……我想想。"贺昇故意卖关子逗沈毅风。他站在花店门前，下巴忍不住往冲锋衣的领口里缩了缩，勾起唇说："是我们热恋的日子。"

每一天都是。

番外 6：时间杀不死我们的爱情

婚礼是在京北举办的，地点是那座玫瑰园。

当初园里的玫瑰被贺昇挖走了九百九十九朵，余下的依旧在初夏的风中盛开得烂漫。

婚礼没有什么烦琐的流程，他知道于澄嫌麻烦，几乎是顺着她的想法来安排的，主要是想请大家一块儿见证。

见证他和于澄的爱情。

南城的朋友和附中的老师贺昇都邀请了，酒店和机票他全部体贴地安排好，只要人来就行。

这场婚礼他从很久以前就开始准备，虽于澄嘴上说不想办，但他知道早晚有一天于澄会点头。

没别的原因，因为他想办。

澄姐真的很宠他，几乎是有求必应，当他突然冒出一个念头时，从来没怀疑过会不会无法实现，他知道于澄会同意的。

沈毅风一直以为他有于澄这样的女朋友，糟心的时候应该很多，毕竟她魅力太大，桃花一年四季地开。但其实他一点都没糟心过，澄姐真的很好，给他造火箭、买星星，偶尔他吃醋了，她还会立马过去亲亲抱抱地哄他。

婚礼的请柬是银白色的，火漆印是一朵野玫瑰的图案，图案是于澄自己画的，贺昇把它镌刻下来，印在请柬上。

于澄最喜欢的花就是红玫瑰，红艳似火的那一种，很像她。

请柬背后是贺昇用签字笔亲手写下的一句话，摘自于澄写给他的那封情书。

——时间杀不死我们的爱情。

其实单拎出来看,这句话有点中二。但他们的爱情在十八岁的那一年,在他们最无能为力的年纪,差点被杀死过,现在偶尔回想起来,他们还是会被一种后怕的情绪包裹。

于澄写给他的那封情书,他至今还是看一遍就会热泪盈眶一遍,有几次被于澄发现了,打趣他要不干脆裱起来得了,总是翻,再翻都要翻烂了。

他就笑,把人拽过来搂在怀里亲了半天。他才不裱呢,不想给别人看,他像小孩子藏糖果一般,自己偷偷留起来。

这场婚礼的证婚人是老徐,他算是正儿八经地从始至终见证了两人的爱情,当证婚人也无可厚非。

徐峰接到这个邀请的时候,毫不犹豫地答应了,被赶鸭子上架,不上课的时候他就猫在办公室里找视频,看看别人是怎么当证婚人的,学习学习。

举行婚礼的这一天是个好日子,阳光明媚,宾朋满座。

热烈灿烂的红玫瑰盛开在山坡上,迎风摇摆,空气里都是玫瑰花的清香。

阳光从落地窗洒进来,照在于澄身上。

婚纱是定制的,独一无二,她站在落地镜前,拎着裙摆,婚纱是桃心抹胸的款式,白色的细纱上一针一线绣了大朵的玫瑰花,人比花还艳。

"澄子,你真的好美啊。"许颜眼睛都不眨地看着她,眼圈渐渐泛红。

"新娘当然美。"于澄睨她一眼,笑着收回视线。

"时间要到了,我们快走吧。"许颜看着时间告诉她。

"嗯。"

许颜帮她拎着婚纱，到大厅的时候，贺昇已经在那里等着了，他穿的是淡纹白色西装，和她的婚纱很配。

"来了？"贺昇的视线停留在她身上，移不开眼。

和他想的一样，澄姐穿上婚纱的样子很美。

"嗯。"于澄红唇勾起，朝他走去。

她发髻高盘，露出修长的脖颈，七颗耳骨钉戴在耳郭上，右肩上的荆棘似乎也要绽放出一朵热烈的玫瑰。

两人手牵着手站在大厅中央，许颜扒着门缝往里看，等着徐峰宣读流程，邀两人进场。

天不热，但两人紧握的手心还是出了汗。

趁着最后一点时间，于澄突然开口："昇哥，来玩个坦白局怎么样？"

"玩什么？"贺昇忍不住笑了，配合她。

"这样，我们各自问一个问题，对方必须诚实地回答。"于澄唇角勾起一丝弧度，侧过脸看他，"怎么样，你敢吗？"

"这有什么不敢的。"贺昇眉眼带笑，手捏着她的手指，"你问吧。"

"好。"她转过头看向他，"我想知道，你是从什么时候开始喜欢我的。"

她真的想知道，到底是从哪一刻开始，她的喜欢就有了回应。

这个问题抛出来，贺昇短暂地沉默了一会儿。

"我不太确定。"贺昇诚实道，"那会儿太小了。"

"没事，你说。"于澄静静地等着，两人见面那会儿都上高三了，再小能有多小。

"十四岁的时候。"他开口。

"十四岁？"于澄皱眉。

"嗯，但我不确定那会儿算不算喜欢。"贺昇说起来也有些无奈。

见过她那一面之后，他后来也梦到过于澄几次，少年的梦多少带着点旖旎，睡醒后，他清早就要冲冷水澡压下这股莫名其妙的躁意。

281

他烦了很久，想不通只见过一面的人凭什么三番五次地出现在他的梦中，直到那天晚上，两人在南城废弃的篮球场再次相遇。

时间过去了好几年，于澄给他的感觉和几年前匆匆见了一面时相比，也有了天翻地覆的差别，她几乎变成了另一个人。但他还记得她，也认出了她，所以一群傻子问他他是谁时，他更傻地自报了家门。

"贺昇，加贝贺，日升昇。"

他其实是说给于澄听的，让她记着自己。

"那我们真正第一次见面是什么时候？"于澄难得正经，眼神难以置信。

"二〇一四年。"贺昇道。

"二〇一四年？我那会儿应该上初二。"于澄是真的没想到。

"嗯，我当时戴着帽子和口罩，被几个狗仔堵在巷口，你过来帮我拦住了他们。"

"我一点印象都没有。"于澄仔细回忆着，"哪个巷口？"

"三十六号大街。"

"那是我去少年宫的路。"于澄脑海中突然冒出来一点记忆，这件事她之前真的忘了，"我那个时候对很多东西都感兴趣，但都学得不精，没事就去那边，随便看看，随便玩玩。"

"嗯，当时你身上还挂着一根笛子。"他记得很清楚。

"笛子？"笛子她只学过一小段时间，于澄努力地回想，模糊朦胧的记忆中好像是有那么一幕。

长着苍老槐树的巷口，夏蝉不要命地嘶鸣。

巷口有几个大人堵着一个男孩子，还有一群大人在旁边津津有味地看着，甚至带有一种期待，期待接下来会发生什么。

她为什么会冲上去呢？是因为她无意间和那个男孩子对视了一秒。

小哥哥的个子比她高一个头，那双眼睛真的很好看。她喜欢好看的人和物，但那个小哥哥的眼神看上去好难过，难过到她觉得手里的冷饮都不甜了。

"澄姐,你很久以前就保护过我了。"贺昇的目光落在她的脸上,细细打量着她,想要永远记住她穿婚纱的样子。

"那你以身相许吧。"于澄笑了。

"嗯。"贺昇低下头吻她,"许着呢。"

"该你了,你有没有什么想问我的?"于澄弯起红唇,面带笑意。

问她的过往,问她手机里备注的哥哥或弟弟是谁,都可以。

"我想想。"过了半晌,贺昇眼神温柔,脸上带着笑意,伸手将她脸颊边的碎发别到耳后,他问,"你今天开心吗?"

很简单的一个问题,于澄微愣,随即脸上绽放出更灿烂的笑容:"开心。"

前方厚重的欧式大门被缓缓拉开,许颜眼睛红通通地看着她,眼泪要掉不掉的。

于澄望向铺满鲜花的红毯,心里生出一种难以言喻的宿命感。

两人一起立下誓言,交换婚戒,相拥,接吻。

江眉颜坐在台下,眼泪停不下来,许光华一下下拍着她的背,给她递餐巾纸。

贺昇牵着于澄的手,一桌桌地敬酒,每一杯酒都喝得很高兴。

"醉了吗?"于澄拉着他小声问,酒全是他一个人喝的。

"好像有点。"贺昇眼神温柔,淡笑道。

"要不要回去休息?"她轻声问。

"没事儿。"贺昇低下头亲吻她,"等大家走了再回去。"

于澄点头:"嗯。"

江家人全部到场,而贺老爷子是在人走得差不多的时候才到的。

江眉颜从座位上站起来,微笑着点了一下头:"贺老。"

两家算得上有些联系,京北就那么大一片地方,想不认识都难。

"嗯。"贺老爷子笑笑,"以后就是一家人了。"

"嗯,一家人。"江眉颜也跟着笑笑。

老爷子穿着红色的中山装,年近八十精气神依然很足,他转过头在人群里巡视一圈,找到于澄后,那双眼睛露出些赞赏的意味,盯着她开口:"又见面了啊,小姑娘。"

"嗯,又见面了。"于澄唇角勾起,露出一个敷衍的笑容。

周边没人说话,贺昇眉头皱起来,看向于澄。老爷子平时一直待在南方,带于澄回老宅的那几次他都不在,两人不该见过。

"阿昇。"老爷子缓缓朝贺昇开口,"爷爷那边有些事耽误了,来晚了,抱歉。"

"嗯。"贺昇淡淡地点了一下头。

爷孙两个人之间的隔阂十分明显,看起来很疏远,上次热搜的事情过后,那点淡薄的亲情也被消磨得差不多了。

简单的问候完,二人没再对话。

几人重新落座,简单地聊了一些家常。将新婚贺礼送到后,老爷子便走了。

等到宾客散尽,贺昇才忍不住问于澄:"你什么时候和爷爷见过?"

于澄笑笑,抬手把贺昇皱起的眉头抚平:"高三的时候。"

"高三?"贺昇根本不知道这些事。

"嗯,你先别紧张。"于澄拉过他的手,笑了,"他没干什么,只是和我聊聊天。"

"什么时候?"

"就在你给我过生日之后。"于澄想着,"你那会儿是专门提前飞回来给我过的生日,你爷爷应该是觉得太反常,所以调查了一下我们。"

"然后呢?"贺昇想问清楚。

"之后啊,也没什么,就问了一下我们俩的关系。"于澄笑了,"我那会儿不知道他是你爷爷,就一直在胡说八道。"

贺昇有点难以想象两人是怎么谈的,淡淡地笑起来。

这种事情在他们的圈子里很正常，比如赵晗，于澄以前找人调查过她，她在北美读书的时候玩得很开，于澄手里甚至还有通过私家侦探拿到的一些照片。

比如周秋山，他只要不搞出什么丑闻，家里都是睁一只眼，闭一只眼。

"不怪我啊，你当时又不点头，我只能随便瞎扯，总不能说我跟你什么关系都没有，这样显得我多没面子。"于澄越说越觉得有道理，忍不住趴在他身上笑个不停。

"你爷爷说你很优秀，我们之间可以有关系，但不要影响到你，如果影响到你，有任何一点影响，他会立马把我们俩分开。"于澄一点点说着，"所以你走之后，一开始我以为是你爷爷觉得我不好，达不到他心里那个所谓优秀的标准，才把我们分开的，我也是那会儿决定要考京大的。"

"不是。"贺昇否定她的话，"澄姐，你很好，很优秀。"

"优秀"的判定标准从来不是只看分数。

"嗯，我当然知道我优秀。"于澄一点也不害臊，"所以那次跟你爷爷聊得不欢而散，他说他的，我说我的。你真的不要担心，你爷爷没怎么着我，我考京大或许有他的原因，但主要是为了我自己。"

谁不想金榜题名，和喜欢的人继续待在同一所学校里。

"嗯。"贺昇笑了一下，心里那块石头落下来，把于澄紧紧抱在怀里。

婚礼结束后，于澄连着几天都待在家里宅着，养精蓄锐准备自驾去旅行。

清晨，奥特曼习惯性地趴到她的身上犯懒，于澄拿起小梳子，一点点给它梳毛。

现在它的活动量没小时候那么多，很乖巧，但饭量不减，身体越来越肥，捏在手里软乎乎、毛茸茸的。

"十只橘猫九只胖，还有一只压倒炕"的说法一点都不假，奥特曼就是能压倒炕的那一只。

"吃饭了,来晚的小朋友没有饭吃哦。"贺昇漫不经心,吊儿郎当地拿着猫粮、狗粮和生骨肉出来,推开门走到走廊上。

外头正在草地上撒欢的边牧立马冲过来,吐着舌头在贺昇腿边绕圈,两只耳朵竖起又放下。

他蹲下来摸摸它的头:"真棒,再去和妈妈打个招呼。"

边牧立马又"哈嘶哈嘶"地冲去于澄身边,它蹲下来和坐在地板上的于澄差不多高,一人一狗几乎可以平视。

接着它伸出两只前爪,按在于澄腿上,吐出舌头,眼睛亮晶晶的。

"哇,迪迦,你真的是世界上最聪明的小狗!"于澄弯起眼睛,抬手在它下巴上轻挠了两下,夸它。

得到夸奖的边牧这才满意地转过身,晃悠到饭碗前面,慢悠悠地开始进食。

迪迦是边牧的名字,配上奥特曼,正好是迪迦奥特曼。

这个起名字的方法,就很贺日日。

迪迦也是贺昇从路边捡的,放学的路上他在一个仓库门口的废纸箱里发现了它,很小一只,毛也脏兮兮的,他把它抱回来,养到现在这么大,它变成了一只超级幸福的小狗。

清早的阳光洒下来,光亮的面积在草地上一点点变大,逐渐蔓延。青草在阳光的照耀下变得鲜亮起来,迪迦在草地上随意地打滚。

"迪迦,跑过来!"

贺昇弯下腰,眼神熠熠生辉,膝盖微屈,双手撑在膝盖上。他维持着这种姿势,把玩具抛到半空,边牧紧跟着飞奔过去追逐玩具。

一人一狗就这样在草地上奔跑,贺昇穿得很居家,白色T恤配灰色休闲裤,领着迪迦一块儿在草地上打滚,笑声清朗。他的碎发在奔跑时后扬,眉眼间全是朝气蓬勃的少年意气。

屋内,于澄靠坐在沙发上,盘着腿,惬意地揉着怀里的奥特曼,看着他们肆意玩闹。

昇哥的生日又快到了,过完生日,他就二十三岁了。他竟然才二十三岁,两人像是过了半辈子。

跑得差不多了,贺昇脑门汗津津地走过来,白色T恤也被汗水打湿,后背微潮。

"澄姐,快过来让我亲一口。"贺昇笑着把人字拖丢到草地上,光脚走过来,边往于澄跟前靠边说。

"你身上好热。"于澄弯起眼睛,有些嫌弃地往后退,"离我远点。"

贺昇动作一顿,伸手握住她的脚踝把人往下拉,面无表情地捏住她的下巴,挑眉:"你嫌弃我?"

"嗯。"于澄笑个不停,"你身上都是汗,别蹭到我身上。"

"你完了。"贺昇微眯着眼,直接把人按在地板上,结结实实地亲了好一会儿才松开。

"我觉得你变了,不爱我了。"贺昇边抬手擦嘴角边碎碎念,"你以前从来不嫌弃我的。"

于澄躺在地板上,微敞的领口歪斜,黑发搭在后颈。她支起手肘抬头看他,忍不住笑着说:"那我从今天开始嫌弃你?"

"你敢嫌弃我试试。"贺昇磨牙。

于澄边笑边骂:"你真的好烦啊。"

"就烦你。"贺昇站起来,轻飘飘地看了她一眼,要笑不笑地说,"烦你也得受着。"

看着这人去洗澡的背影,于澄坐起来,缓缓地伸了个懒腰,随手拢了一下鬓发,盘腿坐在屋檐下。

迪迪还在草地上不知疲倦地奔跑,身上的长毛随着跳跃的动作抖擞。她拿过一旁的烟盒,抽出一根点燃。

烟雾缓缓升起,看着奥特曼窝在走廊的尽头懒懒地晒着太阳,于澄的脑子里突然闪过一件事。

她一个人坐在那儿发蒙半晌，犹豫着翻开手机上的日历，眉头皱起，把手里刚点上的香烟熄灭了。

　　日头渐高，贺昇洗完澡后清清爽爽地从浴室出来，头发湿漉漉地就往于澄那边靠，吊儿郎当地说："好了，我洗完香香了。"
　　"你好幼稚。"于澄淡淡地勾了下嘴角，靠坐在移门旁看着他。
　　"是啊，我四岁，你三岁。"贺昇躺在于澄的腿上，抬起眼，抬手掐住她的尖下巴。
　　"你真的很烦。"于澄笑着推他的手，但他纹丝不动。
　　"烦什么？"贺昇问她，表情似笑非笑，"让我来猜一下，你现在心里在想什么。"
　　"在想什么？"于澄顺着他问。
　　"在想……"贺昇嘴角勾起淡淡的弧度，语气漫不经心又有些夸张，"哇，昇哥洗完澡好帅，好香，好想啃。"
　　"去你的。"于澄这下是真的笑了。
　　"唉。"贺昇轻叹一口气，单手放到后脑勺下枕着，腾出另一只手捋了一把湿发，手腕劲瘦，"怎么样，我猜得八九不离十吧？"
　　"嗯。"于澄也没什么不好意思的，点头承认。
　　"啃吧。"贺昇抬起湿漉漉的眼睛看向她。
　　他作势把衣领往下扯，露出一大片白净的脖颈和锁骨，薄薄的一层肌肉线条流畅，引人犯罪，"你老公很大方的，你想啃就啃。"
　　"不要。"于澄眼尾轻扬，唇角勾起淡淡的弧度，不上钩，"我等会儿还要去工作室。"
　　"去工作室？"
　　"嗯。"于澄点头。
　　"必须去？"
　　"对。"

"噢,那你还是晚上回来再啃吧。"

以于澄的德行,有这么个非出门不可的理由,就算啃他也是撩完就跑。

贺昇人模狗样地松开衣领,把手枕回去,冷淡地眨了一下眼,想起一件事:"对了,你哥昨天来找我,顺便说让我们今晚回去吃饭。"怕他忘了,许琛还特意说下午会再提醒他一遍。

"今晚?"于澄问他,"我哥没事找你做什么?"

"没什么,不是找我。"贺昇把她搂过来,"是找我舅舅有事情,他之前在事务所实习过。"

"噢。"

两人腻歪了一会儿,于澄换上衣服,化好妆去工作室了,她手头有些事情需要和新项目的负责人交接,回来后才和贺昇一道去江家。

忙完后天色已黑,贺昇驾车,于澄悠闲地坐在副驾驶座吹风,她的黑发被风吹得扬起,鞋子也不好好穿,光脚在座位上瞎荡。

天已经热起来了,但除非热得出汗,否则于澄不喜欢开冷气。

她喜欢把车窗摇下来边吹风边听歌,燥热的、微冷的、夹杂着丝丝细雨的风,她都喜欢。

望着车外万家灯火的夜景,于澄抬手将蓝牙音响的音量调低,睫毛微颤:"我突然想起来,你高三回京北那次,我哥在你舅舅的事务所碰见你了,然后他告诉我你拿拉法当代步工具。"

贺昇对这事没什么印象:"忘了,我不记得见过你哥。"

应该只是许琛单方面地看见过他。

"嗯,重点不是这个,是许琛没跟我讲这件事情之前,我一直觉得你很穷。"于澄有点儿想秋后算账。

"为什么?"贺昇忍不住笑了,觉得有点儿奇怪,挺认真地问她。

于澄微微蹙眉,思考了一会儿:"因为出租房外面看上去有点破。也不是破,就是小区太老了,加上你学习又刻苦。"

贺昇跟祁原那种富二代完全是不一样的做派，像个没家里人可以依仗的小可怜。

"因为那里离附中近，我早上想多睡会儿，就在那边住下了。"贺昇笑了，解释道，"从你家到附中，开车需要十几分钟，我从出租房走，骑自行车只要五分钟。"

"噢。"于澄这下知道他住在那儿的原因了。她懒懒地靠在车窗上，眼尾弧度上扬，"那你有没有发现，咱俩刚凑在一起的时候，每次出去我都只点三鲜面或者小馄饨？"她想算的账是这个。

"嗯，怎么了？"贺昇不清楚她怎么突然提这茬儿。

"够可以的啊，昇哥。"于澄仔仔细细地瞧他，"这么富，天天就带未来的老婆吃面条。"

从第一回被沈毅风瞎起哄带着她去吃饭开始，她的饭钱就是贺昇付的，在她拿出手机之前，贺昇就已经付完了。

她觉得这可能是男生的自尊心主导的，所以也没拒绝过，就让他付了，但每次点饭她都会牢牢地把价格控制在十块钱之内。她那会儿是真怕自己把他吃穷了，吃完面，还变着法地请他喝奶茶。

"是吗？我以为是你喜欢吃，硬着头皮陪你一起。"贺昇扯着嘴角，双手握着方向盘，笑得碎发都在微微抖动。

"……"

于澄瞥了他一眼："我都要吃吐了。"

看着贺昇笑个不停的样子，她趁着等红灯的间隙，忍不住过去趴在他身上，冲着他肩膀就咬了一口。

"你的良心不会痛吗，昇哥？"于澄冷淡地睨了他一眼。

那面条她吃得脸都要变黄了。

"还真不会。"贺昇笑了，揉了一下自己被咬得有些痛的肩头，涎皮赖脸地开口，"我也付出了很多啊澄姐，你吃的每一碗面条我都是陪着你一起的，你吃了多少碗，我就吃了多少碗。"

"……"于澄懒得搭理他。

车子开过去,拐过黑影憧憧的路口,朝西走,底下那户就是江家。

两人一路随意地聊着天,令于澄没想到的是,刚进入这条路,她就在这里见到了意想不到的两个人。

"就在这儿停。"于澄皱眉,看向江家门口的两人。

"怎么了?"贺昇边停车边问。

于澄神情怏怏,没搭理他,车停稳后便打开车门下了车。

江家大门紧闭,台阶前,一个女人跟江眉颜正在对峙,两人面色都不好看。于澄走上前,语气不善:"你来干什么?"

这女人她见过,是于炜的现任老婆。

起初知道那些事的时候她是不信的,直到对方找上门,她看见这个女人和那个孩子,她才逼着自己接受。

"正好你也来了。"女人淡淡地说,又将目光转向江眉颜:"你现在也有自己的家庭和孩子了,过得很幸福,没必要为难我们。她爷爷说,于澄点头,他们才会同意。"

于家长辈一直都觉得对不起于澄,对她有亏欠。

"我不会点头的。"于澄压根儿不给江眉颜开口的机会,轻扯嘴角,"坦白说,你们过得越不好,我越高兴。"

她的视线落在不远处在车里坐着的男人身上,又毫无情绪地收回来。

见于澄这态度,女人皱眉:"你不要太过分。"

"这有什么过分的。"于澄笑起来,眼神冷漠,"说句实话就叫过分?"

贺昇在一旁静静地看着,神情冷淡,就站在她身后,和她靠得很近,显露出一种保护的姿态。

"我妈有教养,脾气好。我不一样,我十四岁爸妈就离婚,我爸不管我,我妈不敢管我。"于澄边走边说,将江眉颜牵着的许惜抱过去,避开他们。

"澄澄。"江眉颜嘴唇轻抿,出声喊她。

291

"没事。"

于澄面无表情地抬起眼皮,转过头,对着那个女人的脸扇了一巴掌。

"啪"的一声,清脆响亮的声音响起,除贺昇外,几人都是一愣。

"小三还敢上门。"于澄甩了甩发麻的手,红唇冷冷地勾起一丝弧度,"谁给你的脸?"

她站在台阶上,穿着贺昇的黑色T恤和热裤,神情倨傲冷漠。

"于澄!"女人捂住半边脸,气得皱眉,指尖直直地指着她,却不敢还手。

"于炜没离婚前我就说过,我见你一次打你一次。"于澄抱臂站在台阶上,居高临下地睨视她,又将视线移到抬步下车的中年男人身上,"你自己非得把脸送过来,怪谁呢?"

"澄澄。"西装革履的中年男人走过来,眉头皱起。

"舍得下车了?"于澄淡淡地朝着他说。

"就不能好好谈谈?"

"不能。"于澄冷眼看着两人,"这事没得商量。"

于炜皱眉,再次开口:"爸爸这些年待你不薄,对你也是有求必应,你没必要这样。"

"夸张了,我这么多年就找过你一次。"是为了复读的事,江眉颜那会儿不方便。

"你怎么有脸说?"江眉颜在一旁听着他大言不惭,气得浑身都发抖。她按捺住火气,忍不住开口:"澄澄只找过你一次,让你帮她办转学复读。"

江眉颜再怎么忍耐,这会儿声音也忍不住拔高:"你给她找的是什么学校?上学一个月她的手机就被偷了四次,课桌、板凳都是坏的,街头巷尾到处都是小混混。你位置坐这么高,就把自己的亲生女儿放在那种地方?!"

她知道后第一时间去找于澄,简直不敢相信于炜能干出这样的事,当天就给于澄办了转学手续。江眉颜说到最后眼眶有些红,就凭这件事,她就没法对这个人不计前嫌。于澄在一旁听着倒是没什么感觉,她原本就是从这样乌烟瘴气的地方走出来的,也没什么不适应的。

身后有一只手握住她的手,轻轻捏了两下,于澄回应地捏回去。

"我不会同意的,不用再讲了。"于澄毫无争执的欲望,一脸冷漠,单纯觉得心烦。早知道她就不来了,跟昇哥一块儿待在家里多好,摸摸猫,逗逗狗。

几个人不欢而散。突然出现这么一段小插曲,于澄也被闹得没心思吃饭,江家二老不知道刚才发生的事,饭桌上气氛还算融洽。

回去的路上,贺昇的视线不自觉地瞟向她:"聊天吗,澄姐?"

"我没事。"于澄淡笑,"我现在看他们除了心烦,真的没其他感觉。"

她知道贺昇担心她。

"那你的手疼吗?"贺昇笑了。

"还行吧。"于澄轻叹一口气,笑出声来,这下她是真的一点也不烦了。

她现在过得很好,好到懒得去计较过往。

自驾去西藏安排在六月底出发,参加的人有祁原、齐荚、赵一钱、许颜、王炀、赵炎、于澄、贺昇、沈毅风。

众人从三地出发,在机场会合。

这件事情方丁艾知道后有些不好意思,但又忍不住问于澄能不能加她一个。

她学的是编导专业,几乎是本能地对山川湖海、祖国的大好河山有着热爱,更何况还是以这样的一种方式过去。

不仅如此,于澄还是她在京北这座城市最好的朋友,不仅是因为在京大相处了三年,更因为她几乎是在见到于澄的第一眼,就对这个人产生了浓厚的兴趣。

好奇她的青春、她的朋友、她的爱情。

甚至在某一段时间内，于澄还是她的灵感缪斯。

热爱不死，创作永生。

这场毕业旅行，她也想跟着他们去记录。

窗外的小雨淅淅沥沥，拍打在雾蒙蒙的玻璃窗上。

于澄正在低头收拾东西，碎发从脸颊垂下，带着几分柔和。闻言，她回过头"嗯"了一声，淡笑着说："我跟他们说一声。"

"太好了！"方丁艾笑得眼睛眯成一条缝，"爱死你了，我的姐姐。"

"没事。"于澄把和毕业设计相关的资料装进行李箱，道，"那你也好好准备一下，我们明天中午就出发。"

"好。"方丁艾按捺不住激动的心情，忙不迭地点头。

"噢，对了，你别把乘风唐带上，他年龄超了。"于澄打趣她。

"嗯，放心吧，我不会带的。"方丁艾脸有些红，"我就是去记录一下，找找灵感。"

"嗯，那几个人里有三个单身的，人都还不错，老男人不行的话，你就再看看别人。"于澄毫无包袱地把沈毅风、赵炎、王炀三人卖了。

"其实吧，我觉得老唐挺好的。"方丁艾不好意思地抿嘴。老男人也很帅啊，还挺叫人上头的。

"嗯，我知道了。"于澄轻笑，"那咱们明天碰面，等会儿我在微信上找你，我先回去了。"

"好。"方丁艾点头。

东西收拾得差不多后，于澄拉上行李箱便离开了。

京大校园的路上依旧有不少学生，很多人暑假也选择不回家，留在这里继续做自己的事情。

路面潮湿，雨滴打在银杏叶上，树叶被冲洗，恢复新绿。雨滴接着又落在伞面，从伞檐滴落到行人的脚边。

车子开过街边，于澄瞥见旁边的药店，把车泊进车位，撑开伞下车。

走到药店门口，于澄将伞收起放置在一旁的收纳桶中，她身上带着水汽，药店门口竖着一台空调，冷气呼呼地吹出来，吹到身上冷意明显。

"你好，需要什么？"穿着白大褂的店员从手机后面抬起头来，看向她。

"嗯。"于澄走过去，视线在她身后让人眼花缭乱的药架上扫视了一圈，没看见想要的那个东西，平淡地开口，"验孕棒。"

"哦。"店员下意识地打量了她一番，"你要哪种？"

"……"

她不知道这种功能性的东西还分种类，没提前做功课，她也不知道要哪种。

"随便。"于澄面无表情地出声。

"哦，那拿这个吧。"大概看出她没什么购买的经验，店员随手给她拿了一个。

"嗯，谢谢。"于澄把那个东西攥在手里，付完钱就走了。

车子开进车库，于澄按下电梯上行。

房间内没开灯，阴天屋里光线昏暗，一猫一狗都蜷缩在角落里舒适地睡着。

听见有人进门的动静，迪迦敏感地竖起耳朵，抬起眼皮朝于澄看过去，见来人是妈妈，它又懒洋洋地把眼皮合上，发出呼噜噜的声响。

走廊的门开着，房间里也带着丝丝缕缕的潮气。趁着贺昇还没回来，于澄走到卫生间，打开验孕棒的包装，仔仔细细地翻看说明书，差不多知道步骤后，就按着说明书开始操作。

这玩意儿得等一会儿才能出结果，于澄坐在马桶上，跷着二郎腿玩手机。

她刚坐下，解锁手机没几秒，就听到门外传来密码锁开锁的动静。于澄抬起眼，发梢滑落，视线从手机上移到前方。

"你坐在马桶上干什么？"贺昇个子高，穿着运动薄衫，倚在墙边好笑地问。

两人对视着，见状，于澄面无表情地从马桶上站起来，视线淡淡地看着他，在他眼皮子底下关上卫生间的门，反锁好，动作一气呵成。

"……"

"干什么坏事了啊你？"贺昇走过去，忍不住抬手轻轻敲门。

"没什么，突然想上厕所。"

"想上厕所你马桶盖都不掀？"

"……忘了。"

于澄随便地敷衍了几句，拿起验孕棒查看结果。白色的塑料棒上，只能看见一条浅淡的痕迹，浅淡到于澄怀疑自己是不是没弄好。

她经期不准，但也没两个月不来过，而怀孕这件事直到前两天她才意识到。

验孕棒上有一条线，按理来说是没怀孕，但她放心不下，握着塑料棒干坐了半响，想着要是自驾游结束还没来例假，她就去医院检查一下。

于澄想了好一会儿才站起来，把验孕棒严严实实地用卫生纸包好，随手扔进了垃圾桶。

番外 7：南城少年永远炙热如风

一行人是第二天下午在机场碰面的，一群俊男靓女在人群里格外抓眼。

"迦南哥？"赵炎扶着行李箱，把墨镜架在额前，惊讶地看着跟祁原一道过来的男人。

"好久不见啊。"陈迦南朝几人笑笑。

男人留着利落的短发，穿着黑色 T 恤，手腕上绑着丝巾，右手小臂上文着山峰的图案。

"大家来欢迎一下。"赵一钱溜过去，隆重地介绍，"迦南哥就是我们本次自驾游的导游，大家鼓掌！"

"哇！辛苦了，辛苦了，辛苦迦南哥！"几人拿腔拿调地笑嘻嘻地鼓掌欢迎。

沈毅风悄悄凑到于澄身边问："这不是 BOOM 的老板吗？"

"嗯，"于澄点头，"迦南哥是祁原的表哥，跟大家都认识，这条路他跑过好几次，比较熟。"

"噢噢。"沈毅风点头。

成功会合后，十一个人便前往租车点。

贺昇带着于澄，祁原带着齐荚和王炀，赵一钱带着许颜，赵炎、沈毅风、方丁艾坐一辆车，陈迦南单独一辆。

时间原因，几人先在成都住了一晚，第二天才正儿八经地出发。方丁艾尤其激动，拿着手中的摄影机拍个不停。

"来，小艾同学，来拍我，别拍澄子跟贺昇了。"赵炎喊她，棕色的花 T 恤松松垮垮地搭在肩头。

"哎呀,姐姐镜头感好强啊。"方丁艾回头冲他打手势,"等会儿就拍到你了。"

"好嘞!"赵炎把墨镜拉下来,看着蓝天白云和阳光,伸懒腰。

带上方丁艾,于澄一开始以为她就是跟着玩玩,拍拍短视频什么的记录日常行程,没想到方丁艾每天几乎从日出到日落都架着那台摄影机在拍,晚上还抽空熬夜剪辑,有种拍电影的势头。

几人休息一晚上后驾车出发,在第三天到达第一座目标城市。

这座城市被318国道横穿,彼时刚好日出,金色的光打在山峰上,于澄坐在副驾驶座上吹着风,听着车载音乐,嘴里嚼着口香糖。

"啊啊啊,好蓝的天,好白的云!"方丁艾激动地大喊,用匮乏的词汇表达着激动的情绪。

"往前看更美!"赵炎回答她一句。

沈毅风出现了一点高原反应,开车的人换成了赵炎,他坐在车后座,蔫不拉唧地趴在车窗上,手里握着氧气瓶隔一会儿就吸两口。

"你还活着吗?沈毅风,这才到川西。"赵炎笑话他。

"还行,就是脑子嗡嗡嗡的。"沈毅风靠在后座上,眼睛朝窗外看。

古寨坐落在山脚,一路上有如破风般的骑行车队,还有虔诚的朝拜者,一步一叩首。

于澄跟他们擦肩而过,看着他们匍匐在大地上,双手举过头顶,朝着信仰所在的方向前行。

行驶到一片广阔的草原后,大家停下休息,补充体力,还有两个小时的车程就能到下一个住宿点,时间宽裕。

"难受?"贺昇垂眼看着于澄,微微蹙眉。

副驾驶座被放平,遮光板被拉下,于澄躺在座椅上,盖着薄毯微微合眼,发丝柔软地搭在颈肩处,看上去精神不怎么好。

"不是,就是有点累,感觉是昨晚没休息好。"于澄边说边往他身边靠,把他的一只胳膊抱在怀里,脑袋靠在他的手腕上。

昨晚十一点才行驶到住宿点，临入住时房间又出了问题，解决之后已经快凌晨一点了。

"那你睡一会儿。"贺昇把车窗摇上，抬手轻拍她的后背。

"嗯。"于澄点头，闭上眼补眠。

于澄睡着的间隙，贺昇就坐在驾驶室玩手机，一步都没离开过她，直到太阳快下山，她才悠悠转醒。

外头的几人已经跟隔壁的旅游团打成一片，几个男生躺在野餐垫上，方丁艾正坐在折叠椅上，摄影机架在支架上，等待着记录日落。

"醒了？"方丁艾戴着渔夫帽，回过头看她。

"嗯。"于澄点头。

暮色苍茫，她穿着烟灰色棉麻长裙，外面罩了一件黑色大衣，神情恹恹，整个人清冷又捉摸不透。

"姐姐，你的高原反应是犯困吗？真幸福。"方丁艾叹了一口气。

团队里一半的人都出现了不同程度的高原反应，于澄第一次进藏还能维持这样的精神头，已经很不错了。

"不知道。"于澄懒懒地伸了个懒腰，唇角微勾，靠在车门上，"反正我很困。"

她悠闲地靠在车身上醒神，目光落在前方。

正跟几人交谈的是一个来自驾游的旅游团，车身上插着"此生必驾318"的旗帜。旅游团的成员是几名大学生，都背着双肩包，里面装着一些补充体力的小零食。

"你吃吗，姐姐？"一个男生拿着巧克力棒走到于澄面前，有些拘谨地问。

"姐姐？"于澄似笑非笑地重复他叫自己时的称呼。

"嗯，我看她就是这么喊你的。"男生边说边指向方丁艾，后者一脸无辜。

"喊奶奶都没用。"沈毅风像诈尸一般出声，贱兮兮地逗他，"人家已经结婚了，别想了。"

他的话刚说完，越野车的另一侧车门从里面被人拉开，一条腿先落地，从车上下来一个个子高挑、肩宽腿长的男人。

那人皮相过人，骨相也好，是男生都得承认他很帅的长相。贺昇眼神冷淡地睨他，而后移开视线，目光落在远处层峦叠嶂的山峰上。

"哎，说曹操曹操到，人家的老公来了。"沈毅风一口气说完，立马把氧气瓶放到脸上吸氧。

"那……姐夫你吃吗？"男生的脑子转得挺快，瞬间缓解了自己的尴尬。

"不吃。"贺昇扯扯嘴角，看向他，"你自己留着吧。"

"哟，哥们儿，能屈能伸啊。"沈毅风嘴里叼着一根野草，打趣他。

"还行吧，还行吧，祖国的栋梁之材，能屈能伸是应该的。"那男生也挺逗，跟着自嘲了一番。

白亮的天色渐渐转暗，贺昇打开后备厢，拿出无人机试飞了一圈。

"怎么样？"于澄问。

她知道贺昇也跑过这条道，他小时候被李青枝带着来过一次，后来中考完，跟周秋山他们单独组了个团，也来过这里。

"你过来看。"贺昇没回答她，站在山坡上朝她招手，前脚往前踩。他穿着黑色冲锋衣，风轻晃起他冲锋衣上下垂的抽绳。

于澄往坡上走了两步，在显示屏上看，风景美不胜收。

山坳处有一片片墨绿色的树林，坡上的羊成群结队，连脚边都是烂漫的野花。

"路上有任何不舒服的地方都得告诉我，高原反应这个问题因人而异。"贺昇把于澄搂到怀里，握住她的手操纵无人机，靠在她的颈窝跟她说，"后备厢有好几罐氧气瓶。"

他没有高原反应，是给于澄准备的。

"嗯。"她点头。

两拨人凑在一块儿，短暂地相处了一阵子，度过了下午的这段时光。他们要走的路线不同，日影西斜，就该各奔东西。

临分别时，对方队伍里有个戴眼镜的男生，过来询问齐荚能不能给个联系方式，齐荚礼貌地拒绝了。

"你知道吗？咱们在旅行途中遇到的人，可能这辈子都不会再遇到第二次了。"沈毅风躺在野餐垫上，"且行且珍惜啊。"

"嗯，没关系。"齐荚抿嘴笑笑。

大多数人也就只有一面之缘。

车一路向北，于澄在路上睡着的时间比清醒的时候还多，路况颠簸，她睡不了多一会儿又被震醒，神色疲倦得很，睡足了又是另一种状态。

"真的没有什么不舒服的地方？"贺昇偏过头问，忍不住担心。

"嗯，没什么，就是困。"于澄的额头抵在玻璃窗上，她刚被晃醒，头有点晕，"沈毅风的情况比我严重多了，我就是犯困而已。"

贺昇已经避开不好走的路了，但这段路就是这样，他们马上就能进入前方的草原。

到达一个城镇后，几人下车补给物资。

氧气罐几乎都被吸完了，全靠贺昇和陈迦南买的跟煤气罐一样大的氧气瓶才撑过来。其余几人之前不信邪，只买了小瓶装的，用完后一路跟贺昇求爷爷告奶奶。

贺昇再三确认于澄的身体状况不需要吸大量的氧气，才把氧气瓶分了出去，只留了一罐。

毕竟沈毅风那个半死不活的样子，像是离开氧气瓶一秒就能原地升天一样。

几人到达城镇后决定徒步逛一逛，古镇的屋角挂着经幡，他们见到了穿红袍的僧人，寺庙外游客往来不绝，而意外就是在这时候发生的。

车队停下，于澄还在犯困，打开车门，脚落地的第一秒，她就不受控制地往前栽过去,离地面还差半米的时候,被贺昇用一只手臂揽住。

"于澄?"贺昇扳过她的脸喊她,皱着眉。

"晕。"她有气无力地吐出一个字,整个人都是后仰的姿态,全靠贺昇支撑着她。她浑身无力,整个人都飘,意识控制不住地涣散。

"澄子这是怎么了?"赵一钱几人赶过来,一阵手忙脚乱。

她晕了,但没晕得彻底,隐约听见有人在她耳边说话,但他们在说什么内容她接收不到。她眼皮很沉,有人拨开她的眼皮,照进来一束光线,她难受地皱起眉头。

"没有大问题,病人的意识还在。"医生说话带着藏族语言独有的口音,白大褂里头露出藏族服饰,他常年在高原地区,皮肤黝黑,又透着健康的红润。

他收起手电筒,看向贺昇:"病人是你什么人?"

"妻子。"他开口。

"她没有高原反应?"

"嗯。"

"那她怀孕了吗?"

贺昇一愣。

"你们最近有没有同房史?"医生边问边在病历单上写下就诊记录,抬头看他。

"……有。"贺昇略微不自在地微收下巴。

"有做避孕措施吗?"

"嗯。"贺昇皱眉,于澄还晕着,医生来来回回问这几个问题,"她怎么了?"

"晕厥的可能性有很多种,最普通的是低血糖,得做检查,有些检查孕妇不能做,你要是不敢打包票,就先给她检查一下怀没怀孕。"医生又问,"她上次经期是什么时候?"

这个问题贺昇回答不出来,他们不是天天待在一块儿的,忙起来聚少离多,而且于澄经期不准,毫无规律。

"算了,先送她去做个 B 超吧。"医生见他这一问三不知的样子,感到头疼。

"好,谢谢。"贺昇伸手接过单子。

在等待检查的过程中,于澄醒过来一次,简单地和他聊了两句,又晕过去了,也可能是睡过去了。

医院这个科室人不多,查得很快,于澄也很配合,知道这是在医院做检查,让她做什么就做什么。

她刚检查完,诊断单就同步打印出来了。

几张 B 超图印在上面,打着阴影,上面的结果写着"宫内妊娠约 9+ 周"。

她已经怀孕两个多月了。

"身体没什么问题,旅途劳累才昏睡过去的,多注意休息,不舒服就立马回去。"医生给于澄开了几服药,就结束了诊断。

"谢谢。"贺昇略微点头。

医院不大,药房在走廊的另一头。

他踩在瓷砖上朝药房走,鼻腔内是淡淡的消毒水的气息,耳边有似有若无的僧人诵经声,他恍如在梦中。

拿完药,他回到病房,于澄躺在病床上睡得很安稳。她没化妆,但气色看着不错。

旁边有板凳,贺昇放轻动作将它搬过来,坐到于澄身边。难怪澄姐天天睡不够,原来是有了小宝宝。

不知道她是不是在做梦,于澄眉头轻皱了一下,翻了个身。贺昇抬手用食指撩开贴在她脸颊上的发丝,俯身印上一吻。

检查单还摊在床头,贺昇垂眼看着上面的字,回想这事可能是什么时候发生的。

应该是四月下旬,于澄去英国找他的那次。

那次她是突然去的，招呼都没打，贺昇开门见到她的时候人都愣了，两人抱在一起，于澄问他惊不惊喜，他点头，说当然惊喜。

但他没考虑过孩子的事情，不是想要或不想要，而是根本没考虑过。就像之前于澄问他对婚姻的看法，那一瞬间，他是真的感觉到于澄对于结婚这件事的排斥，所以他说不结婚就谈一辈子恋爱好了。他只是单纯地想和于澄在一起，结不结婚、有没有孩子，在他眼里都不重要，甚至不在他的考虑范围内，他只是纯粹地想和于澄在一起。

他真的好爱于澄，好爱。

小时候，在他认识大部分汉字的时候，他翻到过李青枝的日记，她怀他的时候写下的日记，她甚至记录了每一次胎动的时间，字里行间都是幸福和期待。

他那个时候很难理解，他从小感受到的，跟日记里那种快要洋溢出来的幸福感毫不相关。甚至到长大成人，想到那本日记，他依旧无法共情。直到现在，于澄就睡在他的身边，医生告诉他澄姐已经怀孕两个多月了。

窗帘拉着，微弱的光线从缝隙漏进来，他忍不住将手伸进被窝，轻抚于澄平坦的小腹。这里有个宝宝，是他和澄姐的小朋友。

想到这个小朋友某一个地方会长得像澄姐，也许是鼻子，也许是眼睛，还会有和他相似的地方，他觉得自己已经爱上这个小朋友了。

他突然间就理解了李青枝在日记中写下的一句句、一页页。

他爱于澄，所以他也顺带爱这个小朋友。

爱她的一切，是他的本能。

时间已经过去两个小时了，于澄还是没有要睡醒的意思。她呼吸平稳，素面朝天的一张脸在安静下来的时候平添几分温柔的感觉。

如果不是这次意外，大概只有某一天于澄自己提起要孩子的事，他才会考虑。他拿不准于澄的想法，不知道她会不会想要这个孩子。可这是他和于澄的小朋友，之前他还对孩子没什么感觉，但现在他真的很想要。

如果是男孩子，他可以带他打篮球、玩滑板、骑行；是女孩子的话，可以跟着澄姐逛街，她妈妈很爱美，会把她打扮得漂漂亮亮的。不打扮应该也很好看，因为这是他和澄姐的小朋友。

但万一于澄不想呢？

"你怎么了？"于澄微眯着眼醒了，嗓音微哑。

她坐起来，面无表情地看着贺昇眼眶微红的样子："我要死了？"

"不是，澄姐。"贺昇拉过她的手背亲吻了一下，神情温柔，低声缓缓开口，告诉她，"我们有小朋友了。"

他伸手抚上她的小腹，眼睫低垂，确定地告诉她："就在这里。"

钟表上的指针嘀嗒嘀嗒地走着，于澄在床上干坐了半晌才消化完这个消息，自己还真怀孕了啊。

"你哭什么？"于澄垂眼看着他，犹豫地问，"你不想要？"

不想要也不至于哭吧，她服了，这人到底是怎么回事。

"不是。"贺昇摇头。

他哭是因为太想要了，他怕于澄不想要，想着想着就把自己想哭了。

"那你想要吗？"于澄轻声问，手覆上他的手，一起放在小腹上。

"嗯。"他点头。

"为什么？"于澄问。

"因为这是我们俩的小朋友。"他开口，湿漉漉的眼睛对上于澄的视线，"你想要吗？"

"嗯。"于澄点头，淡淡地笑起来，"是我们俩的小朋友啊。"

是他们俩的。

"哇，那我们以后就有一猫一狗一个小朋友了。"贺昇笑了，捏过她的下巴，两人四目相对，他贴上她的唇亲吻。

"嗯，一猫一狗一个小朋友。"于澄重复他的话。

其余的人已经在客栈落脚休息，还有时间，贺昇让于澄再睡一会儿，他走到走廊外，回复沈毅风的消息。

沈毅风：澄妹怎么样了啊？

沈毅风：人呢？？一群人都急死了。

贺昇坐到长椅上，神情冷淡，嚼着口香糖，手腕搭在膝盖上，背微弓，回复他：我要当爸爸了。

客栈里，一群人聚在大厅都没回房，干坐着等贺昇的消息。

"贺昇要当爸爸了？？"沈毅风脑子不太灵活，摸不准这人是在占他便宜还是怎么着，只能茫然地把脸转过去看别人："贺昇说他要当爸爸了，什么意思？"

"还能是什么意思！他们有宝宝了啊！"许颜兴奋地抱着赵一钱大喊："啊啊啊！这孩子颜值得多高啊！"

"快问问，澄子怀孕多久了啊？怪不得她睡了一路还那么累。我要当阿姨了！！"许颜跑到沈毅风跟前，眼巴巴地瞅着他问。

沈毅风：恭喜恭喜，澄妹怀孕多久了啊？

贺昇：两个多月吧。

"两个多月了。"沈毅风转达。

"噢，他俩可以啊，二十岁出头就当爸当妈了。"赵炎叹了一口气，有点儿羡慕。

"不对啊。"沈毅风裹着毯子，盘着腿吸氧，看着手机上的消息，"两个多月，按时间来推算……

"完了完了，四月份，那会儿贺昇还在英国啊，我哥们儿被绿了？这孩子是谁的？？"

其余人还在弯腰凑过来看，听到沈毅风的分析，都愣住了。

沉默间，王炀突然把脑袋偏过去朝祁原看，许颜、赵一钱也几乎同时看过去。

奇怪的现象和行为，一圈人都看向祁原，连陈迦南都似笑非笑的。

祁原：……服了。

这种沉默的氛围一直持续到两人回来后。看见一群人莫名其妙的反应,贺昇把方丁艾拉出来问了半天才问出来发生了什么,然后贺昇就把沈毅风按着结结实实地打了一顿,打了两下又把氧气瓶给他,让他吸两口氧再接着打。沈毅风这张破嘴他是真的服气。

整顿好之后,一行人继续前进,牦牛过道拦下车队,道路畅通后车队继续驰骋。

这一天一夜于澄睡得很足,精神头也好,她打开音响,把音量调到最大,让歌声飘出去。

天很蓝,原野广阔无垠,空气清爽。于澄听着前奏,抬手打开天窗,站起来,让风肆意吹乱她的头发。

她举起一只手,身体跟着音乐轻微摇晃,仿佛置身于舞池。其余的几辆车陆续也将天窗打开,众人站起来,跟着歌曲一起打节拍。

琴声伴着架子鼓的节奏倾泻而出,夹杂着草原呼啸的风声。

主唱慵懒的声音响起,又在特殊节点爆发出极强的张力。

在强劲的鼓点中,于澄勾起嘴角偏过头,两人视线相对,贺昇立马明白了她的意思,脚踩油门,转动方向盘,超过前面陈迦南和祁原开的车,冲到领头的位置。

外套里灌满了风,黑发被风吹得肆意飞扬,她回头,双手合在唇边,大声地唱歌,看向被甩在身后的一群人,笑声无畏又坦荡。

  come on, come on, come on, come on!
  来吧,来吧,来吧,来吧!

这场毕业旅行为期十五天,车队一路前行,路过助学点的时候贺昇去看了一趟,于澄知道后也要跟他去,她想看看贺昇现在在做的事。

村寨是在山坳处,只有几十户人家,电线杆上扯着几根电线,房子还是老式的砖头房。

高原地区日光充沛,房檐下,满脸沟壑的老人晒着太阳,剩下的居民就是撒欢奔跑的孩童，或是帮家里干活的少年。

青壮年外出务工，孩子由老人养，大部分的村寨都是这样的情况。

儿童助学计划没实施之前，这个村寨里的孩子就算到最近的学校上学，路程也要两个半小时，路途艰险。

"现在已经好很多了，"贺昇牵着于澄的手，在自己面前比了一米多点的高度，"我第一次来看的时候，这么小的孩子，上一二年级的年纪，需要凌晨四点起床，徒步去学校。这边常有恶劣天气，很难想象气温降下来的时候，这么点大的孩子是怎么坚持下来的。"

于澄站在新盖的教学楼前，望着窗明几净的教室，问："现在里面还有孩子吗？"

"有。"贺昇点头，带着她上了二楼，走到一间教室门外，看到里面坐着一个小姑娘，很瘦，低着头正在做题，"她很厉害，我去年给她拿了一套初中组物理竞赛的试卷。"

他边说边目不转睛地看着那个女孩："她将近满分，放到苏省，也是学校抢着要的好苗子。"

"在你眼里，他们都是以后可以造火箭的人。"于澄淡笑着看他。

"嗯，但也不是，他们想造火箭、想做医生、想做老师、想做其他任何职业，都可以。"

"澄姐你知道吗？"贺昇缓缓地跟她讲，"这个女孩是她奶奶送来的，从很远的另一个村寨送来的，送来的原因是家里不允许她上学了，要给她订婚让她嫁人，但她那会儿才十五岁。她是个物理天才。"差点就被埋没的物理天才。

"十五岁？"于澄皱眉。

"嗯。"贺昇点头，"这种情况在村寨里很常见，不合法，但所有人都这样做，也不会有人选择报警，相关部门就算想管也束手无策。她现在放暑假还待在这里，是因为不敢回家，她怕回去了就出不来了。"

"她怕回去了就出不来了。"于澄在心里默念了一遍这句话，看着那个女孩瘦小的背影,似乎看见即将溺亡的人用尽全力抓住了一根救命稻草,在黑暗中寻见一座灯塔。

两人静静地看着,直到女孩子意识到什么,回过头,眼睛发亮,声音满含欣喜:"哥哥?"

接着她又眼睛发亮地看着于澄:"于澄姐姐?"

"她……认识我?"于澄抬眼朝贺昇看。

"嗯。"贺昇笑了,"我给她看过你的照片,她说你很漂亮,特别好看。"

"她也特别好看。"于澄自然地说出来,微笑着看着眼睛亮晶晶的女孩。

女孩子永远都是好看的,胖一点好看,瘦一点好看,脸上有小雀斑、小痘痘也好看。她不仅好看,还勇敢,简直是个闪闪发光的存在。

正值假期,其余的孩子已经回家了,教室里显得空荡。黑板被擦得很干净,黑板上方是"好好学习,天天向上"八个大字。

她突然想到了那个清晨贺昇说的那句话——

"生而逢盛世,青年当有为。"

两人没逗留太久,陪女孩一起吃完晚饭就走了。

考虑到于澄的身体状况,这次临时考察贺昇只去了车可以开到的地方,准备等到结束自驾游再单独过来一趟。

一行人的旅途进行到现在,即将到达最终的目的地。

他们停在一片草原上,远处是白皑皑的雪山,盛开的野花漫山遍野,清澈的溪流从山坡上顺着石头冲刷而下,墨绿色的杉树一棵棵地自由生长,高耸而立。

他们围坐在地上,将带来的燃料装备摆放在中间,准备在夜幕降临的时候燃放。他们白天已经睡过觉了,今晚的活动是特意安排的,他们要彻夜不眠,戴着氧气罩也阻止不了他们尽情狂欢。

夜色已深,公路上依旧有三三两两前行的车辆,车灯的光线照亮前行的方向,永远都有人在路上奔波。

这里远离城市的喧嚣,太阳下山后星星遍布夜空,没有乌云遮挡。一群人的脸被篝火映照得通红。

"我们来玩个游戏吧。"于澄的眼神对上赵一钱的,收到他的暗示,假装无意地开口提议。

"玩什么?"赵一钱紧跟着说。

"击鼓传花,怎么样?很有篝火晚会的氛围。"赵炎开口。

"有点土。"许颜嫌弃地说。

"哪里土?"赵一钱搂过许颜说道,"这样吧,谁被敲中,谁就站到中间去,先摸一个物品,物品不定,可以是零食,也可以是地上的野草,你要猜出来才能下来,猜不出来就站在那儿表演个节目。"

"那倒也行。"许颜点头。

可以预料到,猜东西的环节会衍生出不少搞笑的事情。

"成,就这么定了。"

反正一群人无所事事,就这么玩起来,小鼓交给于澄,她凭着感觉乱敲一气,第一把落在方丁艾身上。

赵炎给她递了包零食,这一路上零食胀包,鼓鼓囊囊的什么都摸不出来,她很快就放弃猜谜,拉下眼罩,给大家跳了一段恰恰舞。

"可以啊,小艾同学!"沈毅风鼓掌。

"唉,老了老了,真没小时候灵活了。"方丁艾坐下来,边自谦地感慨边吸氧。

跟刚进藏相比,沈毅风的状态已经好很多了,人也生龙活虎不少,点到他的时候,他直接自信满满地跳过猜谜这个环节,为大家献上了他的"封神"之曲《青花瓷》。

"沈毅风你行不行啊,别糟蹋周董的歌了行吗?他还没出新歌,我全靠这几首歌续命呢。"赵炎是歌手的头号粉丝,半句都听不下去。

"行行行，不唱了，不唱了。你一点都不善良，换成在其他的场子，大家都是给足我面子让我唱完的。"

赵炎："……"

后面于澄的眼睛被蒙着，不知道能敲到谁，她根据之前的几把找规律推测，终于把许颜给选中了。

"把眼睛闭上。"赵一钱拿着眼罩走过去。

"知道知道。"许颜闭着眼，顺从地让赵一钱帮她戴上眼罩。

"钱钱，我跟你讲，我唱歌不比沈毅风好听多少，你听过的。你给我猜个简单点的东西啊，别让我丢人。"

"嗯，知道了，放心吧。"赵一钱站到她身后，仔细地替她将眼罩系上。

这片草地突然安静下来，于澄将眼罩拉下，走回贺昇身边坐下来。

风不是很大，篝火静静地燃烧，夹杂着噼里啪啦的声响。

脚边的野花随风摇动，许颜紧张地站在那儿："人呢？怎么没声了？"

给她憋什么坏招呢。

"来了，别急啊。"赵一钱拿着精致的薄荷绿丝绒盒子走过去，打开盒子，"摸吧，猜猜看。"

这件事只有几个组织游戏的人知道，但此时，所有人都不说话，默默地看着他们。

"我来了。"许颜伸手乱抓，然后才触碰到一个东西，"嗯……拉链扣？"

赵一钱："再猜。"

"还能再猜？不是就一次机会吗？"

"给你放水。"

许颜皱眉："易拉罐环扣？"

"你家易拉罐卖这么贵？"赵一钱服了，戒指就这么难猜？

"到底是什么啊？"她放弃了，伸手扯下眼罩。

许颜愣住。

"你还记得吗？高中那会儿，我们几个人一起去看电影，你跟澄子说，你想在雪山脚下被求婚，觉得特浪漫，这话我听见了。"赵一钱一句句地说，眼神认真地看着她，"许颜，你现在回头就能看见雪山。"

他们就在雪山脚下，回过头就能看见。

"嗯，我知道。"许颜点头，睫毛快速地眨动，不让眼泪流下来，"好了，你别再说了，别让我哭出来。我答应了，给我戴上吧。"

"好。"赵一钱笑笑，取出戒指，将它戴上许颜的无名指。

"恭喜恭喜！"赵炎啪啪鼓掌。

"恭喜！挺会整啊赵一钱！"王炀对他刮目相看，合着他那点可怜的智商全用在谈恋爱上了。

"我说你这人怎么非要来西藏。"沈毅风手里还攥着吸氧面罩，一副生无可恋的样子，"合着老子半条命都要搭上了，是来成全你的？"

"回头请你喝喜酒。"赵一钱美滋滋地冲他挑眉。

"我差你这一顿喜酒？"沈毅风骂骂咧咧地拿起胀包的零食朝他扔过去，被赵一钱灵活地避开。

"哎呀，赵一钱也要结婚了。"赵炎啧啧感慨。

"是啊，我那还没亲过嘴的朋友！"赵一钱嘴欠，回了他一句。

"……"

"要不你降低点标准？别非得找女明星那样的。"于澄逗他。

赵炎偏过头，乐了："你当年追贺昇的时候怎么不想着降低标准，改追祁原呢？"

"我比贺昇差？"祁原冷不丁地转过头来，"你眼瞎？"

赵炎："……"

"那也不可能全校同学都眼瞎吧。"沈毅风回了一句，"贺昇是校草，你是老二，大家公认的。"

祁原："……"

篝火旁的另一个角落，方丁艾抱着膝盖坐在那儿感动得眼眶通红。看着这一群人，她突然大声喊道："欸！我帮你们拍张合照吧，怎么样？"

"行啊！"几人回头。

"好！"方丁艾立马起身，扶着头顶的黑色渔夫帽，从设备包里翻出相机。

"怎么样了啊？"看着方丁艾低头对着相机一顿操作，半天还没弄好，赵炎直起上半身瞅着她问。

"好像是出了点问题，别急，稍等一会儿。"方丁艾头都没抬，皱着眉头调试。

"噢。"赵炎又坐下来，等待的时候不知道要做什么，他瞟向齐荚身旁的吉他，突然想起来这茬儿："别让场子冷下来，趁这会儿表演个节目啊！班长，给我们弹首歌吧，好久没听了。"

高中的元旦晚会上，齐荚弹过吉他，弹得很好。

"嗯？"齐荚正发着呆，突然被点到名字，有些愣神。

她回过头，将放在草地上的吉他抱起来，拨动了两下琴弦，不好意思地笑了："抱歉啊，之前出车祸左手受伤还没好利索，还在做康复治疗，平时生活不影响，但弹吉他的话应该会跑调。"

"没事，我来吧。"她话音刚落，旁边有人插话，祁原将她怀里的吉他拿走，转而将手鼓递给她，"敲这个可以吗？"

"嗯，可以。"齐荚点头，嘴角挂着淡淡的笑。

"唱什么？"祁原边扫弦边问。

"就唱《慢行》吧。"齐荚盯着他的动作。

他们在附中时，尤其是快要毕业的时候，中午或是下午吃饭的时间段广播里都会放这首歌，大家也都会唱，算是他们独有的一段青春回忆。

"好。"祁原点头。

吉他的声音响起，鼓点伴奏，曲调就这么合奏出来，先是几个女生轻轻开口唱。

再青涩的歌词，由这样一群人唱出来，好像也成了青春的代名词。

而后到了副歌的部分，一群人看着快要燃尽的篝火，不约而同地轻声跟着哼，然后一起大合唱。

> 试卷散落漫天，
> 我们说着最有志气的誓言，
> 你说，
> 就算背上行囊，
> 我们也依然是正当时的少年。
> 楼外的烈阳，
> 树荫的清风，
> 你慢慢行，
> 每一分钟，
> 每一分钟……

一首清新简单的歌，一群少年唱得热泪盈眶。

"我调好相机了！"方丁艾突然举手，高兴地回头。

"来了，来了。"一群人从草地上站起来，腿有点坐麻了，站在原地揉了一会儿。

"你得做后期啊！给我美颜！得帅！"

"知道。"方丁艾将相机架到面前，抬手比了一个"OK"的手势，笑得圆眼都眯成了一条缝。

"欸，赵炎你蹲下来，你挡住我了！"赵一钱喊他。

"蹲下来就拍不着我了！"

"哎哎哎，别挤，当心点，别挤着我澄妹！"

"祁原你再往齐荚那边挪一点。哎哟，我都出画了！"

"出画了就往后面凑啊！"

……

他们歪七扭八地互相挤着、闹着，凑到镜头前面，拖着氧气瓶，笑

容灿烂地朝镜头比"耶",

相机为他们记录下这一刻。

笑声回荡在这片将亮不亮的夜空,远处山脊上的经幡随风晃荡,雪山绵延千里。

亲爱的年轻人啊,我们要做飞翔的小鸟,遨游的鲸鱼,当空的烈日,能独行的千里马。

永远朝气蓬勃,永远充满希望。什么都困不住,什么都打不倒。

命运跟你开了个玩笑,你还有勇气爬起来踹它一脚。

雾蒙蒙的天空照射下第一缕阳光,穿透层层乌云破空直下,日照金山。

青春也许会谢幕,但南城少年永远炽热如风。

浩浩荡荡,横冲直撞。

"二十七号选手,祝你旗开得胜。"

番外 8：贺日日的贺，澄澈的澈澈

众所周知，按照昇哥在粥店的设想，他的愿望应该是有一个长得像澄姐的女儿。

虽然澄姐每天把他那张脸吹到了天上，但他心里一直更希望小朋友可以长得像澄姐，在他心里澄姐天下第一美。

所以，昇哥脑子里对小朋友的设想都是古灵精怪、可可爱爱的小姑娘，长得像澄姐，智商遗传他。

但是天不遂人愿，小朋友的性别是男，脸蛋完美遗传了爸爸，脑子……随了妈妈。

不过这也没关系，妈妈也是京大高才生，智商也不低，只是没爸爸厉害而已。

这样颜值和智商都是一绝的小朋友，从小在江家就受宠得很，江外公不下棋也要陪曾外孙玩，贺老爷子也爱不释手。

小朋友出生后，从小就有一帮叔叔阿姨带着他玩，每天幸福得冒泡，无忧无虑地长大。

随着贺澈澈一点点长大，除了颜值开始变化，性格也开始显现，比如贺澈澈在颜控这一点上，真的是澄姐的亲生儿子。

小朋友三岁，话还说不清的时候，就知道把怀里的小零食分给最好看的小姐姐或小妹妹。对，其他人都没有，他只给最好看的那个。如果你长得不好看，找他说话，小朋友都不乐意理你。

除此之外，贺澈澈还放大了昇哥的哭包属性。

差不多从贺澈澈能抱得动篮球的时候起，就开始跟着爸爸到球场玩。沈毅风喜欢逗他，但小朋友的思维方式很简单，糖被拿走了或是投了个球没进，他就会很伤心，就得哭。

但小朋友哭昇哥是从来都不哄的，他只哄老婆。

球场上就他一个小不点，昇哥穿着火红色的联名篮球背心，抱着篮球汗津津地看着自己的儿子哭得脑门冒汗，面无表情地伸脚朝着他的屁股轻轻踢了一下。

小朋友身体很软，站得不稳，这么一晃荡，一屁股就坐在了地上，紧接着哇哇大哭。

昇哥对此的解释是："站着哭太累了，坐着省力气。"

澄姐："……"

又如今天，他在幼儿园里打架，没打过别人，在地上滚了一身的灰尘，坐在小板凳上哭得死去活来，老师耐心又温柔地哄了他一个小时也没哄好。

直到于澄来接他放学，小朋友看见澄姐的那一秒，就委屈巴巴地收起了眼泪。

嗯？怎么不是爸爸来接他了？妈妈很少接他放学，他想给妈妈留个好印象。

妈妈很酷，又很好看，全幼儿园小朋友的妈妈都没她好看，贺澈澈为此很骄傲。

"又哭了？"于澄靠在奔驰的车门上，抱臂低头看着小朋友，微微皱眉，有点儿嫌弃。

本来已经收住眼泪的澈澈小朋友在感受到妈妈的嫌弃后，眼泪没憋住，又开始吧嗒吧嗒往下掉。

看着那张跟昇哥七八分相似的小脸，于澄无奈地叹气，一把把小朋友扯到座椅上，开车将他带回家。

"来，"于澄把小朋友丢给贺昇，神情微恢，"你儿子又哭了。"

"唉，是谁的儿子天天哭？"贺昇倚在墙边，懒洋洋地摸摸后脖颈，

317

开玩笑一样突然拔高音调,"啊!原来是我自己的啊。"

"对,你的。"于澄面无表情地打量他,"别人的儿子真没这么能哭。"

"……"

"哦对了,你明天想去哪儿?"贺昇突然低头问贺澈澈。

"你……你跟妈妈又要出去玩了?"贺澈澈边抽噎边问。

"是啊。"

"那去……去许颜阿姨那里吧。"小朋友毫不犹豫地说。

赵一钱叔叔有家超级大的超市,随便他玩,随便他吃。

"哦,那你等会儿收拾好东西过去吧,照顾好自己。"

"嗯……好吧。"贺澈澈吸着鼻涕点头。

商量完,于澄就去收拾行李了。

看着妈妈的背影,贺澈澈低头捏着衣角,有点不高兴,然后他就看见自己帅气逼人的爸爸蹲下来,假惺惺地帮他擦掉眼泪,说道:"还好你是澄姐生的,不然我早就把你扔了。"

贺澈澈:"……"

图书在版编目（CIP）数据

不乖.完结篇/树延著.——成都：四川文艺出版社,2024.12.（2025.6 重印）——ISBN 978-7-5411-7097-3

Ⅰ.I247.5

中国国家版本馆 CIP 数据核字第 2024HZ4607 号

BU GUAI · WAN JIE PIAN

不乖·完结篇

树延 著

出 品 人	冯 静
特约监制	王传先 临 渊
责任编辑	陈雪媛
责任校对	段 敏

出版发行	四川文艺出版社（成都市锦江区三色路 238 号）
网 址	www.scwys.com
电 话	028-86361781（编辑部）

印 刷	河北鹏润印刷有限公司		
成品尺寸	146mm×210mm	开 本	32 开
印 张	10 插页 4	字 数	280 千
版 次	2024 年 12 月第一版	印 次	2025 年 6 月第二次印刷
书 号	ISBN 978-7-5411-7097-3		
定 价	52.80 元		

版权所有·侵权必究。如有质量问题，请与本公司图书销售中心联系调换。电话：010-82069336